高亨注

诗经今注

下

小雅

鹿鳴之什

鹿鳴

《毛詩》序：「鹿鳴，燕（宴）羣臣嘉賓也。」可從。周代國君宴會羣臣和賓客，要奏樂爲娱，所以特撰《鹿鳴》詩，以備歌唱。

一

呦呦鹿鳴〔一〕，食野之苹〔二〕。我有嘉賓，鼓瑟吹笙。吹笙鼓簧〔三〕，承筐是將〔四〕。人之好我〔五〕，示我周行〔六〕。

二

呦呦鹿鳴，食野之蒿〔七〕。我有嘉賓，德音孔昭〔八〕。視民不恌〔九〕，君子是則是傚〔一〇〕。我有旨酒〔一一〕，嘉賓式燕以敖〔一二〕。

三

呦呦鹿鳴，食野之芩〔一三〕。我有嘉賓，鼓瑟鼓琴。鼓瑟鼓琴，和樂且湛〔一四〕。我有旨酒，以燕樂嘉賓之心！

【注】

〔一〕呦呦，鹿鳴聲。

〔二〕苹，《大戴禮·夏小正傳》：「苹也者，馬帚也。」馬帚今名掃帚草，草本，形似小樹。

〔三〕簧，一種樂器，形似摇鼓。

〔四〕承，捧也。將，獻也。此句言以筐中禮品獻給嘉賓。

〔五〕之，猶其，語助詞。好我，猶愛我。

〔六〕周行（háng杭），周國的大道，用來比喻周朝的制度禮義。

〔七〕蒿，蒿之一種，又名青蒿，有香味。

〔八〕孔，很。昭，明也，著也。

〔九〕視，讀爲示（三家詩視均作示）。恌，與佻同。《爾雅·釋言》：「佻，偷也。」偷是輕佻、奸巧之意。此句言嘉賓能够以不佻的榜樣，昭示人民。

〔一〇〕則，法也。傚，同效。此言人民都效法君子。
〔一一〕旨酒，美酒。
〔一二〕式、以，均是從而之意。燕，通宴，宴飲。敖，古遨字，遊也。
〔一三〕芩，草名。
〔一四〕湛，深厚。

四牡

這首詩描述爲統治者在外服役的人的辛勤與思家情緒。

一

四牡騑騑〔一〕，周道倭遲〔二〕。豈不懷歸，王事靡盬〔三〕，我心傷悲。

二

四牡騑騑，嘽嘽駱馬〔四〕。豈不懷歸，王事靡盬，不遑啓處〔五〕。

三

翩翩者鵻〔六〕，載飛載下〔七〕，集于苞栩〔八〕。王事靡盬，不遑將父〔九〕。

四

翩翩者鵻，載飛載止，集于苞杞〔一〇〕。王事靡盬，不遑將母。

五

駕彼四駱，載驟駸駸〔一一〕。豈不懷歸，是用作歌，將母來諗〔一二〕。

【注】

〔一〕牡，公獸也，此指公馬。騑騑，馬行不停貌。

〔二〕倭遲，道路紆迴遥遠貌。

〔三〕盬（gǔ古），停息。靡盬即没完没了。

〔四〕嘽（tān攤）嘽，喘息貌。駱，黑尾黑鬃的白馬。

〔五〕遑，閑暇。啓，跪。古人席地而坐，兩膝跪着，臀部坐在脚掌上。啓處，安居休息。

〔六〕鵻（zhuī追），鳥名，即鴿子。

〔七〕載，猶則。

〔八〕苞，茂盛。栩（xǔ許），木名，即柞樹。

〔九〕將，養也。

〔一〇〕杞，木名，即枸杞。

〔一一〕騤騤，馬速行貌。

〔一二〕諗（shěn 審），思念。

皇皇者華

這首詩是寫使者出外訪問中的片段生活和情緒。

一

皇皇者華〔一〕，于彼原隰〔二〕。駪駪征夫〔三〕，每懷靡及〔四〕。

二

我馬維駒〔五〕，六轡如濡〔六〕。載馳載驅，周爰咨諏〔七〕。

三

我馬維騏〔八〕，六轡如絲〔九〕。載馳載驅，周爰咨謀〔一〇〕。

四

我馬維駱〔一一〕，六轡沃若〔一二〕。載馳載驅，周爰咨度〔一三〕。

五

我馬維駰〔一四〕，六轡既均〔一五〕。載馳載驅，周爰咨詢〔一六〕。

【注】

〔一〕皇皇，猶煌煌，顔色鮮明貌。華，同花。

〔二〕原，廣平之地。隰（xí席），低濕之地。此二句寫使臣在路上所見的景物。

〔三〕駪（shēn身）駪，急急忙忙。

〔四〕靡及，没有做到，即没有完成任務。

〔五〕駒，馬高六尺名駒。

〔六〕轡，馬繮繩。古代一車駕四馬，六條繮繩。濡，沾濕。如濡是形容轡的柔輭。

〔七〕周，忠實。爰，于也。咨，問也。諏（zōu鄒），問事爲諏。

〔八〕騏，《説文》：「騏，馬青，驪（黑色）文如博棊也。」即馬青色而有像黑色棋子的花紋。

〔九〕如絲，馬轡用麻繩編成，而其白柔如絲。

〔一〇〕謀，計謀。

〔一一〕駱，黑尾黑鬃的白馬。

〔一二〕沃，潤澤。若，助詞。沃若猶沃然。

〔一三〕度（duó奪），衡量。

〔一四〕駰，淺黑色與白色相雜的馬。

〔一五〕均，六轡一樣爲均。

〔一六〕咨詢，詢問。

常棣

這是一首申述兄弟應該互相友愛的詩。

一

常棣之華〔一〕，鄂不韡韡〔二〕。凡今之人，莫如兄弟。

二

死喪之威〔三〕，兄弟孔懷〔四〕。原隰裒矣〔五〕，兄弟求矣〔六〕。

三

脊令在原〔七〕，兄弟急難〔八〕。每有良朋〔九〕，況也永歎〔一〇〕。

四

兄弟鬩于牆〔一一〕，外御其務〔一二〕。每有良朋，烝也無戎〔一三〕。

五

喪亂既平，既安且寧。雖有兄弟，不如友生〔一四〕。

六

儐爾籩豆〔一五〕，飲酒之飫〔一六〕。兄弟既具〔一七〕，和樂且孺〔一八〕。

七

妻子好合，如鼓瑟琴〔一九〕。兄弟既翕〔二〇〕，和樂且湛〔二一〕。

八

宜爾室家〔二二〕，樂爾妻帑〔二三〕。是究是圖〔二四〕，亶其然乎〔二五〕！

【注】

〔一〕常，借爲棠。常棣即棠梨樹。

〔二〕鄂，借爲萼，即花托。不，是萼的足。韡（wěi偉）韡，猶煒煒，光明貌。此用花萼的相依，比喻兄弟的親密關係。

〔三〕威，通畏，可怕之事。

〔四〕孔懷，很悲傷。

〔五〕原隰，指野地。裒（póu抔），聚土成墳爲裒。

〔六〕求，尋找。此二句指到墳上祭祀哭叫。

〔七〕脊令，即鶺鴒，鳥名。脊令成羣而飛，好比兄弟成羣共處。

〔八〕急難，兄弟有災難就急於相救。

〔九〕每，雖也。

〔一〇〕況，增加。永歎，長歎。此二句言：雖有好友，當我有災難時，只是增加他們的長歎而已。

〔一一〕鬩（xì 細），鬪也。鬩于牆即在牆内争吵。

〔一二〕御，同禦。務，通侮（《左傳・僖公二十四年》引正作侮）。此言兄弟雖然在家中不和，可是遇有外人欺凌，則共同起而抵抗。

〔一三〕烝，猶曾也。戎，相助。此指雖有好友，曾不能助我禦侮。

〔一四〕友生，友人。此二句指人在平安的時候，都感到兄弟不如朋友。

〔一五〕儐，陳列。爾，你。籩（biān 邊），盛乾肉、水果的食器，竹製。豆，盛肉菜的食器，陶、銅或木製。

〔一六〕之，猶則也。飫（yù 玉），滿足。

〔一七〕具，同俱。

〔一八〕孺，借爲愉。

〔一九〕如鼓瑟琴，以琴瑟音調的諧和比喻夫妻和好。

〔二〇〕翕（xì 細），聚合。

〔二一〕湛（zhàn 蘸），深厚。

〔二二〕宜，猶善也，即對待合適，恰到好處。室家，指家中的人。

〔二三〕帑，通孥，子也。此二句教人善處家人和妻子。

〔二四〕究，研究。圖，考慮。

〔二五〕亶（dǎn胆），誠然，信然。此二句言：你研究、考慮一下，上面所説的真是這樣吧！

伐木

這是貴族宴會親友所奏的樂歌。

一

伐木丁丁〔一〕，鳥鳴嚶嚶〔二〕。出自幽谷，遷于喬木。嚶其鳴矣，求其友聲。相彼鳥矣〔三〕，猶求友聲；矧伊人矣〔四〕，不求友生〔五〕！神之聽之，終和且平〔六〕。

二

伐木許許〔七〕，釃酒有藇〔八〕。既有肥羜〔九〕，以速諸父〔一〇〕。寧適不來〔一一〕，微我弗顧〔一二〕。於粲洒埽〔一三〕，陳饋八簋〔一四〕。既有肥牡，以速諸舅〔一五〕。寧適不來，微我有咎〔一六〕。

三

伐木于阪〔一七〕，釃酒有衍〔一八〕。籩豆有踐〔一九〕，兄弟無遠〔二〇〕。民之失德，乾餱以愆〔二一〕。有酒湑我〔二二〕，無酒酤我〔二三〕。坎坎鼓我〔二四〕，蹲蹲舞我〔二五〕。迨我暇矣〔二六〕，飲此湑矣〔二七〕。

【注】

〔一〕丁（zhēng争）丁，砍樹聲。

〔二〕嚶嚶，鳥鳴聲。

〔三〕相，視也，看也。

〔四〕矧（shěn審），何況。伊，是。

〔五〕友生，朋友。

〔六〕終，既也。此二句指神聽到人之相互友愛，也會賜以和平之福。

〔七〕許（hǔ虎）許，鋸木聲。

〔八〕釃（shī尸），濾酒。藇（xù敘），猶溢也。

〔九〕羜（zhù住），五個月的小羊。

〔一〇〕速，延請。諸父，同宗中的長一輩都稱父。

〔一一〕寧，願也。適，往請也。此句言：寧願我去請他，而他不來。

〔一二〕微，非也。弗顧，不去看他，意謂不去請他。

〔一三〕於（wū烏），發語詞。粲，明浄貌。

〔一四〕饋，食物。簋（guǐ鬼），古代一種食器名。

〔一五〕諸舅，親戚中的長一輩都稱舅，如母之兄弟、妻之父輩等。

〔一六〕咎，過失。

〔一七〕阪，山坡。

〔一八〕衍，溢出。

〔一九〕踐，陳列整齊。

〔二〇〕無，讀爲毋。無遠，即不要疏遠。

〔二一〕乾餱，即乾糧。這裏用以代表普通食物。愆（qiān牽），過失。此句指因一點飲食小事而失和。

〔二二〕湑（xū序），濾酒使清。或曰：此乃「有酒我湑」的倒裝句。亨按：我當作𢦏，形似而誤。𢦏借爲哉。下三句同。

〔二三〕酤，買酒。

〔二四〕坎坎，擊鼓聲。

〔二五〕蹲（cún存）蹲，舞貌。

〔二六〕迨，及，趁。

〔二七〕湑，指清酒。

天保

這是一首給貴族祝福的詩。

一

天保定爾〔一〕，亦孔之固〔二〕。俾爾單厚〔三〕，何福不除〔四〕。俾爾多益〔五〕，以莫不庶〔六〕。

二

天保定爾，俾爾戩穀〔七〕。罄無不宜〔八〕，受天百禄。降爾遐福〔九〕，維日不足〔一〇〕。

三

天保定爾，以莫不興〔一一〕。如山如阜〔一二〕，如岡如陵〔一三〕，如川之方至〔一四〕，以莫不增。

四

吉蠲爲饎〔一五〕，是用孝享〔一六〕。禴祠烝嘗〔一七〕，于公先王〔一八〕。君曰卜爾〔一九〕，萬壽無疆。

五

神之弔矣〔二〇〕，詒爾多福〔二一〕。民之質矣〔二二〕，日用飲食〔二三〕。羣黎百姓〔二四〕，徧爲爾德〔二五〕。

六

如月之恒〔二六〕，如日之升，如南山之壽，不騫不崩〔二七〕，如松柏之茂。無不爾或承〔二八〕。

【注】

〔一〕定，安也。

〔二〕孔，甚也。

〔三〕俾，使也。單，厚也。單厚猶言富有。

〔四〕除（zhù注），給予。此句言：上帝把什麽福都給了你。

〔五〕益，增加。

〔六〕庶，多也。此句言：任何財富你都很多。

〔七〕戩（jiǎn剪），福也。穀，禄也。

〔八〕罄，盡也。此句言：你的一切，没有不好、不合適的。

〔九〕遐福，長遠之福。一説：遐讀爲嘏（gǔ古），大也。遐福即大福（馬瑞辰《毛詩傳箋通釋》）。

〔一〇〕維日不足，指天天享樂，只覺得時間不足。

〔一一〕以莫不興，指事業無不興隆。

〔一二〕阜，土山。

〔一三〕陵，嶺也。此二句比喻事業廣大堅固。

〔一四〕如川之方至，指財富如大川滾滾而來。

〔一五〕吉，善。蠲（juān捐），潔也。饎，酒食也。

〔一六〕用，指用酒食。享，祭祀的通名。祭祀祖先乃對祖先的孝敬，所以説孝享。

〔一七〕禴（yuè躍），春祭名祠，夏祭名禴，秋祭名嘗，冬祭名烝。

〔一八〕于公先王，作者稱此貴族爲公，可見他是公侯。公先王，即公的先王。

〔一九〕君，先君。卜，借爲付，給予。

〔二〇〕弔，至也。弔與到，一音之轉。

〔二一〕詒，通貽，予也。

〔二二〕質，常也。

〔二三〕此二句言：日用飲食是人民的生活之常。

〔二四〕黎，衆也。

〔二五〕爲，借爲化。此二句言人民都被你的德行所感化。

〔二六〕恒，久也，言如月之長在。

〔二七〕騫，虧也。山的小部分虧毁爲騫。

〔二八〕承，奉也，意謂擁護。此乃「無或不承爾」的倒裝句，言没有人不擁護你。

采薇

這首詩當是西周宣王時期的作品。宣王時北方玁狁侵周，宣王命將領兵出征，打退玁狁。戍邊的士兵就唱出這首歌。（夷王時也伐過玁狁，此詩也可能作于彼時。）

一

采薇采薇〔一〕，薇亦作止〔二〕。曰歸曰歸，歲亦莫止〔三〕。靡室靡家〔四〕，玁狁之故〔五〕。不遑啓居〔六〕，玁狁之故。

二

采薇采薇，薇亦柔止。曰歸曰歸，心亦憂止。憂心烈烈〔七〕，載飢載渴〔八〕！我戍未定〔九〕，靡使歸聘〔一〇〕。

三

采薇采薇，薇亦剛止〔一一〕。曰歸曰歸，歲亦陽止〔一二〕。王事靡盬〔一三〕，不遑啓處。憂心孔疚〔一四〕，我行不來〔一五〕。

四

彼爾維何〔一六〕？維常之華〔一七〕。彼路斯何〔一八〕？君子之車〔一九〕。戎車既駕〔二〇〕，四牡業業〔二一〕。豈敢定居，一月三捷。

五

駕彼四牡，四牡騤騤〔二二〕。君子所依〔二三〕，小人所腓〔二四〕。四牡翼翼〔二五〕，象弭魚服〔二六〕。豈不日戒〔二七〕，玁狁孔棘〔二八〕。

六

昔我往矣〔二九〕，楊柳依依〔三〇〕。今我來思〔三一〕，雨雪霏霏〔三二〕。行道遲遲〔三三〕，載渴載飢。我心傷悲，莫知我哀。

【注】

〔一〕薇，野菜名，又名野豌豆，冬天發芽，春天長大。可食。
〔二〕作，生出也。止是語氣詞，下同。
〔三〕莫，古暮字。此句言：快要過年了。
〔四〕靡，無。此句指拋開了家庭。
〔五〕玁（xiǎn 險）狁，我國古代北方一個民族。
〔六〕遑，閑暇也。啓與跪同意，周代人跪坐。啓居即安居。
〔七〕憂心烈烈，憂心如焚。
〔八〕載，猶則也。
〔九〕戍，守邊。定，停止。
〔一〇〕使，使者。聘，探問。士兵們在服役期間没有專使替他們回家探問。
〔一一〕剛，堅硬。薇菜長大，莖葉就比較堅硬。
〔一二〕陽，天暖。
〔一三〕盬（gǔ 古），休止。
〔一四〕孔，很。疚，病痛。
〔一五〕來，指歸來。

〔一六〕爾，借爲薾，花盛貌。
〔一七〕常，借爲棠，即棠梨樹，花有紅有白。華，古花字。
〔一八〕路，即道路。一説：《爾雅・释詁》：「路，大也。」指車的高大。斯，猶是也。
〔一九〕君子，此指領兵的將帥。
〔二〇〕戎車，即兵車、戰車。
〔二一〕業業，高大貌。
〔二二〕騤（kuí葵）騤，馬强壯貌。
〔二三〕依，猶乘載。
〔二四〕小人，指士兵。腓（féi肥），覆庇。周代戰争中，將官在兵車上，步卒藉兵車以遮蔽矢石。
〔二五〕翼翼，整齊貌。
〔二六〕弭，弓的兩端縛弦處爲弭，鑲上象牙叫作象弭。服，借爲箙，箭袋，外面蒙上一層魚皮，叫作魚箙。或説箭袋是魚形，或説箭袋上畫有魚鱗，或説魚是獸名，皮有斑點花紋，古人用它做箭袋。象弭魚服是作者刻劃將帥們的闊綽，也是和自己的載飢載渴作對比。
〔二七〕戒，即警惕。
〔二八〕棘，荆棘。此指扎手，厲害而難于制服之意。

〔二九〕往，指當初出征時。

〔三〇〕依依，指柳條迎風披拂的樣子。一説：依借爲殷，殷殷，茂盛貌。

〔三一〕思，語氣詞。

〔三二〕霏霏，形容雨雪之密。

〔三三〕遲遲，緩緩。

【附録】

注〔五〕玁狁，古本當作嚴允，犬旁是後人所加。古銅器銘文作「厰允」（不嬰敦），又作「厰𤞤」（虢季子白盤）。

注〔一六〕爾，《説文》引《詩》此句作薾。

注〔二四〕腓，鄭箋：「腓當作芘。」芘與庇同。《説文》：「庇，蔭也。」引申即保護之意。《大雅·生民》：「牛羊腓字之。」也是借腓爲庇。

出車

周宣王時代，北方玁狁侵犯周國。宣王派大將南仲領兵出征，擊退玁狁，勝利回朝。這首詩就是敘寫這次戰役的。

一

我出我車，于彼牧矣〔一〕。自天子所〔二〕，謂我來矣〔三〕。召彼僕夫，謂之載矣。王事多難〔四〕，維其棘矣〔五〕。

二

我出我車，于彼郊矣。設此旐矣〔六〕，建彼旄矣〔七〕。彼旟旐斯〔八〕，胡不旆旆〔九〕！憂心悄悄〔一〇〕，僕夫況瘁〔一一〕。

三

王命南仲〔一二〕，往城于方〔一三〕。出車彭彭〔一四〕，旂旐央央〔一五〕。天子命我，城彼朔方〔一六〕。赫赫南仲〔一七〕，玁狁于襄〔一八〕。

四

昔我往矣，黍稷方華〔一九〕；今我來思〔二〇〕，雨雪載塗〔二一〕。王事多難，不遑啓居〔二二〕。豈不懷歸，畏此簡書〔二三〕。

五

喓喓草蟲〔二四〕，趯趯阜螽〔二五〕。未見君子〔二六〕，憂心忡忡；既見君子，我心則降〔二七〕。赫赫南仲，薄伐西戎〔二八〕。

六

春日遲遲，卉木萋萋。倉庚喈喈〔二九〕，采蘩祁祁〔三〇〕。執訊獲醜〔三一〕，薄言還歸〔三二〕。

赫赫南仲，玁狁于夷〔三三〕。

【注】

〔一〕牧，郊外放牧牲畜之地。

〔二〕所，處所。

〔三〕謂，猶命，口頭命令。

〔四〕難，危難。

〔五〕維，發語詞。其，指王事。棘，急也，緊張。

〔六〕旐（zhào 兆），一種畫有龜蛇的旗。

〔七〕旄，一種旗竿頭曲，上飾旄牛尾的旗。

〔八〕旟（yú 余），一種畫有鷹鳥的旗。斯，語氣詞。

〔九〕旆旆，風吹旗動貌。此句言：旗幟怎會不隨風飄動呢。

〔一〇〕悄悄，憂愁不安貌。

〔一一〕況，病也，金文作㾮。

〔一二〕南仲，周宣王的大臣。

〔一三〕城，築城。方，指朔方。一説：于，地名，在周國北邊。

〔一四〕彭彭，馬强壯貌。

〔一五〕旂，一種畫有蛟龍的旗。央央，鮮明貌。

〔一六〕朔，古語稱北方爲朔。

〔一七〕赫赫，顯耀盛大貌。

〔一八〕于，猶以也。襄，借爲攘，排除。

〔一九〕黍、稷，同爲粟類，黍黏，稷不黏。華，開花。

〔二〇〕思，語氣詞。

〔二一〕雨雪，即下雪。載，借爲在。塗，與途同。

〔二二〕遑，閑暇。啓居，安居。

〔二三〕簡書，指寫在簡册上的法令。

〔二四〕喓喓，蟲鳴聲。草蟲，即蟈蟈。

〔二五〕趯（tì 惕）趯，跳躍貌。阜螽（zhōng 終），即蚱蜢。

〔二六〕君子，婦女稱丈夫爲君子。

〔二七〕降，放下。

〔二八〕薄，借爲搏，擊也。西戎，玁狁的一個部落。

〔二九〕倉庚，黄鶯。喈喈，鳥鳴聲。

〔三〇〕蘩，一種蒿子，又名白蒿，可紮蠶山供蠶結繭。此采蘩指采蘩的婦女。祁祁，衆多貌。

〔三一〕執，捉住。訊，疑借爲奚，女俘虜名奚。醜，周人稱異國敵人爲醜，如今語呼之爲鬼子，此指男俘虜。

〔三二〕薄，急忙。言，讀爲焉。

〔三三〕夷，平也。此句指玁狁被掃平。

杕杜

這是在外擔任徭役的人們思念父母妻子而唱出的一首歌。

一

有杕之杜〔一〕，有睆其實〔二〕。王事靡鹽，繼嗣我日〔三〕。日月陽止〔四〕，女心傷止〔五〕，征夫遑止〔六〕。

二

有杕之杜，其葉萋萋。王事靡鹽，我心傷悲。卉木萋止，女心悲止，征夫歸止。

三

陟彼北山，言采其杞〔七〕。王事靡盬，憂我父母〔八〕。檀車幝幝〔九〕，四牡痯痯〔一〇〕，征夫不遠。

四

匪載匪來〔一一〕，憂心孔疚〔一二〕。期逝不至〔一三〕，而多爲恤〔一四〕。卜筮偕止〔一五〕，會言近止〔一六〕，征夫邇止〔一七〕。

【注】

〔一〕杕（dì弟），樹木孤立貌。杜，果木名，棠梨樹的一種，果色赤而味澀。

〔二〕睆（huǎn緩），顏色鮮明貌，或果實渾圓貌。

〔三〕嗣，與繼同意。此句指延長我們的服役時間。

〔四〕陽，暖也。杜結果在夏季，天氣正暖。止，語氣詞，下同。

〔五〕女心傷止，與下文「女心悲止」都是寫征夫想象其妻的憂傷。

〔六〕遑，忙也。

〔七〕杞，落葉小灌木，又名枸杞，果實小而紅，可食。

〔八〕憂我父母，愁我的父母無人奉養。一説：使我的父母發愁。

〔九〕幝（chǎn 産）幝，破舊貌。
〔一〇〕痯（guǎn 管）痯，疲勞貌。
〔一一〕匪，通非。此句猶言不上車歸來。
〔一二〕孔，很。疚，病痛。
〔一三〕期，約定時間。逝，連詞，與乃同意。
〔一四〕恤，憂也。
〔一五〕卜，用龜甲占卜。筮，用蓍草算卦。偕，合也。此句言：卜與筮的結果均一致。
〔一六〕會，離人相會。言，讀爲焉。
〔一七〕邇，近也。這一章寫征夫想象家人對他們的盼望。

魚麗

這是一首吹嘘貴族統治者有很多可供享受的鮮魚美酒的讚美詩。

一

魚麗于罶〔一〕，鱨鯊〔二〕。君子有酒，旨且多〔三〕。

二

魚麗于罶，魴鱧〔四〕。君子有酒，多且旨。

三

魚麗于罶，鰋鯉〔五〕。君子有酒，旨且有〔六〕。

四

物其多矣，維其嘉矣〔七〕。

五

物其旨矣，維其偕矣〔八〕。

六

物其有矣，維其時矣〔九〕。

【注】

〔一〕麗，通罹，遭遇，落入。罶（liǔ柳），捕魚的竹籠，長筒形，今名鬚籠。

〔二〕鱨，魚名，頭似燕，魚身，形厚而長，大頰骨，黄色，又名黄頰魚。鯊，小魚名，圓而有點文，常張口吹沙。

〔三〕旨，味美也。

〔四〕魴，又名鯿魚。鱧，即黑魚。

〔五〕鰋，即鮎魚。

〔六〕有，猶多也。
〔七〕嘉，美也。
〔八〕偕，合也。飲食物品能配合得很好。一説：偕，猶嘉也。
〔九〕時，得時也。飲食物品應時而有。一説：時，善也。

南有嘉魚之什

南有嘉魚

這也是一首貴族宴會賓客的詩。

一

南有嘉魚〔一〕，烝然罩罩〔二〕。君子有酒，嘉賓式燕以樂〔三〕。

二

南有嘉魚，烝然汕汕〔四〕。君子有酒，嘉賓式燕以衎〔五〕。

三

南有樛木〔六〕，甘瓠纍之〔七〕。君子有酒，嘉賓式燕綏之〔八〕。

四

翩翩者鵻〔九〕，烝然來思〔一〇〕。君子有酒，嘉賓式燕又思〔一一〕。

【注】

〔一〕嘉，美也。

〔二〕烝，衆也。然，助詞。罩罩，《説文》作⿰魚卓⿰魚卓，當是魚兒擺尾的狀態。⿰魚卓猶掉也，《説文》：「掉，摇也。」

〔三〕式，猶以也。燕，通宴。

〔四〕汕汕，羣魚游水貌。

〔五〕衎（kàn看），樂也。

〔六〕樛（jiū究），高木也。

〔七〕瓠，葫蘆之屬的總名。纍，繫掛。

〔八〕綏，安也。

〔九〕鵻（zhuī追），鴿子。

〔一〇〕思，語氣詞。下同。

〔一一〕又，讀爲侑，侑，勸也。

南山有臺

這是一首爲貴族頌德祝壽的詩。

一

南山有臺〔一〕，北山有萊〔二〕。樂只君子〔三〕，邦家之基〔四〕。樂只君子，萬壽無期。

二

南山有桑，北山有楊。樂只君子，邦家之光〔五〕。樂只君子，萬壽無疆。

三

南山有杞〔六〕，北山有李。樂只君子，民之父母。樂只君子，德音不已〔七〕。

四

南山有栲〔八〕，北山有杻〔九〕。樂只君子，遐不眉壽〔一〇〕。樂只君子，德音是茂〔一一〕。

五

南山有枸〔一二〕，北山有楰〔一三〕。樂只君子，遐不黄耇〔一四〕。樂只君子，保艾爾後〔一五〕。

【注】

〔一〕臺，通薹，草名，又名莎草，今名蓑衣草，可以製蓑衣。

〔二〕萊，草名，又名藜，嫩葉可煮食。

〔三〕只，猶哉，語氣詞。

〔四〕邦家，國家。

〔五〕光，光榮。

〔六〕杞，枸杞。

〔七〕不已，不絶。

〔八〕栲，木名，其材可製車輪的輻條。

〔九〕杻，木名，其材可製車輪外周。

〔一〇〕遐，通何。眉壽，長壽。此句猶言豈不長壽。

〔一一〕茂，美也。

〔一二〕枸，木名，即枳椇，有果生在枝頭，狀如雞爪，長數寸，味甜可食。

〔一三〕楰（yú于），木名，山楸之類，其材可製家具等。

〔一四〕黃耇（gǒu苟），老壽也。年老則髮黃。

〔一五〕艾，養育。後，後人，子孫。此句言：保護並撫養你的子孫。

蓼蕭

這首詩的作者受到貴族的恩惠，因寫此詩向貴族表示感謝，並爲貴族頌德祝福。

一

蓼彼蕭斯〔一〕，零露湑兮〔二〕。既見君子，我心寫兮〔三〕。燕笑語兮〔四〕，是以有譽處兮〔五〕。

二

蓼彼蕭斯，零露瀼瀼〔六〕。既見君子，爲龍爲光〔七〕。其德不爽〔八〕，壽考不忘〔九〕。

三

蓼彼蕭斯，零露泥泥〔一〇〕。既見君子，孔燕豈弟〔一一〕。宜兄宜弟，令德壽豈〔一二〕。

四

蓼彼蕭斯，零露濃濃。既見君子，鞗革沖沖〔一三〕。和鸞雝雝〔一四〕，萬福攸同〔一五〕。

【注】

〔一〕蓼（lù路），長大貌。蕭，即艾蒿。斯，語氣詞。

〔二〕零，落也。湑（xū序），露珠清明的樣子；一說：露盛貌。

〔三〕寫，猶愉，喜悦。

〔四〕燕，猶歡，樂也。

〔五〕譽，通豫，歡樂。此指作者受君子的豢養或扶植，就有了安樂窩。

〔六〕瀼（ráng 攘）瀼，露盛貌。

〔七〕龍，通寵，榮也。

〔八〕爽，差也。

〔九〕考，老也。忘，借爲亡。不亡，猶不死也。

〔一〇〕泥泥，沾濡貌。

〔一一〕豈弟，同愷悌，和易近人。

〔一二〕令，善也，美也。豈，借爲磑（wéi 違），堅固。

〔一三〕鞗（tiáo 條），《説文》作鋚。《詩經》的鋚革即古金文的鋚勒。鋚，銅也。勒，馬絡頭。貴族的勒，用革製成，勒上裹以銅，即所謂鋚勒。沖沖，金色閃光的樣子。

〔一四〕和鸞，古代車馬上的鈴鐺。掛在車前橫木上的稱和，掛在車架上的稱鸞。雝（yōng 雍）雝，鈴聲諧和。

〔一五〕攸，所也。同，猶聚也。

湛露

貴族舉行宮廟落成之禮，宴請賓客，賓客作此詩來阿諛主人，並表示感恩之意。

一

湛湛露斯〔一〕，匪陽不晞〔二〕。厭厭夜飲〔三〕，不醉無歸。

二

湛湛露斯，在彼豐草。厭厭夜飲，在宗載考〔四〕。

三

湛湛露斯，在彼杞棘〔五〕。顯允君子〔六〕，莫不令德〔七〕。

四

其桐其椅〔八〕，其實離離〔九〕。豈弟君子〔一〇〕，莫不令儀〔一一〕。

【注】

〔一〕湛湛，露盛貌。斯，語氣詞。

〔二〕匪，通非。陽，太陽。晞，乾也。

〔三〕厭厭，滿足。

〔四〕宗，宗廟。載，猶則也。考，《左傳·隱公五年》：「考仲子之宮。」服虔注：「宮廟初成，祭之，名爲考。」按考即所謂落成之禮，行此禮時，必宴請賓客。在宗載考，言在宗廟中舉行宮廟落成之禮。

〔五〕杞，枸杞。棘，棗樹。

〔六〕顯，高貴，顯赫。允，誠信；一説：允借爲駿，大也；又一説：允借爲俊，英俊也。

〔七〕令德，美德。此句指君子之德無往不善。

〔八〕桐，梧桐。椅，椅樹，即山桐子。

〔九〕離離，茂盛繁多。

〔一〇〕豈弟，同愷悌，和易近人。

〔一一〕儀，容止禮節。

彤弓

諸侯有功于天子，天子賜給他彤弓等物，並設宴招待他。這首詩正是敍寫此事。

一

彤弓弨兮〔一〕，受言藏之〔二〕。我有嘉賓〔三〕，中心貺之〔四〕。鍾鼓既設，一朝饗之。

二

彤弓弨兮，受言載之〔五〕。我有嘉賓，中心喜之。鍾鼓既設，一朝右之〔六〕。

三

彤弓弨兮，受言櫜之〔七〕。我有嘉賓，中心好之。鍾鼓既設，一朝醻之〔八〕。

【注】

〔一〕彤（tóng 同），朱紅色。弨（chāo 超），放鬆弓弦。

〔二〕言，讀爲焉。此句的主語是諸侯。

〔三〕我，天子的自稱。嘉賓，指有功的諸侯。

〔四〕貺（kuàng 况），讀爲皇；皇，美也。中心皇之猶言中心嘉之。

〔五〕載，裝在車上。

〔六〕右，通侑，勸也，勸人進食。

〔七〕櫜（gāo 高），囊也。此指用囊裝起。

〔八〕醻，同酬，勸酒。

菁菁者莪

作者深受貴族的扶植與恩賜，寫此詩來表示感激和喜悦的心情。

一

菁菁者莪〔一〕，在彼中阿〔二〕。既見君子，樂且有儀〔三〕。

二

菁菁者莪，在彼中沚〔四〕。既見君子，我心則喜。

三

菁菁者莪，在彼中陵〔五〕。既見君子，錫我百朋〔六〕。

四

汎汎楊舟〔七〕，載沈載浮〔八〕。既見君子，我心則休〔九〕。

【注】

〔一〕菁菁，茂盛貌。莪，蒿之一種，又名蘿蒿。

〔二〕中阿，阿中也。大的丘陵稱阿。

〔三〕儀，猶禮也。

〔四〕沚，水中小洲。

〔五〕陵，大土山。

〔六〕錫，賜。朋，古代以貝殼爲貨幣，五貝爲一串，兩串爲一朋。

〔七〕楊舟，楊木製的船。
〔八〕載，猶則也。沈，今字作沉。
〔九〕休，喜也。

六月

這首詩敘寫尹吉甫奉周宣王的命令，北伐玁狁，獲致勝利的事迹。

一

六月棲棲〔一〕，戎車既飭〔二〕。四牡騤騤〔三〕，載是常服〔四〕。玁狁孔熾〔五〕，我是用急〔六〕。王于出征〔七〕，以匡王國〔八〕。

二

比物四驪〔九〕，閑之維則〔一〇〕。維此六月〔一一〕，既成我服。我服既成，于三十里〔一二〕。王于出征，以佐天子。

三

四牡脩廣〔一三〕，其大有顒〔一四〕。薄伐玁狁〔一五〕，以奏膚公〔一六〕。有嚴有翼〔一七〕，共武之服〔一八〕。共武之服，以定王國。

四

玁狁匪茹〔一九〕，整居焦穫〔二〇〕。侵鎬及方〔二一〕，至于涇陽〔二二〕。織文鳥章〔二三〕，白旆央央〔二四〕。元戎十乘〔二五〕，以先啓行〔二六〕。

五

戎車既安，如輊如軒〔二七〕。四牡既佶〔二八〕，既佶且閑。薄伐玁狁，至于大原〔二九〕。文武吉甫〔三〇〕，萬邦爲憲〔三一〕。

六

吉甫燕喜〔三二〕，既多受祉〔三三〕。來歸自鎬，我行永久。飲御諸友〔三四〕，炰鱉膾鯉〔三五〕。侯誰在矣〔三六〕？張仲孝友〔三七〕。

【注】

〔一〕棲棲，猶忙忙，忙于出征。一說：棲借爲淒。淒淒，多雨貌。

〔二〕戎車，戰車。飭（chì赤），修整。

〔三〕騤（kuí葵）騤，馬强壯貌。

〔四〕載，裝在車上。常，一種繪有日月的旗。服，軍服。

〔五〕熾，盛也。

〔六〕是用，猶是以。急，緊張。
〔七〕于，借爲呼。一說：于，曰也。
〔八〕匡，救助。
〔九〕比，猶配也。物，指馬。同色的馬配在一起，即是比物。驪，黑色馬。
〔一〇〕閑，練習，熟練。維，猶以也。則，法則。戰車四馬必須練習作戰的法則，而後可用。
〔一一〕維，發語詞。
〔一二〕于，往也。軍行一日三十里，以免過度疲勞。
〔一三〕脩，同修，長也。廣，大也。
〔一四〕有，助詞。顒（yóng庸），大貌。
〔一五〕薄，借爲搏，擊也。
〔一六〕奏，進獻也。膚，大也。公，通功。
〔一七〕嚴，威嚴。翼，整齊。
〔一八〕武之服，軍人的服裝。此句言：大家都穿軍人的服裝。
〔一九〕匪，通非。茹，柔弱。此句言玁狁不弱。
〔二〇〕整居，列隊而居。焦穫，澤名，在今陝西涇陽縣西北。
〔二一〕鎬，通鄗（hào號），地名，不是周的鎬京。方，地名。

〔一二〕涇，水名，下游在今陝西境，入於渭水。陽，水的北面稱陽。

〔一三〕織，通幟，即旗幟。文、章，花紋。此句言旗幟上繪有鳥形花紋。

〔一四〕旆，旗也。央央，鮮明貌。

〔一五〕元，大也。元戎，大的戰車。

〔一六〕啓行，開道。此言元戎做開路先鋒。

〔一七〕如，猶乃也。輊，車向下俯。軒，車向上仰。此言車可以隨意使它下俯上仰。

〔一八〕佶，壯健貌。

〔一九〕大，通太。太原，地名，不是現在山西的太原。

〔二〇〕吉甫，姓尹，字吉甫，周宣王的大臣，領兵的主帥。此句言尹吉甫才兼文武。

〔二一〕爲，猶之也。憲，法則。此句言吉甫是萬國的榜樣。

〔二二〕燕，猶歡也。

〔二三〕祉，福也。此句言吉甫多受上天之福。

〔二四〕御，進也，進獻飲食也。吉甫班師還朝，請衆友宴飲。

〔二五〕炰（páo 袍），與炮同，用火燒肉。膾，細切魚肉。

〔二六〕侯，維也，發語詞。

〔二七〕張仲，人名。此句言參加宴會的張仲，有孝友的美德。

采芑

西周宣王時代，大臣方叔領兵征伐楚國。這首詩便是敍寫此事。

一

薄言采芑〔一〕，于彼新田〔二〕，于此菑畝〔三〕。方叔涖止〔四〕，其車三千，師干之試〔五〕。方叔率止〔六〕，乘其四騏〔七〕，四騏翼翼〔八〕。路車有奭〔九〕，簟茀魚服〔一〇〕，鉤膺鞗革〔一一〕。

二

薄言采芑，于彼新田，于此中鄉〔一二〕。方叔涖止，其車三千，旂旐央央〔一三〕。方叔率止，約軧錯衡〔一四〕，八鸞瑲瑲〔一五〕。服其命服〔一六〕，朱芾斯皇〔一七〕，有瑲葱珩〔一八〕。

三

鴥彼飛隼〔一九〕，其飛戾天〔二〇〕，亦集爰止〔二一〕。方叔涖止，其車三千，師干之試。方叔率止，鉦人伐鼓〔二二〕，陳師鞠旅〔二三〕。顯允方叔〔二四〕，伐鼓淵淵〔二五〕，振旅闐闐〔二六〕。

四

蠢爾蠻荆〔二七〕，大邦爲讎〔二八〕。方叔元老〔二九〕，克壯其猶〔三〇〕。方叔率止，執訊獲醜〔三一〕。戎車嘽嘽〔三二〕，嘽嘽焞焞〔三三〕，如霆如雷〔三四〕。顯允方叔，征伐玁狁〔三五〕，蠻荆來威〔三六〕。

【注】

〔一〕薄，急忙。言，讀爲焉。芑（qǐ起），野菜名，味苦。

〔二〕新田，新墾的田。

〔三〕菑（zī資），初耕的田地。此二句寫兵士採芑菜以爲副食。

〔四〕方叔，周宣王的大臣。涖，同莅，臨也。止，語氣詞。

〔五〕師，衆也。干，盾也，用干代表武器。試，用也。此句言要利用戰士和武器，從事戰爭。

〔六〕率，領也。

〔七〕乘，猶駕也。騏，青底黑紋的馬。

〔八〕翼翼，整齊貌。

〔九〕路，大也。路車，即大車，方叔所乘。奭（shì式），紅色。古代貴族的車常塗紅色。

〔一〇〕簟（diàn店）茀，遮蔽車子的竹席。魚服，即魚箙，外蒙魚皮的箭袋。

〔一一〕鉤膺，馬的一種裝具，用寬帶製成，套在馬胸前頸上，上面有鉤，以便扣緊，下面飾有垂纓，又名繁纓。車軛即加在鉤膺上面，以免摩傷馬頸。鞗革，革質飾銅的馬籠頭。

〔一二〕中鄉，即鄉中。

〔一三〕旂，畫有蛟龍的旗。旐，畫有龜蛇的旗。央央，鮮明貌。

〔一四〕約，纏束。軝（qí其），車轂末端部分。軝用革纏束，塗上紅色，叫作約軝。舊説：兵車，轂長三尺二寸，軝長爲轂的五分之三。錯，畫上花紋；一説：錯，塗上金色。古代的車，一個獨轅，名輈，在車中；輈的前端，有個横木，叫衡。衡上有四個木杈，在輈的左右，名軛，軛扣在四馬的頸上。錯衡即有花紋的衡或塗有金色的衡。

〔一五〕鸞，車鈴。瑲瑲，鈴聲。

〔一六〕前一個服字，動詞，穿。命服，古代衣服有一定的制度，貴族由天子下令，賜以某種爵位，才准穿某種衣服，這叫作命服。

〔一七〕芾（fú扶），通韍，皮製的蔽膝。斯，是也。皇，輝煌。

〔一八〕有，助詞。葱，緑色。珩（héng衡），古人佩玉，佩上有兩塊長方的玉，叫作珩。古制：爵位高的佩葱珩，其次佩幽（黑色）珩。此句言方叔的葱珩瑲然有聲。

〔一九〕鴥（yù玉），鳥疾飛貌。隼，鷹鷂屬。

〔二〇〕戾，至也。

〔二一〕爰，猶而也。止，休息。

〔二二〕鉦，鐲也，形似小鐘，内有舌，上有柄，摇之則鳴。古代行軍，有鉦有鼓。但此鉦人似是官名，掌管鳴鉦擊鼓之事者。伐鼓，即擊鼓。

〔二三〕陳師，陳列軍隊。鞫，告也。鞫旅，對軍隊講話。

〔二四〕顯，高貴。允，借爲駿，大也。

〔二五〕淵淵，鼓聲。

〔二六〕振旅，訓練軍隊。闐闐，兵勢衆盛貌。

〔二七〕蠢，蟲蠕動貌。又解：蠢，愚蠢。荆，古代楚國的别稱。蠻，周人對南方民族的蔑稱。

〔二八〕大邦，指周國。讎，仇也。此句指責楚國與周國爲仇。

〔二九〕元老，老臣。

〔三〇〕克，能也。猶，通猷，謀也。此句言方叔有宏大的計謀。

〔三一〕執訊獲醜，擒獲男女戰俘。

〔三二〕嘽（tān 攤）嘽，車行聲。

〔三三〕焞（tūn 吞）焞，盛貌。

〔三四〕霆，劈雷。

〔三五〕征伐玁狁，指方叔在此以前曾征伐過玁狁。

〔三六〕來，猶乃也。威，通畏。此句言楚國因而畏懼。

車攻

這是一首敘寫周王到東方打獵的詩。西周都鎬京，又有洛邑爲東都，所以周王常到東方去。

一

我車既攻〔一〕，我馬既同〔二〕。四牡龐龐〔三〕，駕言徂東〔四〕。

二

田車既好〔五〕，四牡孔阜〔六〕。東有甫草〔七〕，駕言行狩〔八〕。

三

之子于苗〔九〕，選徒囂囂〔一〇〕。建旐設旄〔一一〕，搏獸于敖〔一二〕。

四

駕彼四牡，四牡奕奕〔一三〕。赤芾金舄〔一四〕，會同有繹〔一五〕。

五

決拾既佽〔一六〕，弓矢既調〔一七〕。射夫既同〔一八〕，助我舉柴〔一九〕。

六

四黃既駕〔二〇〕，兩驂不猗〔二一〕。不失其馳〔二二〕，舍矢如破〔二三〕。

七

蕭蕭馬鳴〔二四〕，悠悠旆旌〔二五〕。徒御不驚〔二六〕，大庖不盈〔二七〕。

八

之子于征〔二八〕，有聞無聲〔二九〕。允矣君子〔三〇〕，展也大成〔三一〕。

【注】

〔一〕攻，堅固精緻。

〔二〕同，整齊。

〔三〕龐龐，高大强壯貌。

〔四〕言，讀爲焉。徂(cú)，往。

〔五〕田車，狩獵之車。

〔六〕阜，肥壯。

〔七〕甫，甫田的簡稱；甫田，也作圃田，湖澤名。一說：甫，大也，面積廣大。

〔八〕狩，打獵。

〔九〕之子，此人。指負責狩獵之官。于，往也。苗，夏獵曰苗。

〔一〇〕選徒，經過選擇的獵士。囂囂，喧鬧聲。

〔一一〕旐，畫有龜蛇的旗。旄，飾有旄牛尾的旗。

〔一二〕搏獸，打野獸。又：搏獸古本也作薄狩；則薄當是急忙之意。敖，山名。

〔一三〕奕奕，高大美盛貌。

〔一四〕赤芾（fú扶），紅色蔽膝。舄（xì戲），鞋。此句以赤芾金舄代表貴族。

〔一五〕會同，猶會合也。繹，有順序的樣子。

〔一六〕決，通抉，古代射箭時套在右手大拇指上的骨製套子，射箭時用它鉤弓弦。拾，古代射箭時套在左臂上的皮製護袖。佽（cì次），便利也。

〔一七〕調，和也。

〔一八〕同，會合。射夫在獵罷時聚在一起。

〔一九〕舉，擡起。柴（zì自），借爲胔，打死的禽獸。

〔二〇〕黄，黄馬。

〔二一〕驂，駕車四馬中的兩旁兩匹。猗，偏也。

〔二二〕不失其馳，指馬步伐協調，馳驅得法。

〔二三〕舍，放出。如，猶則也。破，射傷鳥獸。

〔二四〕蕭蕭，馬鳴聲。

〔二五〕悠悠，旆旗擺動貌。斾旌，旗幟。

〔二六〕徒，步卒。御，車夫。不，通丕，大也，甚也。下句同。驚，古本也作警，機警，機靈。獵人車夫都很機靈，所以打得很多的鳥獸。

〔二七〕庖，廚房。

〔二八〕征，行也。言其歸來。

〔二九〕此句言但聞車馬人夫的行聲，没有人夫諠譁的聲音。一説：有，助詞。聞無聲，言聽之無聲。

〔三〇〕允，讀爲駿，大也。此句猶言大哉君子。

〔三一〕展，誠然，真的。大成，很成功。

吉日

這是一首敘寫周王打獵的詩。

一

吉日維戊〔一〕，既伯既禱〔二〕。田車既好〔三〕，四牡孔阜〔四〕。升彼大阜，從其羣醜〔五〕。

二

吉日庚午，既差我馬〔六〕。獸之所同〔七〕，麀鹿麌麌〔八〕。漆沮之從〔九〕，天子之所〔一〇〕。

三

瞻彼中原〔一一〕，其祁孔有〔一二〕。儦儦俟俟〔一三〕，或羣或友〔一四〕。悉率左右，以燕天子〔一五〕。

四

既張我弓〔一六〕，既挾我矢。發彼小豝〔一七〕，殪此大兕〔一八〕。以御賓客〔一九〕，且以酌醴〔二〇〕。

【注】

〔一〕戊，古人以甲、乙、丙、丁、戊、己、庚、辛、壬、癸十個天干和子、丑、寅、卯、辰、巳、午、未、申、酉、戌、亥十二個地支順序配合以記日。從第二章「吉日庚午」看，此戊日系戊辰日，且是一月中逢單的日子。古人逢單日則從事征戰、田獵等外事。

〔二〕伯，祭祀馬神。禱，祈禱。

〔三〕田車，獵車。

〔四〕阜，肥壯。

〔五〕從，猶逐也。羣醜，指野獸。

〔六〕差（chāi 釵），選擇。

〔七〕同，猶聚也。

〔八〕麀（yōu 憂），牝鹿。麌（yǔ 雨）麌，鹿羣聚貌。

〔九〕漆、沮，都是西周境内的水名，在今陝西境内。從，指逐獸。此言由漆沮兩旁以逐獸。

〔一〇〕所，處所。此句言該地宜爲天子田獵之所。

〔一一〕中原，即原中。

〔一二〕祁，大也，指大獸。有，猶多也。

〔一三〕儦儦，跑貌。俟俟，行貌。

〔一四〕羣，獸三隻以上在一起爲羣。友，兩隻在一起爲友。

〔一五〕燕，安也，保也。此二句言在行獵時，盡率左右之人保護天子，以防天子被猛獸所傷。

〔一六〕張，加弦于弓也。古人用弓則加弦，是爲張；不用弓則解弦，是爲弛。

〔一七〕發，射也。豝，小獸也。

〔一八〕殪，死。兕（sì 寺），古代犀牛一類的獸名。

〔一九〕御，進獻飲食。
〔二〇〕酌醴，飲酒。

鴻鴈之什

鴻鴈

此篇當是一首民歌。一個奴隸主下令徵集他的農奴、工匠來給他建築城邑或莊園。勞動人民在徭役中唱出這首歌。

一

鴻鴈于飛〔一〕，肅肅其羽〔二〕；之子于征〔三〕，劬勞于野〔四〕。爰及矜人〔五〕，哀此鰥寡〔六〕。

二

鴻鴈于飛，集于中澤〔七〕；之子于垣〔八〕，百堵皆作〔九〕。雖則劬勞，其究安宅〔一〇〕？

三

鴻鴈于飛，哀鳴嗸嗸〔一一〕；維此哲人〔一二〕，謂我劬勞。維彼愚人，謂我宣驕〔一三〕。

【注】

〔一〕鴻鴈，即雁。于，在也。
〔二〕肅肅，鳥羽振動聲。
〔三〕之子，指被徵集的一些人。征，與行同意。
〔四〕劬勞，勞苦，勞累。
〔五〕爰，猶乃也。矜人，貧苦可憐的人。言奴隸主的徭役都加到可憐的人們身上。
〔六〕鰥，老而無妻的男子。寡，死掉丈夫的婦人。
〔七〕中澤，即澤中。
〔八〕垣，牆也。此指築牆。
〔九〕百，言其多。堵，一面牆。
〔一〇〕究，究竟。安，何也。宅，居住。農奴們雖然辛苦築牆，而結果是自己住不上房子。一說：安宅，安居。言大家終究可以安居了。
〔一一〕磬，同嗷。嗷嗷，雁哀鳴聲。
〔一二〕哲人，即明白人。
〔一三〕宣，當借爲喧，多言也。驕，驕傲。四句言了解情况者説奴隸們勞累，黯昧者反而責備奴隸們心懷不滿。

庭燎

這是一首贊美官僚早晨乘車上朝的詩。

一

夜如何其〔一〕？夜未央〔二〕！庭燎之光〔三〕。君子至止〔四〕，鸞聲將將〔五〕。

二

夜如何其？夜未艾〔六〕！庭燎晣晣〔七〕。君子至止，鸞聲噦噦〔八〕。

三

夜如何其？夜鄉晨〔九〕！庭燎有煇〔一〇〕。君子至止，言觀其旂〔一一〕。

【注】

〔一〕其（jī基），表疑問的語氣詞。

〔二〕未央，未盡。

〔三〕庭燎，庭中用以照明的火炬。之，有也。古人早朝，庭上燃有麻稭等紮成的大燭。

〔四〕君子，指大臣。止，語氣詞。此句言君子來上朝。

〔五〕鸞，車鈴。將將，同鏘鏘，鈴聲。

〔六〕艾，止，盡。
〔七〕晣（zhì制）晣，明亮。
〔八〕噦（huì滙）噦，有節奏的鈴聲。
〔九〕鄉，通嚮。嚮晨，近曉。
〔一〇〕煇，同輝。
〔一一〕言，猶爰也，乃也。旂，旌旗。

沔　水

這首詩似作于東周初年。平王東遷以後，王朝衰弱，諸侯不再擁護。鎬京一帶，危機四伏。作者憂之，因作此詩。

一

沔彼流水〔一〕，朝宗于海〔二〕。鴥彼飛隼〔三〕，載飛載止〔四〕。嗟我兄弟〔五〕，邦人諸友〔六〕，莫肯念亂〔七〕，誰無父母〔八〕？

二

沔彼流水，其流湯湯〔九〕。鴥彼飛隼，載飛載揚。念彼不蹟〔一〇〕，載起載行〔一一〕，心之憂矣，不可弭忘〔一二〕。

三

鴥彼飛隼，率彼中陵〔一三〕。民之訛言〔一四〕，寧莫之懲〔一五〕。我友敬矣〔一六〕，讒言其興〔一七〕。

【注】

〔一〕沔，水滿。

〔二〕朝宗，諸侯朝見天子，春見曰朝，夏見曰宗。後借指百川入海。

〔三〕鴥（yù玉），鳥疾飛貌。隼，鷹鷂之屬。

〔四〕載，猶則也。

〔五〕兄弟，指周王同姓的諸侯和大臣。

〔六〕邦人諸友，指周王異姓的諸侯和大臣。

〔七〕莫肯念亂，無人肯考慮王朝的亂事。

〔八〕誰無父母，指人人都有父母，能不考慮父母因亂而受難嗎？

〔九〕湯（shāng傷）湯，猶蕩蕩，大水急流貌。

〔一〇〕蹟，同迹，道也。不蹟即無道之意。念彼不蹟，想起那些不遵守法度的諸侯和大臣。

〔一一〕載起載行，言憂愁在心，坐卧不寧。
〔一二〕弭，停止。忘，忘掉。一説：忘借爲亡。亡，已也。
〔一三〕率，循也。中陵，即陵中。陵，嶺也。
〔一四〕訛言，謡言。
〔一五〕寧，乃也。懲，戒也。
〔一六〕敬，警戒小心。
〔一七〕興，起也。此二句言讒言已起，朋友宜加小心。

鶴鳴

這首詩的主旨是勸告王朝最高統治者應該任用在野的賢人。

一

鶴鳴于九皋〔一〕，聲聞于野。魚潛在淵，或在于渚〔二〕。樂彼之園〔三〕，爰有樹檀〔四〕，其下維蘀〔五〕。它山之石，可以爲錯〔六〕。

二

鶴鳴于九皋，聲聞于天。魚在于渚，或潛在淵。樂彼之園，爰有樹檀，其下維縠〔七〕。它山之石，可以攻玉〔八〕。

【注】

〔一〕九是虛數。皋，沼澤。九皋，言一連串的小湖澤。

〔二〕渚，借爲瀦，水停聚的地方。

〔三〕彼，指賢人。

〔四〕爰，發語詞。檀，一種珍貴的樹木。

〔五〕其，指檀樹。蘀（tuò拓），借爲檡（shì釋），軟棗，又叫梬（yǐng影）棗，一種矮樹。

〔六〕錯，磨物的工具。古代的錯或以硬石製成，或以金屬製成。此二句比喻在野的賢人可與商討國事，輔佐國政。

〔七〕縠，一種惡木。

〔八〕攻，治也。治玉須用石錯磨之。

祈父

此篇是西周王朝的武士所作。作者受到上司迫害，弄得流離失所，因而唱出這首詩，表示反抗。

一

祈父〔一〕，予王之爪牙〔二〕。胡轉予于恤〔三〕？靡所止居〔四〕。

二

祈父，予王之爪士〔五〕。胡轉予于恤？靡所厎止〔六〕。

三

祈父，亶不聰〔七〕。胡轉予于恤？有母之尸饔〔八〕。

【注】

〔一〕祈父，官名，即司馬，職掌兵甲。祈借爲圻，邊境叫作圻。司馬主管保衛邊境的事務，所以叫作圻父。《尚書·酒誥》作圻父。

〔二〕王之爪牙，即王的衛士。王有衛士如同獸有爪牙。

〔三〕恤，憂患。

〔四〕所，處所。止居，即居住之意。作者的田宅被没收，所以無處可住。

〔五〕士，衛士。

〔六〕厎（zhǐ紙），終也。

〔七〕亶（dǎn膽），誠也，如同現在的真。

〔八〕之,猶而也。尸,主也,即主管之意。饔,熟飯。尸饔就是主管煮飯。此句是説作者没有妻,家中没有奴僕,他的母親自己煮飯。

白駒

這是一首貴族挽留客人的詩。

一

皎皎白駒〔一〕,食我場苗〔二〕;縶之維之〔三〕,以永今朝〔四〕。所謂伊人〔五〕,於焉逍遥〔六〕。

二

皎皎白駒,食我場藿〔七〕;縶之維之,以永今夕。所謂伊人,於焉嘉客〔八〕。

三

皎皎白駒,賁然來思〔九〕。爾公爾侯〔一〇〕,逸豫無期〔一一〕。慎爾優游〔一二〕,勉爾遁思〔一三〕。

四

皎皎白駒,在彼空谷。生芻一束〔一四〕,其人如玉〔一五〕。毋金玉爾音〔一六〕,而有遐心〔一七〕。

【注】

〔一〕皎皎，潔白。駒，馬六尺爲駒。白駒是客人所乘。

〔二〕場，園圃。

〔三〕縶，用繩子把馬足絆上。維，把馬繮繩拴上。絆馬繫馬表示留客。

〔四〕永，延長。永今朝，延長到今朝，即留客人多住一天。

〔五〕伊人，此人，即客人。

〔六〕於，《廣雅・釋詁二》：「於，尻（居）也。」逍遥，優游自得貌。

〔七〕藿，豆葉。

〔八〕嘉，美也。言在這裏做個好客人。

〔九〕賁，通奔。思，語氣詞。

〔一〇〕爾公爾侯，即你們公侯。

〔一一〕逸，安閑。豫，借爲娛，娛樂。無期，没有期限。此句言公侯在外游樂，時間可長可短，無妨在這裏多住幾天。

〔一二〕優游，猶遨游。慎爾優游是規勸公侯在出游中小心謹慎，加强護衛，以防發生意外。

〔一三〕勉，讀爲免。遁，逃也。思，想法。免爾遁思，打消你離去的想法。

〔一四〕生芻，餵牲畜的草。
〔一五〕如玉，指客人的品德似玉潔白。
〔一六〕毋金玉爾音，指不要把你的聲音看成金玉般的珍貴，不肯多賜教言。
〔一七〕遐，遠也。遐心，遠離我們的想法。

黄鳥

此篇是一首民歌，當作於東周時期。西周亡後，開始有了新興地主和佃農，産生實物地租制度。詩的作者是個佃農，他從别地到西周王畿來，租種地主的土地。可是西周王畿的地主們的剥削比原住地區的地主更殘酷一些，而且他舉目無親，在生活上更感困難，所以仍想回到原住的地區去。他唱出這首詩，來表達他的憎恨地主、想回家鄉的思想感情。此詩與《魏風·碩鼠》有相似的地方。

一

黄鳥，黄鳥〔一〕，無集于穀〔二〕！無啄我粟〔三〕！此邦之人〔四〕，不我肯穀〔五〕。言旋言歸〔六〕，復我邦族〔七〕！

二

黄鳥，黄鳥，無集于桑！無啄我粱〔八〕！此邦之人，不可與明〔九〕。言旋言歸，復我諸兄！

三

黃鳥，黃鳥，無集于栩〔一〇〕！無啄我黍！此邦之人，不可與處〔一一〕。言旋言歸，復我諸父〔一二〕！

【注】

〔一〕黃鳥，即黃雀。

〔二〕穀，木名，即楮木，皮可造紙。

〔三〕粟，糧食的通稱。此用鳥的吃糧食比喻地主的剥削。

〔四〕此邦之人，主要是指地主們。

〔五〕不我肯穀，不肯穀我。穀，良善。此指善意待人。

〔六〕言，猶乃，于是。旋，回還。

〔七〕復，返。

〔八〕粱，高粱。

〔九〕明，借爲盟。不可與盟，指不能與之訂立約言。

〔一〇〕栩（xǔ許），柞樹。

〔一一〕處，相處。

〔一二〕諸父，伯父叔父等的總稱。

【附録】

注〔九〕明，鄭箋：「明當作盟。」馬瑞辰《毛詩傳箋通釋》：「明盟古通用。」

我行其野

一個貧苦漢子投靠（或出贅）在他的岳家，而他的妻子嫌貧愛富，想另嫁人，把他逐出。這首詩乃抒寫他的憤懣。

一

我行其野，蔽芾其樗〔一〕。昏姻之故〔二〕，言就爾居〔三〕。爾不我畜〔四〕，復我邦家〔五〕。

二

我行其野，言采其蓫〔六〕。昏姻之故，言就爾宿。爾不我畜，言歸斯復〔七〕。

三

我行其野，言采其葍〔八〕。不思舊姻，求爾新特〔九〕。成不以富〔一〇〕，亦祇以異〔一一〕。

【注】

〔一〕蔽芾（fèi 費），樹葉初生貌。樗（chū 初），惡木，今名臭椿。

〔二〕姻，馬瑞辰《毛詩傳箋通釋》：「姻謂夫也。」按古語妻稱夫爲姻，例如本詩「不思舊姻」。夫稱妻爲婚，例如《邶風·谷風》：「宴爾新昏，如兄如弟。」

〔三〕言，猶乃也。就，從，歸。爾，夫稱其妻。

〔四〕畜，養也。

〔五〕復，返。

〔六〕蓫（zhú 逐），惡菜，又名羊蹄菜，似蘿蔔，莖赤，煮食，滑而不美，多吃令人下痢。

〔七〕斯，猶乃也。

〔八〕葍（fú 福），多年生蔓草，花相連，根白色，可蒸食。

〔九〕新特，新夫也。《説文》：「特，朴特，牛父也。」古語稱公牛爲特，因而妻稱丈夫爲特。

〔一〇〕成，成就。

〔一一〕祇，只也，僅也。異，奇異。此二句言：人有成就不在于他有錢財，而只在于他有奇異的才德。

斯干

這是一首歌頌貴族建築宮室的詩。

一

秩秩斯干〔一〕，幽幽南山〔二〕。如竹苞矣〔三〕，如松茂矣。兄及弟矣，式相好矣〔四〕，無相猶矣〔五〕。

二

似續妣祖〔六〕，築室百堵〔七〕，西南其户〔八〕。爰居爰處〔九〕，爰笑爰語。

三

約之閣閣〔一〇〕，椓之橐橐〔一一〕。風雨攸除〔一二〕，鳥鼠攸去〔一三〕，君子攸芋〔一四〕。

四

如跂斯翼〔一五〕，如矢斯棘〔一六〕，如鳥斯革〔一七〕，如翬斯飛〔一八〕，君子攸躋〔一九〕。

五

殖殖其庭〔二〇〕，有覺其楹〔二一〕，噲噲其正〔二二〕，噦噦其冥〔二三〕，君子攸寧。

六

下莞上簟〔二四〕，乃安斯寢〔二五〕。乃寢乃興，乃占我夢。吉夢維何？維熊維羆〔二六〕，維虺維蛇〔二七〕。

七

大人占之〔二八〕：維熊維羆，男子之祥〔二九〕；維虺維蛇，女子之祥〔三〇〕。

八

乃生男子〔三一〕，載寢之牀〔三二〕，載衣之裳，載弄之璋〔三三〕。其泣喤喤〔三四〕。朱芾斯皇〔三五〕，室家君王〔三六〕。

九

乃生女子，載寢之地〔三七〕，載衣之裼〔三八〕，載弄之瓦〔三九〕。無非無儀〔四〇〕，唯酒食是議〔四一〕，無父母詒罹〔四二〕。

【注】

〔一〕秩秩，水流貌。斯，猶之。干，通澗。

〔二〕幽幽，深遠貌。南山，即終南山。

〔三〕如，猶彼也。苞，與茂同意。一說：如，似也。言貴族家庭的興旺如松竹的茂盛。

〔四〕式，發語詞。

〔五〕猶，欺詐。此三句指兄弟和睦，不必分家，宜擴建房屋。

〔六〕似，通嗣，繼也。妣，母已死之稱。此句言繼承先祖之家業。

〔七〕堵，一面牆爲一堵。此以一堵代表一間。
〔八〕户，指開門。此句指向西向南都開有門。
〔九〕爰，于是。
〔一〇〕約，捆束。之，指築牆板。閣閣，象聲詞，捆板的聲音。一説：閣閣，牢固貌。
〔一一〕椓，擊也，即打牆土。橐橐，夯土聲。一説：橐橐，用力或堅實貌。
〔一二〕攸，于是。
〔一三〕鳥鼠攸去，指鳥鼠不能穿牆入屋爲害。
〔一四〕芋，借爲宇。宇，居也。
〔一五〕跂，疑借爲雉（zhī 支），鳥名，喜鵲之屬。斯，猶之也。
〔一六〕棘，借爲翮，羽翎。此指箭的羽翎。
〔一七〕革，借爲翱（gé 革），翅膀。
〔一八〕翬，即野雞。此四句比喻新屋的伸展平直。
〔一九〕躋，登也。
〔二〇〕殖殖，平正貌。
〔二一〕覺，通梏，高大，正直。楹，柱子。
〔二二〕噲噲，寬敞明亮貌。正，白晝。

〔二三〕噦（huì 滙）噦，深暗貌。冥，黑夜。
〔二四〕莞（guān 關），蒲草，此指蒲草席。簟（diàn 店），竹席。
〔二五〕斯，猶乃也。
〔二六〕羆，熊的一種，比熊大。
〔二七〕虺，毒蛇。
〔二八〕大人，對占夢官的稱呼。《周禮》有太卜之官，掌占夢。
〔二九〕祥，吉兆。熊羆是猛獸，所以象徵男子。
〔三〇〕女子之祥，虺蛇是陰類，所以象徵女子。
〔三一〕乃，如果。
〔三二〕載，猶則也。
〔三三〕璋，玉製的禮器，半圭爲璋。
〔三四〕喤喤，形容嬰兒哭聲洪亮。
〔三五〕朱芾（fú 扶），紅色蔽膝。皇，輝煌。
〔三六〕家室君王，指男孩長大後將是一家的家長、一家的統治者。
〔三七〕地，周代住室不設牀，地上鋪席，人寢在席上，所以養女孩也寢在地上。因爲重視男孩，所以養男孩寢在特設的牀上。

〔三八〕裼（ㄊ惕），包嬰兒的被。
〔三九〕瓦，原始的陶製紡錘。
〔四〇〕非，錯誤。儀，當讀爲俄。俄，邪僻。
〔四一〕議，商討。此言婦女只需講究做酒飯等家事。
〔四二〕詒，通貽，留給。罹，憂也。此句言不給父母帶來憂愁。

無羊

這首詩是敍寫奴隸主畜牧牛羊的情況，反映出他們佔有大量的牲畜，并有奴隸替他們放牧。

一

誰謂爾無羊？三百維羣；誰謂爾無牛？九十其犉〔一〕。爾羊來思〔二〕，其角濈濈〔三〕。爾牛來思，其耳濕濕〔四〕。

二

或降于阿〔五〕，或飲于池，或寢或訛〔六〕。爾牧來思〔七〕，何蓑何笠〔八〕，或負其餱〔九〕。三十維物〔一〇〕，爾牲則具〔一一〕。

三

爾牧來思，以薪以蒸〔一二〕，以雌以雄〔一三〕。爾羊來思，矜矜兢兢〔一四〕，不騫不崩〔一五〕。麾之以肱〔一六〕，畢來既升〔一七〕。

四

牧人乃夢，衆維魚矣〔一八〕，旐維旟矣〔一九〕。大人占之〔二〇〕：衆維魚矣，實維豐年；旐維旟矣，室家溱溱〔二一〕。

【注】

〔一〕犉，身長七尺的大牛。

〔二〕思，語氣詞。

〔三〕濈（jí輯）濈，衆多聚集貌。

〔四〕濕濕，牛反芻時耳動貌。

〔五〕阿，山崗。

〔六〕訛，通吪，動。

〔七〕牧，牧人。

〔八〕何，通荷。

〔九〕餱，乾糧。

〔一〇〕物，指牛羊的毛色。三十是虚數，表示牛羊毛色多種多樣。

〔一一〕牲，用於祭祀的家畜。具，具備。古代因祭祀的對象不同而用不同毛色的家畜。

〔一二〕薪，粗柴。蒸，細柴，草類。

〔一三〕雌雄，指鳥獸。二句指牧人在放牧時還兼打柴狩獵。

〔一四〕矜矜，走路伶俐迅速的樣子。兢兢，争着前進的樣子。

〔一五〕騫，借爲蹇（jiǎn 簡），跛足。崩，跌倒。

〔一六〕麾，指揮。肱，手臂。

〔一七〕畢與既均當訓盡。升，進入圈裏。

〔一八〕衆，借爲螽，蝗蟲。維，與也。下句同。

〔一九〕旐（zhào 兆），一種畫有龜蛇的旗。旟（yú 于），一種畫有鷹隼的旗。二句言牧人夢見螽和魚、旐和旟。

〔二〇〕大人，占夢的官，或者管卜筮的官。占之即占卜夢的吉凶。

〔二一〕溱，借爲蓁。蓁蓁，茂盛衆多的樣子。指人丁興旺。最後四句是占夢的話。

【附録】

注〔一五〕騫，借爲蹇，《説文》：「蹇，尳也。」尳，古跛字。

注〔一八〕衆，丁希曾説：「衆借爲螺。螺，古螽字，即蝗蟲。」（盧文弨《鐘山札記》引）又按：衆或借爲潀，《説文》：「潀，小水入大水曰潀。」《大雅·鳧鷖》：「鳧鷖在潀。」《毛傳》：「潀，水會也。」小水入大水正是小水和大水相會，許説和毛説是一致的。

節南山之什

節南山

這首詩是家父所作，諷刺周王朝執政大官尹氏，似作於西周亡後不久。西周亡後，平王東遷，鎬京仍有統治機構。尹氏當是這個機構的執政者。

一

節彼南山〔一〕，維石巖巖〔二〕。赫赫師尹〔三〕，民具爾瞻〔四〕。憂心如惔〔五〕，不敢戲談。國既卒斬〔六〕，何用不監〔七〕？

二

節彼南山，有實其猗〔八〕。赫赫師尹，不平謂何〔九〕？天方薦瘥〔一〇〕，喪亂弘多〔一一〕。民言無嘉〔一二〕，憯莫懲嗟〔一三〕。

三

尹氏大師，維周之氐〔一四〕，秉國之均〔一五〕，四方是維〔一六〕，天子是毗〔一七〕，俾民不迷〔一八〕。不弔昊天〔一九〕，不宜空我師〔二〇〕。

四

弗躬弗親〔二一〕，庶民弗信。弗問弗仕〔二二〕，勿罔君子〔二三〕。式夷式已〔二四〕，無小人殆〔二五〕。瑣瑣姻亞〔二六〕，則無膴仕〔二七〕。

五

昊天不傭〔二八〕，降此鞠訩〔二九〕。昊天不惠〔三〇〕，降此大戾〔三一〕。君子如屆〔三二〕，俾民心闋〔三三〕。君子如夷〔三四〕，惡怒是違〔三五〕。

六

不弔昊天，亂靡有定。式月斯生〔三六〕，俾民不寧。憂心如酲〔三七〕，誰秉國成〔三八〕？不自爲政，卒勞百姓〔三九〕。

七

駕彼四牡，四牡項領〔四〇〕。我瞻四方，蹙蹙靡所騁〔四一〕。

八

方茂爾惡〔四二〕，相爾矛矣〔四三〕。既夷既懌〔四四〕，如相醻矣〔四五〕。

九

昊天不平，我王不寧。不懲其心〔四六〕，覆怨其正〔四七〕。

十

家父作誦〔四八〕，以究王訩〔四九〕。式訛爾心〔五〇〕，以畜萬邦〔五一〕。

【注】

〔一〕節，山高峻貌。

〔二〕巖巖，山石堆積貌。

〔三〕赫赫，顯耀盛大貌。師尹，太師尹氏的簡稱。太師，周王朝執政的大臣之一。尹氏，周王朝貴族之一，姓尹，作者未舉其名。

〔四〕具，通俱。此言人民都在看着你。

〔五〕惔（tán 談），借爲炎，火燒。

〔六〕卒，同猝，突然。斬，斷也。此句指周王朝突然滅亡。當指犬戎滅周而言。

〔七〕何用，猶何以。監，察也。此句言爲什麼不檢查政治上的錯誤。

〔八〕實猗，王引之《經義述聞》：「實，大貌。猗借爲阿。」按實猶碩也，實與碩雙聲相轉。阿，山坡。

〔九〕謂，通爲。

〔一〇〕薦，進也。進猶加也。瘥，災疫。此句言上天正在加重人民的災難。

〔一一〕弘，大也。

〔一二〕嘉，善也。此句指人民對於尹氏，只有諷刺和咒駡，没有一句贊美的好話。

〔一三〕憯（cǎn 慘），猶曾、乃。懲，戒也。嗟，歎也。此句指尹氏還不知警戒駭歎。

〔一四〕氏，根本。又解：氏借爲榰（zhī 支），《爾雅·釋言》：「榰，柱也。」此言尹氏處于執政的地位如同國家的柱石。

〔一五〕秉，掌握。均，通鈞，製陶器模子下面的圓盤。尹氏掌握政權來治國，好比陶人掌握圓盤來製器，所以説秉國之鈞。

〔一六〕維，維持。此句言尹氏有維持四方之責。

〔一七〕毗，輔助。

〔一八〕俾，使也。

〔一九〕弔，通淑，善也。昊天，皇天。

〔二〇〕空，窮也。師，衆也。此言上天不宜使我們羣衆陷于窮困。

〔二一〕躬親，親自。此句言尹氏不親身管理政事。
〔二二〕仕，審察。此句言尹氏不去詢察政事。
〔二三〕罔，欺也。君子，指官吏。此句言尹氏你不要欺騙官吏。
〔二四〕式，發語詞。夷，平也。已，讀爲怡。《説文》：「怡，和也。」此句言你要公平，要和善。
〔二五〕小人，指勞動人民。殆，危也，引申爲迫害之意。此句言你不要迫害老百姓。
〔二六〕瑣瑣，卑微渺小貌。姻，兒女親家。亞，通婭，姐妹之夫相互的稱謂。
〔二七〕膴，當讀爲謨，膴謨古通用。《説文》：「膴讀若謨。」《集韻》：「謨古作譕。」可證。謨，謀也。仕借爲士。言尹氏的親戚没有計謀之士。
〔二八〕傭，當讀爲庸。《小爾雅·廣言》：「庸，善也。」「昊天不庸」與「不弔昊天」同意。
〔二九〕鞠訩，窮凶，極凶，最大的災凶。
〔三〇〕惠，仁也。
〔三一〕戾，借爲癘，災難。
〔三二〕届，《毛傳》：「届，極也。」《小雅·菀柳》：「後予極焉。」鄭箋：「極，誅也。」此届字當訓爲誅。《魯頌·閟宫》：「致天之届。」義同。
〔三三〕闋，當讀爲睽。《周易·序卦》：「睽者，乖也。」《左傳·僖公十五年》：「歸妹之睽。」杜注：「睽，乖離之象。」心睽，猶心離也。上兩句言：統治者如果一味誅殺，就會使民心叛離。

〔三四〕夷，平也。

〔三五〕惡，憎惡。違，去也。此二句言：統治者如果公平，人民對他們的憎惡、憤怒就去掉了。

〔三六〕斯，是也。此句指每月都有亂事發生。

〔三七〕酲，飲酒多而病也。

〔三八〕成，疑借爲程。《荀子·致仕篇》：「程者，物之準也。」《小雅·小旻》：「匪先民是程。」《毛傳》：「程，法也。」程即法度。

〔三九〕卒，借爲瘁，病也。

〔四〇〕項，肥大。領，脖頸。

〔四一〕蹙蹙，局促不得舒展之意。此句指四方雖然遼闊，但到處有亂，無地可去。

〔四二〕茂，盛也。惡，憎惡。

〔四三〕相，視也。此二句言：當你們互相憎恨正强烈的時候，則看你們的矛，勢將用武。

〔四四〕夷，和平。懌，喜悦。

〔四五〕如，猶乃也，則也。醻，同酬。此二句言：當你們都很喜悦的時候，就一起飲酒互相酬答了。此章寫貴族之間反覆無常。

〔四六〕懲，改也。

〔四七〕覆，反也。二句言：非但不改過，反而怨恨規正他的人。

〔四八〕家父，人名。《小雅・十月之交》有「家伯維宰」，疑是一人。誦，詩歌。

〔四九〕究，追究。訩，借爲兇。追究周王朝兇惡的根源。意在歸咎于尹氏。

〔五〇〕訛，改變。爾，指尹氏。

〔五一〕畜，養也。此二句言：望你改變心腸，以治理天下。

正月

作者是西周王朝的官吏。他指責統治貴族的昏庸腐朽與殘暴，悲悼王朝的淪亡，怨恨上天給人民帶來災難，憂傷自己的遭受讒毀，處於孤立無援的境地。

一

正月繁霜〔一〕，我心憂傷。民之訛言〔二〕，亦孔之將〔三〕。念我獨兮〔四〕，憂心京京〔五〕。哀我小心，癙憂以痒〔六〕。

二

父母生我，胡俾我瘉〔七〕？不自我先，不自我後〔八〕。好言自口，莠言自口〔九〕。憂心愈愈〔一〇〕，是以有侮〔一一〕。

三

憂心惸惸〔一二〕，念我無禄〔一三〕。民之無辜，并其臣僕〔一四〕。哀我人斯〔一五〕，于何從禄？瞻烏爰止〔一六〕，于誰之屋〔一七〕？

四

瞻彼中林，侯薪侯蒸〔一八〕。民今方殆〔一九〕，視天夢夢〔二〇〕。既克有定，靡人弗勝〔二一〕。有皇上帝〔二二〕，伊誰云憎〔二三〕！

五

謂山蓋卑〔二四〕？爲岡爲陵〔二五〕。民之訛言，寧莫之懲〔二六〕！召彼故老〔二七〕，訊之占夢〔二八〕。具曰「予聖」〔二九〕，誰知烏之雌雄〔三〇〕！

六

謂天蓋高？不敢不局〔三一〕。謂地蓋厚？不敢不蹐〔三二〕。維號斯言〔三三〕，有倫有脊〔三四〕。哀今之人，胡爲虺蜴〔三五〕？

七

瞻彼阪田〔三六〕，有菀其特〔三七〕。天之扤我〔三八〕，如不我克〔三九〕。彼求我，則如不我得〔四〇〕；執我仇仇〔四一〕，亦不我力〔四二〕。

八

心之憂矣，如或結之〔四三〕。今茲之正〔四四〕，胡然厲矣〔四五〕？燎之方揚〔四六〕，寧或滅之〔四七〕。赫赫宗周〔四八〕，褒姒烕之〔四九〕。

九

終其永懷〔五〇〕，又窘陰雨〔五一〕。其車既載，乃棄爾輔〔五二〕。載輸爾載〔五三〕，「將伯助予」〔五四〕！

十

無棄爾輔，員于爾輻〔五五〕。屢顧爾僕〔五六〕，不輸爾載。終踰絶險〔五七〕，曾是不意〔五八〕！

十一

魚在于沼，亦匪克樂；潛雖伏矣，亦孔之炤〔五九〕。憂心慘慘，念國之爲虐。

十二

彼有旨酒，又有嘉殽；洽比其鄰〔六〇〕，昏姻孔云〔六一〕。念我獨兮，憂心慇慇〔六二〕。

十三

佌佌彼有屋〔六三〕，蔌蔌方有穀〔六四〕。民今之無禄，天夭是椓〔六五〕。哿矣富人〔六六〕，哀此惸獨〔六七〕。

【注】

〔一〕正月，毛傳：「正月，夏之四月。」亨按：夏、殷、周三曆，正月多霜，都是正常。殷、周正月均不是夏之四月。經文與傳文之正均當作四，形似而誤。繁，多也。

〔二〕訛言，猶謡言。

〔三〕孔，很。將，大也。是説謡言很盛。

〔四〕獨，孤獨。

〔五〕京京，憂愁無法解除的樣子。

〔六〕癙（shǔ鼠），幽悶。痒，病也。

〔七〕瘉，病也，指受災難。

〔八〕不自我先，不自我後，指變亂不先不後正發生在我的時代。

〔九〕莠言，壞話。此二句言：好話壞話都從人口説出。反覆無常之意。

〔一〇〕愈愈，猶鬱鬱，煩悶也。

〔一一〕以，因也。此句言憂悶是因爲受人欺侮。

〔一二〕惸（qióng瓊）惸，心中忐忑不安的樣子。

〔一三〕禄，福也。無禄，不幸。

〔一四〕并，皆也。臣僕，奴隸。此二句言：人民無罪，亡國後都將淪爲奴隸。

〔一五〕我人，我們。斯，語氣詞。

〔一六〕瞻，視也。爰，猶之也。

〔一七〕于，在。此二句言：瞧那烏鴉不知將落在何家。比喻自己將無處棲止。

〔一八〕侯，維也。薪，柴。蒸，草。此二句以林中都是柴草，没有大材，比喻朝廷都是小人，没有賢臣。

〔一九〕殆，危也。

〔二〇〕夢夢，昏憒不明。

〔二一〕靡，無也。此二句指上帝能有所決定，没有人他戰不勝。即天定勝人之意。

〔二二〕皇，輝煌。

〔二三〕伊，維也。云，句中助詞。此句問上帝究竟憎恨什麼人。

〔二四〕謂，猶惟也。蓋，通盍，何也。山爲什麼低了呢？

〔二五〕岡，古崗字。陵，即嶺。《國語·周語》：「幽王二年，岐山崩。」《小雅·十月之交》：「山冢崒崩。」此二句指岐山崩一事而言。

〔二六〕寧，猶乃也。懲，戒也。

〔二七〕召，當讀爲詔，告也。故老，老臣。

〔二八〕訊，問也。占夢，官名，掌占卜夢的吉凶及災異之事。此二句指以訛言與山崩二事請教老臣與占夢官。
〔二九〕具，通俱。此句的主語是故老與占夢，言他們都自稱聖明。
〔三〇〕此句嘲笑故老占夢們知識的淺少。
〔三一〕局，毛傳：「局，曲也。」即曲身、彎腰。此二句言：天是何等高，可是站着不敢不彎腰曲背。刻畫作者行動的小心謹慎。
〔三二〕蹐，用小步走路。即輕輕地走路。此二句言：地是何等厚，可是走路不敢不輕輕下脚。亦刻畫作者行動的小心謹慎。
〔三三〕號，喊叫。斯，猶則也。此句指有人喊我，我才講話。
〔三四〕倫、脊，毛傳：「倫，道；脊，理也。」倫是條理，脊是中心論點，如人身之脊。上二句刻畫作者言談的小心謹慎。
〔三五〕虺蜴，毒蛇和四脚蛇。此二句指今日的掌權貴族都是害人的虺蜴，所以作者不能不小心謹慎。
〔三六〕阪田，山坡上的田。
〔三七〕菀，疑借爲黦（yuè月），黄黑色。特，公牛。
〔三八〕扤（wù誤），借爲抈（yuè月）。《説文》：「抈，折也。」即挫折之義。

〔三九〕克，勝也。言其用盡方法以求勝我。

〔四〇〕不我得，不得我，指用盡方法以求得我。

〔四一〕仇仇，同执执，緩也。

〔四二〕不我力，不以爲我有能力。以上四句言掌權貴族曾經百計求我，但已得我，則又不加任用。

〔四三〕結，結疙瘩。

〔四四〕正，通政。

〔四五〕厲，虐也。

〔四六〕燎，野火與火炬均稱燎。揚，盛旺。

〔四七〕寧，猶乃也。或，有人也。

〔四八〕宗周，周人稱鎬京爲宗周，也稱西周爲宗周。宗，主也。因其爲天下所宗，故稱宗周。

〔四九〕褒姒，西周最末一代君主周幽王的寵妃。幽王因寵她而朝政昏亂，終於導致亡國。烕（miè滅），本義爲滅火，引申爲滅亡。此二句言褒姒將滅亡西周。一説：此詩作于西周初亡之時，這二句言褒姒已經滅亡周國。

〔五〇〕終，既也。永懷，深憂。

〔五一〕窘，困也。

〔五二〕輔，俞樾《羣經平議》：「輔讀爲轉（bó博），車下索也。」即聯結車身與車軸的繩索，作者用以比喻賢人。

〔五三〕輸，墮落，即掉下車來。載，前載字是語助詞，後載字指所載之物。

〔五四〕將，請也。伯，猶今語的大哥。

〔五五〕員于爾輻，俞樾説：「員，旋也。輻當作輹，即伏兔也。」員即將繩索盤上。輹是車箱下面鈎住車軸的木頭，狀似伏兔，用轉緊縛在軸上。

〔五六〕僕，車夫。

〔五七〕踰，越過。

〔五八〕不意，不在意。此句言：對此事不以爲意，即不放在心上。

〔五九〕炤，同昭，明也。上四句言：魚在池中也不能快樂，雖潛藏於深水，仍舊明白可見。比喻被壓迫者無可逃避。

〔六〇〕洽，融洽。比，親近。

〔六一〕昏姻，指親戚。云，友善。

〔六二〕慇慇，心痛貌。

〔六三〕佌（cǐ此）佌，卑微渺小。

〔六四〕蔌蔌，形容鄙陋。有穀，有糧食。二句言鄙陋小官都有吃有住，生活很好。

〔六五〕夭，借爲妖。天妖，天上的妖魔，指統治貴族。椓，擊也。即摧殘剥削。

〔六六〕哿（kě可），嘉，樂。

〔六七〕惸獨，孤獨無助的人。

十月之交

這首詩作於周幽王六年，當是周王朝一個大官所作，諷刺掌權貴族亂政殃民，遇到日食、地震、山崩、河沸等巨大災異，也不知警惕，並慨嘆自己的無辜遭受迫害。

一

十月之交〔一〕，朔月辛卯〔二〕。日有食之〔三〕，亦孔之醜〔四〕。彼月而微〔五〕，此日而微〔六〕。今此下民，亦孔之哀。

二

日月告凶〔七〕，不用其行〔八〕。四國無政〔九〕，不用其良。彼月而食，則維其常〔一〇〕。此日而食，于何不臧〔一一〕！

三

爗爗震電〔一二〕，不寧不令〔一三〕。百川沸騰，山冢崒崩〔一四〕。高岸爲谷〔一五〕，深谷爲陵〔一六〕。哀今之人，胡憯莫懲〔一七〕！

四

皇父卿士〔一八〕，番維司徒〔一九〕。家伯維宰〔二〇〕，仲允膳夫〔二一〕。聚子内史〔二二〕，蹶維趣馬〔二三〕。楀維師氏〔二四〕，豔妻煽方處〔二五〕。

五

抑此皇父〔二六〕，豈曰不時〔二七〕？胡爲我作〔二八〕，不即我謀〔二九〕？徹我牆屋〔三〇〕，田卒汙萊〔三一〕。曰予不戕〔三二〕，禮則然矣〔三三〕。

六

皇父孔聖〔三四〕，作都于向〔三五〕。擇三有事〔三六〕，亶侯多藏〔三七〕。不慭遺一老〔三八〕，俾守我王〔三九〕。擇有車馬〔四〇〕，以居徂向〔四一〕。

七

黽勉從事〔四二〕，不敢告勞。無罪無辜，讒口囂囂〔四三〕。下民之孽〔四四〕，匪降自天。噂沓背憎〔四五〕，職競由人〔四六〕。

八

悠悠我里〔四七〕，亦孔之痗〔四八〕。四方有羨〔四九〕，我獨居憂〔五〇〕。民莫不逸，我獨不敢休。天命不徹〔五一〕，我不敢傚我友自逸。

【注】

〔一〕十月之交，猶言十月之際，十月之間。

〔二〕朔月，朱氏《集傳》作朔日。汲古閣毛氏本也作朔日（見阮元校勘記）。按當作朔日。朔日，初一日。

〔三〕有，通又。據古曆學家推算，周幽王六年十月初一日日食。（周曆十月，等於夏曆八月。這次日食發生在公元前七七六年九月六日。）

〔四〕孔，很。醜，惡也，猶凶。

〔五〕彼，指往日。微，幽昧不明。此句指不久前發生過月食。

〔六〕此，指今天。

〔七〕告凶，示人以災凶。

〔八〕行（háng杭），道也，軌道。此句言日月沒有遵循常軌運行。

〔九〕四國，四方的國家，指天下。無政，沒有善政。

〔一〇〕常，正常。此二句言：上次月食還算是常事。

〔一一〕于，猶如也。臧，善也。此二句言：這次日食却是多麼不吉利啊！

〔一二〕爗爗，同燁燁，光閃爍貌。震電，雷電。

〔一三〕寧，安也。令，善也。

〔一四〕冢，山頂。崒，借爲猝，即突然之意。一說：崒借爲碎。兩說均通。《國語・周語》：「幽王二年，西周三川皆震。……是歲也，三川竭，岐山崩。」韋注：「三川，涇、渭、洛也。」此二句正寫此事。

〔一五〕岸，山崖。

〔一六〕陵，即嶺。此二句言：高崖變成深谷，深谷變成大嶺。

〔一七〕憯（cǎn慘），曾，乃。此句言：爲何不引起警惕！

〔一八〕皇父，人名。卿士，官名，總管王朝的政事，類似《周禮》的冢宰與後代的丞相。

〔一九〕番，人名。維，是。司徒，官名，主管地政和教育。

〔二〇〕家伯，疑即《小雅・節南山》中的家父。宰，官名。《周禮》天官冢宰的屬官有小宰和宰夫，都是冢宰的輔佐。此詩的宰大概類似小宰和宰夫。

〔二一〕仲允，人名。膳夫，官名。《周禮》天官冢宰的屬官有膳夫，主管國王和后妃等的飲食。

〔二二〕棸（zōu鄒）子，人名。內史，官名。《周禮》春官大宗伯的屬官有內史，主管國王法令文件和封賞的策命。

〔二三〕蹶（guì貴），人名，即《大雅・韓奕》中的蹶父。趣馬，官名。《周禮》夏官大司馬的屬官有趣馬，主管豢養國王的馬匹。

〔二四〕楀(jǔ舉),人名。師氏,官名。《周禮》地官大司徒的屬官有師氏,主管教導國王和貴族的子弟。

〔二五〕豔妻,指幽王的寵妃褒姒。此句指褒姒處于幽王左右,從旁吹風鼓動幽王幹壞事。一説:言褒姒是如火般熾盛的紅人,處于幽王的左右。

〔二六〕抑,發語詞。

〔二七〕時,善也。此句言:難道皇父不是好人?

〔二八〕作,借爲詐,欺也,或借爲迮,逼迫。

〔二九〕即,就也。此句言:不來和我商量。

〔三〇〕徹,通撤,拆毀。

〔三一〕卒,盡也。汙,池也。萊,長滿雜草的荒田。此句言:我的田地都荒蕪成池淖和荒野了。皇父曾侵奪作者的田宅。

〔三二〕戕(qiāng腔),《釋文》:「戕,王(肅)本作臧。臧,善也。」

〔三三〕禮,制度。此二句言:皇父硬説我不良善,按制度應該没收我的田宅。

〔三四〕孔聖,很聖明。此乃譏刺的話。

〔三五〕都,城也。向,地名,在今河南濟源縣南。

〔三六〕有事,即有司。三有司當指司徒、司馬、司空。皇父爲卿士,有權選人而用之。

〔三七〕亶，《説文》：「亶，多穀也，从㐭（廩），旦聲。」按：亶與篅本一字。《説文》：「篅，判竹圜以盛穀也。」《倉頡篇》：「篅，圜倉也。」篅即今語囤，用竹或木作的圓米倉。侯，維也。亶侯多藏，言囤中藏米很多。皇父所選的三個有司，只是賣官受賄，囤積糧米。

〔三八〕慭（yìn印），願也。遺，留也。一老，當指作者自己。

〔三九〕守，猶保也。此二句言：皇父不願留下我這個老人來輔保國王。

〔四〇〕有，猶其也。

〔四一〕居，猶儲也，指儲蓄的財物。徂，往也。皇父因鎬京不安，所以把財物都遷到向邑。

〔四二〕黽（mǐn敏）勉，努力，盡力。

〔四三〕囂囂，衆口讒毁貌。

〔四四〕孽，妖也，災也。

〔四五〕噂沓，聚語貌，議論紛紜。背，背叛。

〔四六〕職，猶只也。競，争也。

〔四七〕里，通悝（lǐ里），憂愁。

〔四八〕痗（mèi妹），憂病。

〔四九〕羡，餘也。

〔五〇〕居憂，在家憂悶。此二句言：四方大有餘地，我獨坐在家裏發愁。

〔五一〕徹，道，軌轍。此句言天命没有規律，即天命無常。

雨無正

北宋劉安世説：「嘗讀《韓詩》，有《雨無極篇》。……其詩之文則比《毛詩》篇首多『雨無其極，傷我稼穡』八字。」（朱熹《詩集傳》引）據此，《毛詩》篇首當脱「雨無其止，傷我稼穡」二句，而篇名《雨無正》當作《雨無止》。止正形近而誤。止與極古字通。這首詩是西周王朝的官吏所作，諷刺王朝腐朽貴族的昏憒荒淫、自私自利，以致把政治搞亂；並憂傷自己雖辛勤王事，却受到忌妒讒毁。

一

浩浩昊天〔一〕，不駿其德〔二〕。降喪饑饉，斬伐四國〔三〕。旻天疾威〔四〕，弗慮弗圖〔五〕。舍彼有罪，既伏其辜〔六〕。若此無罪，淪胥以鋪〔七〕。

二

周宗既滅〔八〕，靡所止戾〔九〕。正大夫離居〔一〇〕，莫知我勩〔一一〕。三事大夫〔一二〕，莫肯夙夜〔一三〕。邦君諸侯，莫肯朝夕〔一四〕。庶曰式臧〔一五〕，覆出爲惡〔一六〕。

三

如何昊天？辟言不信〔一七〕。如彼行邁〔一八〕，則靡所臻〔一九〕。凡百君子〔二〇〕，各敬爾身〔二一〕。胡不相畏，不畏于天〔二二〕？

四

戎成不退〔二三〕，飢成不遂〔二四〕。曾我暬御〔二五〕，憯憯日瘁〔二六〕。凡百君子，莫肯用訊〔二七〕。聽言則答〔二八〕，譖言則退〔二九〕。

五

哀哉不能言，匪舌是出〔三〇〕，維躬是瘁〔三一〕。哿矣能言〔三二〕，巧言如流，俾躬處休〔三三〕。

六

維曰于仕〔三四〕，孔棘且殆〔三五〕。云不可使，得罪于天子；亦云可使，怨及朋友〔三六〕。

七

謂爾遷于王都〔三七〕，曰予未有室家〔三八〕。鼠思泣血〔三九〕，無言不疾〔四〇〕。昔爾出居〔四一〕，誰從作爾室〔四二〕？

【注】

〔一〕浩浩，廣大貌。昊天，皇天。

〔二〕駿，讀爲俊，美也。此乃怨天的話。

〔三〕斬伐，殘害也。四國，指天下四方。

〔四〕旻（mín民）天，猶昊天。疾威，暴虐。

〔五〕慮、圖，都是考慮。此二句言：上天降災，而統治集團却不措意，不考慮臣民的是非。

〔六〕既，盡。伏，隱藏。此二句言：統治者放過那些有罪的人，完全隱瞞他們的罪狀。

〔七〕淪胥，淹没，陷溺。鋪，通痡，病也。此二句言：無罪之人被迫害而淪於痛苦之中。

〔八〕周宗，當作宗周，鎬京也。《左傳·昭公十六年》引作宗周。此指犬戎攻破鎬京而言。

〔九〕戾，安定。此句言無處可以安居。

〔一〇〕正大夫，當即上大夫。離居，離開原來的住處，逃難他方。

〔一一〕勩（yì義），疲勞。

〔一二〕三事，即三司，司徒、司馬、司空。

〔一三〕夙，早。此二句言：三公大夫們不肯早起晚睡盡心王事。

〔一四〕朝夕，與夙夜同意。

〔一五〕庶，衆也。一説：《爾雅·釋言》：「庶，幸也。」式，乃也。臧，善也。此句言：衆人説大夫諸侯等都會好點了。

〔一六〕覆，反也。

〔一七〕辟，法也。此句指合乎法度的話，而掌權者不相信。

〔一八〕行邁，行走也。

〔一九〕臻，至也。此二句言：掌權者好像那走路無目的的人一般，不知將走到什麼地方去。

〔二〇〕凡百君子，指王朝羣臣。

〔二一〕各敬爾身，意同各修爾身。

〔二二〕天，指天命。此二句言：爲何彼此不相戒懼，也不畏天命？

〔二三〕戎，兵也。此句言兵禍已成，尚未退去。作者寫此詩時，大概犬戎還未退出鎬京一帶。

〔二四〕遂，亡也。此句言飢荒之災已成，没有消除。

〔二五〕曾，疑爲增。暬（xiè泄）御，侍御也。侍御即侍候。此句言在兵亂年荒的時期增加了我侍候君王的工作。

〔二六〕憯憯，憂傷。瘁，憔悴。

〔二七〕用，猶聽也。訊，讀爲誶，諫也。

〔二八〕聽，似當讀爲聖，明智也。答，鄭箋：「答猶拒也。」此句言有聖言則拒絕。

〔二九〕譖（zèn）言，猶讒言。退，《説文》：「退重文作衲。」衲可讀爲納，採納也。此句言有譖言則採納。

〔三〇〕出，當讀爲拙。

〔三一〕躬，自身。此句言：只是自身會受毁損。

〔三二〕哿（kě可），嘉，樂。此句指會講話的人真快樂。

〔三三〕休，吉慶，福禄。此句言使自己享有高官厚禄。

〔三四〕于，往也。于仕，前去做官。

〔三五〕孔，很。棘，猶急也，即緊張。殆，危險。此二句言：説起做官，那是很緊張而又危險的。

〔三六〕此四句意爲：（君王要某臣擔任職事）我如果説他不可役使，則得罪于天子；如果説他可以役使，則朋友會怨恨我。

〔三七〕王都，當指東都洛陽，平王已遷于此。

〔三八〕予，當權貴族自稱。此二句言：向他説：「你遷到東都去吧！」他説：「東都没有我的房屋。」

〔三九〕鼠思，憂思。

〔四〇〕疾，通嫉，妒恨。此句指作者説的每句話都引起腐朽貴族的妒恨。

〔四一〕出居，指腐朽貴族當犬戎攻佔鎬京的時候，逃難離去鎬京，居於别處。

〔四一〕作室，造屋也。作者因爲腐朽貴族以没有房屋爲理由，不肯隨王東遷，從而質問他們：往日你們逃難出居的時候，誰跟着你去造房屋呢？

小旻

這首詩是周王朝的官吏所作，主要是指責王朝掌權者策謀的錯誤，似是反對王朝東遷的計劃。

一

旻天疾威〔一〕，敷于下土〔二〕。謀猶回遹〔三〕，何日斯沮〔四〕。謀臧不從〔五〕，不臧覆用〔六〕。我視謀猶，亦孔之邛〔七〕。

二

潝潝訿訿〔八〕，亦孔之哀。謀之其臧〔九〕，則具是違〔一〇〕。謀之不臧，則具是依。我視謀猶，伊于胡底〔一一〕。

三

我龜既厭〔一二〕，不我告猶〔一三〕。謀夫孔多，是用不集〔一四〕。發言盈庭，誰敢執其咎〔一五〕？如匪行邁〔一六〕，謀是用不得于道〔一七〕。

四

哀哉爲猶〔一八〕，匪先民是程〔一九〕，匪大猶是經〔二〇〕。維邇言是聽〔二一〕，維邇言是争。如彼築室于道，謀是用不潰于成〔二二〕。

五

國雖靡止〔二三〕，或聖或否〔二四〕。民雖靡膴〔二五〕，或哲或謀〔二六〕，或肅或艾〔二七〕。如彼泉流，無淪胥以敗〔二八〕。

六

不敢暴虎〔二九〕，不敢馮河〔三〇〕，人知其一，莫知其他〔三一〕。戰戰兢兢，如臨深淵，如履薄冰。

【注】

〔一〕旻天，皇天。疾威，暴虐。

〔二〕敷，布也，施也。此二句言：上天已降下災難。

〔三〕猶，與猷同，謀也。謀猷爲同義詞。回遹（yù 玉），邪僻。此句言王朝的謀劃都是不正確的。

〔四〕沮，止也。

〔五〕臧，善也。從，聽從，采用。
〔六〕覆，反也。
〔七〕孔，很。邛（qióng 窮），毛病。
〔八〕潝（xì 細），借爲喋。《玉篇》：「喋，便語也。」便語即巧言之意。潝喋古通用。《老子》：「歙歙爲天下渾其心。」《釋文》：「歙歙一本作惵惵。」可證。訿（zǐ 紫）訿，同呰呰。詆毀，誹謗。
〔九〕之，猶若也。
〔一〇〕具，通俱。違，違背。
〔一一〕伊，推。《逸周書·大匡篇》：「展盡不伊。」孔注：「伊，推也。」底，物的下部，此指最後境地。此句言：將弄到什麼地步？
〔一二〕龜，占卜用的龜甲。厭，厭惡。言靈龜已經厭惡我們。
〔一三〕此句指用龜甲已占卜不出策謀的吉凶。
〔一四〕用，以也。集，成就，成功。
〔一五〕執其咎，抓他的過錯。
〔一六〕匪，通彼。行邁，行走。
〔一七〕是用，所以。此二句言：好像那走路的人，在路上是得不到正確的計謀的。
〔一八〕爲猶，指掌權者所作出的策謀。

〔一九〕匪，非。先民，古人。程，效法。

〔二〇〕經，經營。此二句指掌權者既不效法古人，也不經營遠大的計劃。

〔二一〕維，唯，只也。邇言，膚淺的話。

〔二二〕潰，達到。此二句言：就如把房屋造在大路上必將遭人拆毁，其謀劃是不能成功的。

〔二三〕止，鄭箋：「止，禮。」靡止，没有禮法。

〔二四〕或，猶有也。此二句言：國家雖無禮法，然而有聖人，有非聖人。

〔二五〕膴，肥也。此句指人民貧苦，没有肥胖者。

〔二六〕哲，明哲。謀，有計謀。

〔二七〕肅、艾（yì刈），《尚書·洪範》：「貌曰恭。言曰從。恭作肅。從作乂。」艾通乂。據此，容貌莊敬爲肅，言有條理爲艾。

〔二八〕淪胥，沉没也。以，猶於也。此二句指掌權者處理國家大事，不要像泉水那樣放任自流，以至淪於失敗之中。

〔二九〕暴，借爲摶。摶虎，空手打虎。

〔三〇〕馮，借爲淜（píng憑）。淜河即徒步渡河。

〔三一〕人知其一，莫知其他，指人們只知不敢暴虎馮河是不勇敢，而不知這是謹慎小心。

小宛

這首詩的作者當是周王朝的一個小官吏。他生在黑暗時代，爲生活而奔忙，但常受到統治者的迫害，因作此詩以自傷，並勸告他的兄弟。

一

宛彼鳴鳩〔一〕，翰飛戾天〔二〕。我心憂傷，念昔先人〔三〕。明發不寐〔四〕，有懷二人〔五〕。

二

人之齊聖〔六〕，飲酒温克〔七〕。彼昏不知，壹醉日富〔八〕。各敬爾儀〔九〕，天命不又〔一〇〕。

三

中原有菽〔一一〕，庶民采之。螟蛉有子〔一二〕，蜾蠃負之〔一三〕。教誨爾子〔一四〕，式穀似之〔一五〕。

四

題彼脊令〔一六〕，載飛載鳴。我日斯邁〔一七〕，而月斯征〔一八〕。夙興夜寐〔一九〕，毋忝爾所生〔二〇〕。

五

交交桑扈〔二一〕，率場啄粟〔二二〕。哀我填寡〔二三〕，宜岸宜獄〔二四〕。握粟出卜〔二五〕，自何能穀〔二六〕？

六

温温恭人，如集于木〔二七〕。惴惴小心，如臨于谷〔二八〕。戰戰兢兢，如履薄冰。

【注】

〔一〕宛，小貌。鳴鳩，斑鳩。

〔二〕翰飛，高飛。戾，到達。

〔三〕先人，毛傳認爲指周文王周武王。言作者在追念周朝開國的君王，可通。亨按：先人指作者的父母，下文「毋忝爾所生」可證。

〔四〕明發，天亮。《廣雅·釋詁四》：「發，明也。」

〔五〕二人，指父母。

〔六〕之，猶有也。齊，王引之説：「齊者，知慮之敏也。」（王念孫《讀書雜志·荀子一》引）聖，智慧特絶。

〔七〕温克，指喝醉了還能自加克制，保持温和恭敬的態度。

〔八〕壹醉日富，義不可通。亨按：富當讀爲愊（bì壁），憤怒也。此句言喝酒一醉之後，則整天對人發怒。

〔九〕儀，容貌舉止。

〔一〇〕天命不又，即天命不再之意。言天命一去，不可再得。

〔一一〕菽，豆也。

〔一二〕螟蛉，螟蛾的幼蟲。

〔一三〕蜾蠃（luǒ裸），一種青黑色的細腰土蜂，常捕螟蛉以喂幼蟲，古人誤以爲蜾蠃養螟蛉爲子，因把「螟蛉」或「螟蛉子」作爲養子的代稱。

〔一四〕爾，作者稱他的兄弟。

〔一五〕式，猶乃也。穀，善也。善似，即好像。作者無子（下文「哀我填寡」可證），抱養他兄弟的兒子以爲己子。此二句言：我將教誨你的兒子，這個孩子才能好好地像我。

〔一六〕題，通睼，視也。脊令，鳥名，即鶺鴒。

〔一七〕斯，則也。邁，行也。

〔一八〕而，通爾，你也。征，行也。此二句指兄弟二人都在爲生活而奔忙。

〔一九〕夙興夜寐，早起晚睡，形容勤奮不懈。

〔二〇〕忝，辱也。所生，指父母。此句言不要辱没了你的父母。

〔二一〕交交，通咬咬，鳥鳴聲。一說：交交，小貌。桑扈，鳥名，又名青雀，青色，頸有花紋。

〔二二〕率，沿着。場，打穀場。

〔二三〕填，通殄，窮困。寡，《小爾雅・廣義》：「凡無妻無夫通謂之寡。」又馬瑞辰《毛詩傳箋通釋》：「填，病也。寡，貧也。填寡猶言貧病交加。」也通。但訓寡爲貧，古書少見。

〔二四〕宜，馬瑞辰說：「二宜字皆且字形近之譌。」其說可從。岸，毛傳：「岸，訟也。」岸獄義同，均訴訟之意。且岸且獄，猶言又訴又訟，多受訴訟之累。岸借爲訐。《說文》：「訐，面相斥辠相告訐也。」訟人正是這樣。

〔二五〕握粟出卜，抓一把粟米出去求人占卜。（以粟米酬謝卜人）

〔二六〕自，從也。此句言：從何處能得到吉利呢？

〔二七〕集于木，棲在樹上。

〔二八〕谷，深谷。

小弁

周幽王寵愛褒姒，廢申后，逐太子宜臼（即周平王），立褒姒爲后、褒姒之子伯服爲太子。這首詩當是宜臼所作，諷刺幽王，斥責讒人，並以自傷。

一

弁彼鸒斯〔一〕，歸飛提提〔二〕。民莫不穀〔三〕，我獨于罹〔四〕。何辜于天〔五〕，我罪伊何〔六〕？心之憂矣，云如之何？

二

踧踧周道〔七〕，鞫爲茂草〔八〕。我心憂傷，惄焉如擣〔九〕。假寐永歎〔一〇〕，維憂用老〔一一〕。心之憂矣，疢如疾首〔一二〕。

三

維桑與梓，必恭敬止〔一三〕。靡瞻匪父，靡依匪母〔一四〕。不屬于毛〔一五〕，不罹于裏〔一六〕。天之生我，我辰安在〔一七〕？

四

菀彼柳斯〔一八〕，鳴蜩嘒嘒〔一九〕。有漼者淵〔二〇〕，萑葦淠淠〔二一〕。譬彼舟流，不知所届〔二二〕。心之憂矣，不遑假寐〔二三〕。

五

鹿斯之奔，維足伎伎〔二四〕。雉之朝雊〔二五〕，尚求其雌。譬彼壞木〔二六〕，疾用無枝〔二七〕。心之憂矣，寧莫之知〔二八〕。

六

相彼投兔〔二九〕，尚或先之〔三〇〕。行有死人〔三一〕，尚或墐之〔三二〕。君子秉心〔三三〕，維其忍之〔三四〕。心之憂矣，涕既隕之。

七

君子信讒，如或醻之〔三五〕。君子不惠〔三六〕，不舒究之〔三七〕。伐木掎矣〔三八〕，析薪扡矣〔三九〕。舍彼有罪，予之佗矣〔四〇〕。

八

莫高匪山，莫浚匪泉〔四一〕。君子無易由言〔四二〕，耳屬于垣〔四三〕。無逝我梁〔四四〕，無發我笱〔四五〕。我躬不閱〔四六〕，遑恤我後〔四七〕。

【注】

〔一〕弁（pán盤），借爲翻，鳥飛貌。鸒（yù譽），鳥名，鵶類，比鵶小而腹下白。斯，語氣詞。

〔二〕提（shí時）提，羣飛貌。

〔三〕民，猶人也。穀，善也，指生活好。

〔四〕罹，憂患。

〔五〕辜，罪也。

〔六〕伊，是也。

〔七〕踧（dí 敵）踧，平坦貌。

〔八〕鞫（jū 居），窮，盡也。此句言周道盡成茂草。

〔九〕惄（nì 匿），憂思傷痛。擣，舂也。

〔一〇〕假寐，不脱衣帽打盹。永歎，長歎。

〔一一〕維，因也。用，猶而。

〔一二〕疢（chèn 趁），病也。此句指内心痛苦如有頭痛之疾。

〔一三〕桑、梓，桑樹和梓樹，古人宅旁常栽的樹。此二句指桑梓二木是先人所栽，做兒子的對它恭敬，正是尊敬先人。

〔一四〕瞻，尊仰。依，依戀。匪，通非。此二句指做兒子的没有不尊敬父親、依戀母親的。

〔一五〕屬，連也。毛，猶表也。衣外爲表，此以表比父。

〔一六〕罹，讀爲麗，附也。衣内爲裏，此以裏比母。此二句指宜臼既見逐于父，而母又被貶，自己不得依靠于父，又不得依靠于母。

〔一七〕辰，時也，即後人的所謂時運。

〔一八〕菀，茂盛貌。斯，語氣詞。

〔一九〕蜩（tiáo 條），蟬也。嘒，蟬鳴聲。

〔二〇〕漼（cuǐ），水深貌。

〔二一〕萑（huán環），蘆類植物。淠（pèi配）淠，茂盛貌。

〔二二〕屆，至也。此二句指宜臼不知流落到什麼地方去。

〔二三〕不遑，不暇。

〔二四〕伎（qí淇）伎，四足急動貌。

〔二五〕雊（gòu够），雉鳴也。

〔二六〕壞，借爲瘣，病也。

〔二七〕用，以也，而也。此二句言：有病的樹木正因其有病所以没有樹枝，勢將枯死。

〔二八〕寧，猶乃也。一説：寧，何也。

〔二九〕相，視也。

〔三〇〕先，借爲堲，埋也。此二句言：看那被棄的死兔，可能還有人把它埋掉。

〔三一〕行，道也。

〔三二〕墐，埋也。

〔三三〕君子，指幽王。秉心，猶居心。

〔三四〕忍，忍心，殘忍。此句指責幽王居心太忍。

〔三五〕醻，同酬，勸酒。舊説言幽王聽信讒言，好像有人向他獻酒，欣然接受。亨按：醻疑借爲俏。《説文》：「俏，有所廱蔽也。」此二句言：幽王輕信讒言，好像有人遮蔽他的眼睛。

〔三六〕惠，通慧。

〔三七〕舒，徐也。究，考察。此句言：幽王對于讒言不從容考察。

〔三八〕掎，拉住。伐木時用繩拉樹身以控制下倒方向。

〔三九〕析薪，劈柴。扡（chǐ 齒），順着木材的紋理剖析。

〔四〇〕佗，同他。此言把罪加在他人身上。

〔四一〕匪，通彼。浚，深也。此二句言：没有高於那個山的，没有深於那個泉的。

〔四二〕君子，指明智的人。由，于也。無易于言即不輕易發言。

〔四三〕屬，相連。此句指讒人的耳緊貼着牆，我有所言，則被他們聽去，以致招禍。

〔四四〕逝，往也。一説：逝借爲折，拆毁。梁，攔魚的水壩。

〔四五〕笱，捕魚的鬚籠。

〔四六〕閲，收容。

〔四七〕遑，何也。恤，憂慮。此二句言：我自身還不能見容，又何必躭憂今後之事。

巧言

這首詩是周王朝的官吏所作，諷刺周王聽信讒言，釀成亂事；同時斥責讒人厚顔無耻。

舊説作于幽王時代，可從。

一

悠悠昊天〔一〕，曰父母且〔二〕。無罪無辜，亂如此憮〔三〕。昊天已威〔四〕，予慎無罪〔五〕。昊天泰憮〔六〕，予慎無辜。

二

亂之初生，僭始既涵〔七〕。亂之又生，君子信讒〔八〕。君子如怒，亂庶遄沮〔九〕。君子如祉〔一〇〕，亂庶遄已。

三

君子屢盟〔一一〕，亂是用長。君子信盜，亂是用暴。盜言孔甘〔一二〕，亂是用餤〔一三〕。匪其止共〔一四〕，維王之邛〔一五〕。

四

奕奕寢廟〔一六〕，君子作之〔一七〕。秩秩大猷〔一八〕，聖人莫之〔一九〕。他人有心〔二〇〕，予忖度之〔二一〕。躍躍毚兔〔二二〕，遇犬獲之〔二三〕。

五

荏染柔木〔二四〕，君子樹之。往來行言〔二五〕，心焉數之〔二六〕。蛇蛇碩言〔二七〕，出自口矣。

巧言如簧〔二八〕，顏之厚矣。

六

彼何人斯〔二九〕，居河之麋〔三〇〕。無拳無勇〔三一〕，職爲亂階〔三二〕。既微且尰〔三三〕，爾勇伊何？爲猶將多〔三四〕，爾居徒幾何〔三五〕？

【注】

〔一〕悠悠，遥遠貌。昊天，皇天。

〔二〕曰，猶維也。且(jū居)，語氣詞。此句指上天是人的父母。

〔三〕幠(hū呼)，大也。

〔四〕已，太，甚。威，猶虐也。

〔五〕慎，誠，確實。

〔六〕泰，太。幠，怠慢，疏忽。引申爲荒亂之意。

〔七〕僭，通譖，讒也。既，盡也。涵，容也。此二句言：亂事初生的時候，讒言開始盡被容納。

〔八〕君子，指周幽王。

〔九〕庶，差不多。遄，速也。沮，終止。此二句言：統治者如果怒責讒人，則亂事庶幾可以終止。

〔一〇〕祉，疑當讀爲止，禁也。

〔一一〕屢盟，屢次訂盟。盟多而不算數。

〔一二〕孔甘，很甜。

〔一三〕餤，本義爲進食，引申爲增多或加甚。

〔一四〕匪，通非。止，禮也。共，借爲恭。止恭猶禮敬。匪其止恭，言以禮敬爲非。

〔一五〕邛（qióng 窮），毛病。

〔一六〕奕奕，高大美盛貌。寢廟，指西周王朝的宫殿宗廟。

〔一七〕君子，此指周武王、周公等人。

〔一八〕秩秩，宏偉也；一説：明智也。猷，謀略。

〔一九〕聖人，也指武王、周公等人。莫，通謨，謀劃。

〔二〇〕他人，指一些小人。

〔二一〕忖度，猶揣度也。

〔二二〕毚（chán 讒），狡猾。

〔二三〕獲，擒獲。此二句以狡兔終被犬捉住比喻小人終將受到懲治。

〔二四〕荏染，柔弱貌。

〔二五〕往來行言，指小人們往來于道上，邊走邊説。
〔二六〕數，計算。此句指小人們心裏在計算如何進讒害人。
〔二七〕蛇（yí夷）蛇，馬瑞辰《毛詩傳箋通釋》：「蛇借爲詑（tuō拖），欺也。」碩，大也。詑詑碩言即騙人的大話。
〔二八〕巧言如簧，言花言巧語似音樂般好聽。
〔二九〕彼，指小人。
〔三〇〕麋，通湄，水邊。
〔三一〕拳，力也。
〔三二〕職，只也。此句指小人只是亂事的階梯，亂事由小人而生。
〔三三〕微，小腿生濕瘡。尰（zhǒng腫），脚浮腫。
〔三四〕爲，通僞。僞猷，即陰謀。將，大。
〔三五〕居，猶其也。此句是問你的同伙究竟有多少？
亨按：最後一章當是下篇《何人斯》的首章，《何人斯》的第一章、第三章、第四章的第一句均是「彼何人斯」，是其明證。

何人斯

《毛詩》序：「何人斯，蘇公刺暴公也。暴公爲卿士，而譖蘇公焉，故蘇公作是詩以絶之。」

此説與詩意尚合，未知是否。

一

彼何人斯，其心孔艱〔一〕。胡逝我梁〔二〕，不入我門。伊誰云從〔三〕？維暴之云〔四〕。

二

二人從行〔五〕，誰爲此禍〔六〕？胡逝我梁，不入唁我〔七〕。始者不如〔八〕，今云不我可〔九〕。

三

彼何人斯，胡逝我陳〔一〇〕。我聞其聲，不見其身。不愧于人，不畏于天。

四

彼何人斯，其爲飄風〔一一〕。胡不自北，胡不自南〔一二〕？胡逝我梁，祇攪我心〔一三〕。

五

爾之安行〔一四〕，亦不遑舍〔一五〕。爾之亟行〔一六〕，遑脂爾車〔一七〕。壹者之來〔一八〕，云何其盱〔一九〕！

六

爾還而入〔二〇〕，我心易也〔二一〕。還而不入，否難知也〔二二〕。壹者之來，俾我祇也〔二三〕。

七

伯氏吹壎〔二四〕，仲氏吹篪〔二五〕。及爾如貫〔二六〕，諒不我知。出此三物〔二七〕，以詛爾斯〔二八〕。

八

爲鬼爲蜮〔二九〕，則不可得。有靦面目〔三〇〕，視人罔極〔三一〕。作此好歌，以極反側〔三二〕。

【注】

〔一〕孔艱，很險惡。

〔二〕逝，往也。梁，橋也。周代莊園主的莊園四邊有牆，牆外往往繞以濠溝，南面開門，門外濠上有可吊起放下的橋。

〔三〕伊，是也。云，語助詞。

〔四〕暴，暴公的省稱。云，朋友。（《小雅·正月》：「昏姻孔云。」鄭箋：「云，猶友也。」《廣雅·釋詁》：「云，友也。」云有友愛之義，也有朋友之義。）此句指暴公的朋友跟着暴公。

〔五〕二人，暴公的兩個朋友。

〔六〕誰爲此禍，作者問：我的災禍是誰搞出來的呢？此所謂禍大概是指失掉職位。

〔七〕唁，慰問遭災者。

〔八〕如，《爾雅·釋詁》：「如，謀也。」此句指暴公最初不與我謀。

〔九〕云，謂也，説也。不我可，即不以我爲可。指不配擔任某種官職。

〔一〇〕陳，由堂下至院門的通道。觀下文，暴公此次進入作者的莊園，似奉國王命令，有所調查。

〔一一〕飄風，旋風。旋風亂颳，不可捉摸。

〔一二〕自，裴學海《古書虚字集釋》：「自，猶在也。」此二句問：旋風爲何不在北方颳，爲何不在南方颳，而偏在我家颳呢？

〔一三〕祇，只也。攪，亂也。

〔一四〕爾，指暴公。之，猶若也。安行，慢走。

〔一五〕遑，暇也。舍，停止。

〔一六〕亟，急也。亟行，快走。

〔一七〕脂，加油。上四句指暴公在慢走的時候，猶不暇休息；在快走的時候，則反而抽暇給車轂加油。意爲不願見我而藉口要趕路。

〔一八〕壹者，猶一次。

〔一九〕云，發語詞。盱，通吁，憂也。二句指這次暴公之來，給作者增憂添愁。

〔二〇〕還，由朝廷回來。入，進入作者家中。

〔二一〕易，和悦。
〔二二〕否，不。此二句言：你由朝廷回來而不進入我的家中，則前途不難預知了。
〔二三〕俾，使也。祇，借爲疷（qí淇），病也。
〔二四〕伯氏，大哥。壎，古代吹奏樂器，陶製，大如鵝卵，鋭上平底，音孔一至三五個不等。
〔二五〕仲氏，二弟。篪（chí池），古管樂器，竹製，單管横吹。
〔二六〕及，與也。貫，錢貝穿在一條繩上爲貫。此句指我和你像兩個錢貝穿在一條繩上，官位相等，常在一起，應該互助。
〔二七〕三物，指豕、犬、雞。
〔二八〕詛，祈求鬼神降災禍于敵對的人。斯，語氣詞。
〔二九〕蜮，古代相傳爲一種能含沙射影使人得病的動物。
〔三〇〕靦，面目可見貌。
〔三一〕視，通示。罔極，没有準則。此二句指暴公既有可見的面貌，則非鬼非魅，而是人了；然而所表示于人的是没有準則，不可測度。
〔三二〕極，借爲誋，《説文》：「誋，誡也。」即警告。反側猶反覆也。

巷伯

這是西周王朝寺人孟子因遭人讒毁，發洩怨憤的詩。巷伯是孟子的官名，所以篇名巷伯。

一

萋兮斐兮〔一〕，成是貝錦〔二〕。彼譖人者〔三〕，亦已大甚〔四〕！

二

哆兮侈兮〔五〕，成是南箕〔六〕。彼譖人者，誰適與謀〔七〕？

三

緝緝翩翩〔八〕，謀欲譖人。慎爾言也，謂爾不信〔九〕。

四

捷捷幡幡〔一〇〕，謀欲譖言。豈不爾受〔一一〕，既其女遷〔一二〕。

五

驕人好好〔一三〕，勞人草草〔一四〕。蒼天蒼天！視彼驕人，矜此勞人〔一五〕！

六

彼譖人者，誰適與謀？取彼譖人，投畀豺虎〔一六〕；豺虎不食，投畀有北〔一七〕；有北不受，投畀有昊〔一八〕。

七

楊園之道〔一九〕，猗于畝丘〔二〇〕。寺人孟子〔二一〕，作爲此詩。凡百君子，敬而聽之。

【注】

〔一〕萋、斐，花紋錯雜貌。

〔二〕貝錦，織成貝形花紋的錦緞。此用人們織成貝錦比喻譖人羅織的罪狀。

〔三〕譖（zèn），説別人的壞話。

〔四〕大，通太。

〔五〕哆（chǐ 齒），張口貌。侈，大也。此描寫箕星的形狀像張開大口。

〔六〕箕，星宿名，在南方，所以説南箕。箕宿四星聯成梯形，形似簸箕，所以名箕。古説箕星主口舌（見《史記·天官書》），象徵譖人。

〔七〕適，往也。此句問誰去和他計議的？

〔八〕緝，通咠，附耳私語也。翩，讀爲諞（pián 駢），花言巧語。

〔九〕爾，指譖人。這二句是警告譖人今後説話要當心，否則聽者會説你是不可信而暴露真相。

〔一〇〕捷捷，同諓諓，巧言貌。幡幡，猶翩翩，反覆翻動貌。

〔一一〕受，指聽信讒言。

〔一二〕女，通汝。遷，遷官也。此句指統治者已經提升你的官爵。

〔一三〕驕人，指譖人得志而驕。好好，喜也。

〔一四〕勞人，猶憂人，指被讒者。草草，憂貌。

〔一五〕矜，憐憫。

〔一六〕畀（bì幣），給予。

〔一七〕有，語氣詞。北，北方荒涼之地。

〔一八〕昊，昊天。交給上天來判他的罪。

〔一九〕楊園，園名。

〔二〇〕猗，加也。畝丘，有田的丘。此用邪徑敗良田比喻譖人亂國政。

〔二一〕寺人，宦官。孟子，寺人的名。

谷風之什

谷　風

這是一個被丈夫拋棄的婦人指責她的丈夫忘恩負義的詩。

一

習習谷風〔一〕，維風及雨。將恐將懼〔二〕，維予與女〔三〕。將安將樂，女轉棄予〔四〕。

二

習習谷風，維風及穨〔五〕。將恐將懼，寘予于懷〔六〕。將安將樂，棄予如遺〔七〕。

三

習習谷風，維山崔嵬〔八〕。無草不死，無木不萎。忘我大德，思我小怨。

【注】

〔一〕習習，大風聲。谷風，山谷中的風。
〔二〕將，猶正也。
〔三〕維，唯，只也。與，助也。女，汝。
〔四〕棄，遺棄。此四句言：正當憂患之時，只有我助你；到了安樂時，你反而拋棄了我。
〔五〕穨，疑借爲霯（tuí頹）。《玉篇》：「霯，雷也。」
〔六〕寘，同置。此句言：把我抱在懷裏。
〔七〕遺，當借爲蕢，草筐也。
〔八〕崔嵬，山高峻貌。

蓼　莪

詩人在統治者的剥削壓迫下（或在徭役中），不得奉養父母，父母不幸死去，因而寫出這首詩來抒發內心的哀痛。

一

蓼蓼者莪〔一〕，匪莪伊蒿〔二〕。哀哀父母，生我劬勞〔三〕。

二

蓼蓼者莪，匪莪伊蔚〔四〕。哀哀父母，生我勞瘁〔五〕。

三

缾之罄矣〔六〕，維罍之恥〔七〕。鮮民之生〔八〕，不如死之久矣！無父何怙〔九〕，無母何恃。出則銜恤〔一〇〕，入則靡至〔一一〕。

四

父兮生我，母兮鞠我〔一二〕。拊我畜我〔一三〕，長我育我。顧我復我〔一四〕，出入腹我〔一五〕。欲報之德，昊天罔極〔一六〕。

五

南山烈烈〔一七〕，飄風發發〔一八〕。民莫不穀〔一九〕，我獨何害〔二〇〕。

六

南山律律〔二一〕，飄風弗弗〔二二〕。民莫不穀，我獨不卒〔二三〕。

【注】

〔一〕蓼(lù陸)蓼，長大貌。莪，蒿之一種，莖抱根而生，有細毛。李時珍《本草綱目》：「莪抱根叢生，俗謂之抱孃(娘)蒿。」

〔二〕匪，非。伊，是也。蒿，又名青蒿，又名香蒿。

〔三〕劬勞，勞累。

〔四〕蔚，蒿之一種，又名牡蒿，莖高二三尺，葉互生，花褐色。乾莖燃烟可以驅蚊。

〔五〕瘁，病也。

〔六〕缾，瓶。

〔七〕罍，形似酒罈，大肚小口。酒瓶空了，是酒罈的恥辱。比喻人民窮了，是統治者的恥辱。

〔八〕鮮，斯也。

〔九〕怙(hù户)，依靠。

〔一〇〕銜，含也。恤，憂也。

〔一一〕至，疑借爲咥(xì戲)，笑也。一説：靡至猶今語没有着落。

〔一二〕鞠，養育。

〔一三〕拊，猶撫也。畜，好也。畜我，猶愛我也。

〔一四〕顧，照顧。復借爲覆，庇護之意。

〔一五〕腹，抱也。

〔一六〕罔，無也。極，借爲則，準則也。二句指上天没有準則，不保佑我，使我不得養父母。

〔一七〕烈烈，山高峻險阻貌。

〔一八〕飄風，旋風。發發，疾風聲。

〔一九〕穀，善也。此句指他人都過得很好。

〔二〇〕何，通荷，蒙受。

〔二一〕律律，山高峻貌。

〔二二〕弗弗，風疾貌。

〔二三〕不卒，不得終養父母。

大東

此篇是一首民歌。西周王朝的奴隸主們，爲了公事或私事，常常到東都洛邑來，東都統治者當然要竭力奉迎，供給他們的飲食、住處等等，並强迫勞動人民侍候他們，因而加重了對勞動人民的剥削。此詩作者正是擔任侍候他們的辛苦徭役，因作此詩以抒洩怨憤之情，並歷舉天上星宿徒具空名毫無實用，以喻西周貴族徒居高位却不能解決東方人民的苦難。

一

有饛簋飧〔一〕，有捄棘匕〔二〕。周道如砥〔三〕，其直如矢。君子所履〔四〕，小人所視〔五〕。睠言顧之〔六〕，潸焉出涕〔七〕。

二

小東大東〔八〕，杼柚其空〔九〕。糾糾葛屨〔一〇〕，可以履霜〔一一〕？佻佻公子〔一二〕，行彼周行〔一三〕，既往既來，使我心疚〔一四〕。

三

有冽氿泉〔一五〕，無浸穫薪〔一六〕！契契寤歎〔一七〕，哀我憚人〔一八〕。薪是穫薪〔一九〕，尚可載也〔二〇〕。哀我憚人，亦可息也。

四

東人之子，職勞不來〔二一〕；西人之子〔二二〕，粲粲衣服〔二三〕。舟人之子〔二四〕，熊羆是裘〔二五〕；私人之子〔二六〕，百僚是試〔二七〕。

五

或以其酒〔二八〕，不以其漿〔二九〕；鞙鞙佩璲〔三〇〕，不以其長〔三一〕。維天有漢〔三二〕，監亦有光〔三三〕。跂彼織女〔三四〕，終日七襄〔三五〕。

六

雖則七襄，不成報章〔三六〕。睆彼牽牛〔三七〕，不以服箱〔三八〕。東有啓明〔三九〕，西有長庚〔四〇〕。有捄天畢〔四一〕，載施之行〔四二〕。

七

維南有箕〔四三〕，不可以簸揚〔四四〕。維北有斗〔四五〕，不可以挹酒漿〔四六〕。維南有箕，載翕其舌〔四七〕。維北有斗，西柄之揭〔四八〕。

【注】

〔一〕饛，飲食滿器貌。簋（guǐ鬼），古代食器，圓形，圈足。飧，熟食。

〔二〕捄（qiú求），長而彎曲貌。棘，棗木。匕，飯勺或湯匙。此二句是寫周王朝的飲食豐盛。

〔三〕周道，往西周京畿的大道。砥，磨刀石。

〔四〕君子，貴族。

〔五〕小人，平民。由此二句可見當時的交通要道，只供奴隸主們使用，不准勞動人民行走。

〔六〕睠，回顧貌。之，指周道。

〔七〕潸，流淚貌。

〔八〕小東和大東當是東都兩個地區的俗名，今不可考。

〔九〕杼柚（zhù-zhú柱竹），梭子和機軸。緯線加在杼上，經綫纏在柚上。此句指織布的原料被搜括一空。
〔一〇〕糾糾，繩索纏繞貌。葛屨，用葛草織成的鞋，勞動者夏天所穿。
〔一一〕可，讀爲何。作者穿不起布鞋，秋天還穿葛草鞋。
〔一二〕佻佻，安逸貌。或說：佻即輕佻；或說：佻是美好。
〔一三〕周行，周道也，古代道路也叫作行。
〔一四〕疚，憂慮。此二句指搜括貢賦的公子往來不絕，故使詩人心憂。
〔一五〕洌，寒冷。氿（guǐ軌）泉，泉水從側面流出的叫作氿泉。
〔一六〕穫薪，砍下的柴草。木柴被水浸濕，就不易燃燒了。比喻人民不堪再受剥削。
〔一七〕契契，愁苦也。寤，醒着。
〔一八〕憚，通癉，勞苦也。
〔一九〕上薪字借爲新。《説文》：「新，取木也。」是，此。
〔二〇〕載，裝在車上。把木柴運走以免繼續被水浸。
〔二一〕職，猶只也。來，借爲賚，賞賜也。
〔二二〕西人，指西周王朝的貴族。
〔二三〕粲粲，鮮明漂亮。

〔一四〕舟，讀爲疇。疇人，世世代代相承做同樣的官稱疇人。

〔一五〕羆，獸名，似熊而大。裘，同求。此句言疇人失掉職位，以打獵維持生活。

〔一六〕私人，指貴族們自己的人，就是他們的宗族親戚朋友等。

〔一七〕試，即任用。

〔一八〕或，借爲惑，精神錯亂。

〔一九〕漿，醬汁、醋、茶水等均稱漿。

〔二〇〕鞙（juān 捐）鞙，佩玉貌。璲，瑞玉名，可以爲佩。

〔二一〕長，《廣雅·釋詁一》：「長，善也。」此二句是説貴族佩寶玉，不是因爲他們良善。

〔二二〕漢，天漢，即銀河。

〔二三〕監，觀覽。

〔二四〕跂，通歧，分歧。織女，織女星。織女有三顆星，聯成等邊三角形，三角分出，所以用跂字形容它。

〔二五〕七襄，不可解。七疑當作才，形似而誤。才，古在字。襄可能是織布機的古名。

〔二六〕報，借爲紨，古代布和綢都稱紨。章，花紋。二句指織女雖然天天在織布機上，然而織不成布匹，徒具虚名。

〔二七〕睆（huǎn 緩），星光明亮貌。牽牛，牽牛星。

〔三八〕服，駕也。箱，車箱。

〔三九〕啓明，即金星，日出前出現在東方。

〔四〇〕長庚，也是金星，日落後出現在西方。上古時人不知金星運行軌道，因其出現方位不同而分別稱之爲啓明、長庚。

〔四一〕天畢，星宿名，也省稱畢，有星八顆，形似古時田獵用的長柄網。畢是這種網的古名。

〔四二〕載，猶則也。施（yí夷），斜行。行，行列。天畢星的柄，直列成行，在天空斜着。

〔四三〕箕，星宿名，四星聯成梯形，形似簸箕。

〔四四〕簸揚，揚米去糠。

〔四五〕斗，北斗星，有星七顆，形似斗，有柄。古代的量斗有柄。

〔四六〕挹，舀。古代用斗挹取酒漿。

〔四七〕翕（xì細），縮也。箕的前面部分叫作舌，箕的舌是向裏縮的。

〔四八〕西柄，柄向西方。揭，高舉。貴族們把自己比作天上星宿，作者指出星宿也無益于人。

【附録】

注〔三六〕報，借爲紨，《説文》：「紨，布也，一曰粗紬。」《廣雅·釋詁》：「紨，紬也。」據此布和綢都叫作紨。

四月

西周王朝的小官吏，行役到南方去，遭遇變亂，久不得歸，寫出此詩，來表達自己的痛苦心情。

一

四月維夏，六月徂暑。先祖匪人〔一〕，胡寧忍予〔二〕？

二

秋日淒淒，百卉具腓〔三〕。亂離瘼矣〔四〕，爰其適歸〔五〕？

三

冬日烈烈〔六〕，飄風發發〔七〕。民莫不穀〔八〕，我獨何害〔九〕。

四

山有嘉卉，侯栗侯梅〔一〇〕。廢爲殘賊〔一一〕，莫知其尤〔一二〕。

五

相彼泉水〔一三〕，載清載濁〔一四〕。我日構禍〔一五〕，曷云能穀〔一六〕。

六

滔滔江漢，南國之紀〔一七〕。盡瘁以仕〔一八〕，寧莫我有〔一九〕！

七

匪鶉匪鳶〔二〇〕，翰飛戾天〔二一〕。匪鱣匪鮪〔二二〕，潛逃于淵。

八

山有蕨薇〔二三〕，隰有杞桋〔二四〕。君子作歌，維以告哀。

【注】

〔一〕先祖，指祖先的神靈。匪，非。

〔二〕寧，乃也。此二句言：先祖豈非人乎，爲何忍心使我受苦？

〔三〕腓，草木枯萎。

〔四〕瘼，疾苦。

〔五〕爰，與焉同義，何也。（《孔子家語·辨政》篇引爰作奚。奚，何也。）適，往也。

〔六〕烈烈，即冽冽，寒冷貌。

〔七〕飄風，旋風。發發，疾風聲。

〔八〕穀，善。此句指他人都過得很好。

〔九〕何，通荷，蒙受。
〔一〇〕侯，猶維也。
〔一一〕廢，毛傳：「廢，大也。」賊，害也。此指王朝權貴。
〔一二〕尤，罪也。此句指殘害人而不自知其罪。
〔一三〕相，看也。
〔一四〕載，猶則也。
〔一五〕構，借爲遘，遭遇。
〔一六〕曷，何也。此句指怎能説命運會好呢。
〔一七〕紀，紀綱，法制。此二句指長江漢水容納南國諸水，諸水悉受江漢之約束。
〔一八〕盡瘁，即憔悴。仕，任職。
〔一九〕寧，而也。有，通友，親善。此二句言：己雖盡瘁於王事，却得不到善遇。
〔二〇〕匪，彼也。鶉（tuán 團），鵰也。
〔二一〕翰飛，高飛。戾，至也。
〔二二〕鱣（zhān 毡）、鮪（wěi 委），並大魚名。
〔二三〕蕨、薇，並野菜名。
〔二四〕隰，低濕之地。杞，枸杞。桋，木名。上六句指出人不如鳥魚草木。

北山

這首詩是統治階級下層即士的作品。在周代等級制度下，士當然也剥削勞動人民，但他們又受上層天子、諸侯、大夫等的壓迫，擔任徭役也很繁重。作者寫作此詩，申述了自己的痛苦與不平。

一

陟彼北山〔一〕，言采其杞〔二〕。偕偕士子〔三〕，朝夕從事。王事靡盬〔四〕，憂我父母。

二

溥天之下〔五〕，莫非王土；率土之濱〔六〕，莫非王臣。大夫不均〔七〕，我從事獨賢〔八〕。

三

四牡彭彭〔九〕，王事傍傍〔一〇〕。嘉我未老〔一一〕，鮮我方將〔一二〕，旅力方剛〔一三〕，經營四方。

四

或燕燕居息〔一四〕，或盡瘁事國〔一五〕。或息偃在牀〔一六〕，或不已于行。

五

或不知叫號〔一七〕，或慘慘劬勞〔一八〕。或棲遲偃仰〔一九〕，或王事鞅掌〔二〇〕。

六

或湛樂飲酒〔二一〕，或慘慘畏咎〔二二〕。或出入風議〔二三〕，或靡事不爲。

【注】

〔一〕陟（zhì至），登也。

〔二〕言，語助詞。杞，枸杞。

〔三〕偕偕，健壯貌。

〔四〕盬（gǔ古），休止。

〔五〕溥，通普，即普遍。

〔六〕率，循也，即沿着。濱，邊界。

〔七〕大夫不均，指掌權的大夫分派士階層的工作往往勞逸不均。

〔八〕賢，多也。

〔九〕牡，指公馬。彭彭，强壯有力貌。

〔一〇〕傍傍，緊急貌。

〔一一〕嘉，誇獎。
〔一二〕鮮，善也。此指稱善。將，强壯。
〔一三〕旅，通膂。膂力，體力。
〔一四〕或，有的人。燕燕，安逸貌。
〔一五〕盡瘁，憔悴。
〔一六〕偃，卧也。
〔一七〕號，放聲大哭。此句指有的人不知痛苦哭號是怎麽回事。
〔一八〕劬勞，勞累。
〔一九〕棲遲，游息。偃仰，即安居。
〔二〇〕鞅掌，忙忙碌碌。
〔二一〕湛樂，過度的享樂。
〔二二〕咎，災殃。
〔二三〕風，通諷，諷刺也。

【附録】

注〔二〇〕鞅掌，忙忙碌碌。《莊子·庚桑楚》：「鞅掌之爲使。」《在宥》：「遊者鞅掌。」都是此意。此酌採馬敍倫先生《莊子義證》。

無將大車

勞動者推着大車，想起自己的憂患，唱出這個歌。

一

無將大車〔一〕，祇自塵兮〔二〕。無思百憂，祇自疧兮〔三〕。

二

無將大車，維塵冥冥〔四〕。無思百憂，不出于熲〔五〕。

三

無將大車，維塵雝兮〔六〕。無思百憂，祇自重兮〔七〕。

【注】

〔一〕將，扶進也。將車即用手推車。

〔二〕祇，只也。塵，動詞，招惹塵土。

〔三〕疧（qí淇），病也。古讀疧如振，與塵協韻。

〔四〕冥冥，猶濛濛也，塵土飛揚貌。

〔五〕熲，馬瑞辰《毛詩傳箋通釋》：「熲，音義與耿同。」按心煩耳熱爲耿。

〔六〕雝，通壅，遮蔽。
〔七〕重，借爲恫，痛也。

小明

這首詩是周王朝的官吏所作。他被派到遠方辦事，經年不歸，因作此詩，抒寫他的辛苦生活和思家情緒，並對上級統治者提出勸告。

一

明明上天，照臨下土。我征徂西〔一〕，至于艽野〔二〕。二月初吉〔三〕，載離寒暑〔四〕。
心之憂矣，其毒大苦〔五〕。念彼共人〔六〕，涕零如雨。豈不懷歸，畏此罪罟〔七〕。

二

昔我往矣，日月方除〔八〕。曷云其還〔九〕？歲聿云莫〔一〇〕。念我獨兮，我事孔庶〔一一〕。
心之憂矣，憚我不暇〔一二〕。念彼共人，睠睠懷顧〔一三〕。豈不懷歸，畏此譴怒。

三

昔我往矣，日月方奧〔一四〕。曷云其還？政事愈蹙〔一五〕。歲聿云莫，采蕭穫菽〔一六〕。
心之憂矣，自詒伊戚〔一七〕。念彼共人，興言出宿〔一八〕。豈不懷歸，畏此反覆〔一九〕。

四

嗟爾君子〔二〇〕，無恒安處。靖共爾位〔二一〕，正直是與〔二二〕。神之聽之，式穀以女〔二三〕。

五

嗟爾君子，無恒安息。靖共爾位，好是正直。神之聽之，介爾景福〔二四〕。

【注】

〔一〕征，行也。徂，往也。

〔二〕艽（qiú求），遠荒也。

〔三〕初吉，王國維説：「古者蓋分一月之日爲四分：一曰初吉，謂自一日至七八日也；二曰既生霸，謂自八九日以降至十四五日也；三曰既望，謂自十五六日以後至二十二三日也；四曰既死霸，謂自二十三四日以後至于晦也。」（見《觀堂集林》卷一《生霸死霸考》）二月初吉是作者到艽野的時間。

〔四〕載，猶則也。離，歷也。此句指到艽野已經過一個寒暑，即一年。

〔五〕毒，災難。大，太也。

〔六〕共，通恭。恭人，恭敬的人，此指作者的妻。

〔七〕罪罟，馬瑞辰《毛詩傳箋通釋》：「《説文》：『罪，捕魚竹網。罟，網也。』罪罟猶云網罟。」

按罪罟指統治者的法網。

〔八〕除，除舊也。此句指舊歲剛辭新年正到。

〔九〕曷，何時也。云，語助詞。

〔一〇〕聿，猶則也。莫，暮。

〔一一〕孔，很。庶，多也。

〔一二〕憚，通癉，勞也。

〔一三〕睠睠，即眷眷。

〔一四〕奥，通燠，暖也。

〔一五〕蹙，急促。

〔一六〕蕭，一種香蒿。菽，豆也。

〔一七〕詒，通貽，留下。伊，是也，此也。戚，憂苦。此句指心裏發愁，是自尋煩惱。

〔一八〕興，起來。言，焉。此二句指想念妻子，睡不着覺，起來到外邊去過夜。

〔一九〕反覆，指統治者的反覆無常。

〔二〇〕君子，指掌權貴族。

〔二一〕靖，猶敬也。共，奉也。位，猶職也。此句言敬奉汝職。

〔二二〕與，猶親也。

〔二三〕式，猶乃也。穀，善也。以，猶于也。女，汝。

〔二四〕介，借爲匄。《廣雅・釋詁》：「匄，予也。」景，大也。

鼓鍾

這首詩寫作者住在淮水旁邊，在奏樂的場合中，思念君子而悲傷。

一

鼓鍾將將〔一〕，淮水湯湯〔二〕，憂心且傷。淑人君子〔三〕，懷允不忘〔四〕。

二

鼓鍾喈喈〔五〕，淮水湝湝〔六〕，憂心且悲。淑人君子，其德不回〔七〕。

三

鼓鍾伐鼛〔八〕，淮有三洲，憂心且妯〔九〕。淑人君子，其德不猶〔一〇〕。

四

鼓鍾欽欽〔一一〕，鼓瑟鼓琴，笙磬同音。以雅以南〔一二〕，以籥不僭〔一三〕。

【注】

〔一〕鼓，敲也。將將，同鏘鏘，象聲詞。

〔二〕湯湯，猶蕩蕩，大水急流貌。
〔三〕淑，善也。
〔四〕懷，思念。允，信也，真也。
〔五〕喈喈，鐘聲和諧。
〔六〕湝湝，水流貌。
〔七〕回，邪也。
〔八〕伐，擊也。鼛（gāo 高），大鼓。
〔九〕妯，鄭箋：「妯之言悼也。」乃讀妯爲悼。悼，悲也。
〔一〇〕猶，《方言》十三：「猶，詐也。」其德不猶，言君子之德誠實無欺。
〔一一〕欽欽，鐘聲。
〔一二〕雅，樂器名，狀如漆筒，兩頭蒙以羊皮，以手拍之作聲。南，樂器名，形似鐘。
〔一三〕籥（yuè 躍），樂器名，似排簫。僭，猶亂也。

楚 茨

這首詩是貴族祭祀祖先的樂歌。

一

楚楚者茨〔一〕，言抽其棘〔二〕。自昔何爲？我蓺黍稷〔三〕。我黍與與〔四〕，我稷翼翼〔五〕。我倉既盈，我庾維億〔六〕。以爲酒食，以享以祀〔七〕。以妥以侑〔八〕，以介景福〔九〕。

二

濟濟蹌蹌〔一〇〕，絜爾牛羊〔一一〕。以往烝嘗〔一二〕，或剝或亨〔一三〕，或肆或將〔一四〕。祝祭于祊〔一五〕，祀事孔明〔一六〕。先祖是皇〔一七〕，神保是饗〔一八〕。孝孫有慶，報以介福〔一九〕，萬壽無疆。

三

執爨踖踖〔二〇〕，爲俎孔碩〔二一〕，或燔或炙〔二二〕。君婦莫莫〔二三〕，爲豆孔庶〔二四〕，爲賓爲客〔二五〕。獻醻交錯〔二六〕，禮儀卒度〔二七〕，笑語卒獲〔二八〕。神保是格〔二九〕，報以介福，萬壽攸酢〔三〇〕。

四

我孔熯矣〔三一〕，式禮莫愆〔三二〕。工祝致告〔三三〕：徂賚孝孫〔三四〕，苾芬孝祀〔三五〕，神嗜飲食〔三六〕，卜爾百福〔三七〕。如幾如式〔三八〕，既齊既稷〔三九〕，既匡既敕〔四〇〕，永錫爾極〔四一〕，時萬時億〔四二〕。

五

禮儀既備〔四三〕，鍾鼓既戒〔四四〕。孝孫徂位〔四五〕，工祝致告。神具醉止〔四六〕，皇尸載起〔四七〕。鼓鍾送尸，神保聿歸〔四八〕。諸宰君婦〔四九〕，廢徹不遲〔五〇〕。諸父兄弟，備言燕私〔五一〕。

六

樂具入奏〔五二〕，以綏後禄〔五三〕。爾殽既將〔五四〕，莫怨具慶。既醉既飽，小大稽首〔五五〕。神嗜飲食，使君壽考〔五六〕。孔惠孔時〔五七〕，維其盡之〔五八〕。子子孫孫，勿替引之〔五九〕。

【注】

〔一〕楚楚，植物叢生貌。茨，蒺藜，草本植物，莖有硬毛，平卧地面，夏季開黄色小花，果實有刺。

〔二〕言，猶爰也，於是。抽，除也。棘，刺也。除其棘即剷去蒺藜。

〔三〕蓺，種也。黍稷同類，黍黏，稷不黏。

〔四〕與與，茂盛貌。

〔五〕翼翼，整齊貌。

〔六〕庾，糧穀堆在場圃，以物圍起，上面加蓋爲庾。億，盈也。

〔七〕享，獻祭。

〔八〕妥，安坐也。侑，勸酒。周代祭祀祖先的禮制，有人裝神，其名爲尸。當尸進入宗廟走到他的位置上的時候，由主祭者跪拜，請尸安坐，這叫作妥。當獻上酒食的時候，有人勸尸飲酒吃飯，這叫作侑。

〔九〕介，求也。景，大也。

〔一〇〕濟濟，莊嚴恭敬貌。蹌蹌，步趨有節貌。

〔一一〕絜，同潔。又解：絜借爲挈，即拿着。

〔一二〕烝嘗，都是祭名，冬祭稱烝，秋祭稱嘗。

〔一三〕剥，宰割。亨，同烹，燒煮食物。

〔一四〕肆，陳設，指陳肉于案上。將，古金文作鼒，裝肉于鼎。

〔一五〕祝，祠廟中司祭禮的人。祊（bēng崩），宗廟門内設祭的地方。

〔一六〕明，讀爲孟。《爾雅·釋詁》：「孟，勉也。」即勤勉。

〔一七〕皇，讀爲迂。《廣雅·釋詁》：「迂，歸也。」此句言先祖回來受享。

〔一八〕神保，古人認爲神是人的保佑者，所以稱神爲神保。饗，享受祭祀。

〔一九〕介福，大福。

〔二〇〕爨（cuàn 竄），炊也。踖（jí 籍）踖，敏捷而又恭敬的樣子。

〔二一〕俎，古代祭祀時盛生肉之銅製禮器。此指俎中的肉。孔碩，很豐盛。

〔二二〕燔，燒肉也。炙，烤肉也。

〔二三〕君婦，主婦。莫莫，清静敬謹貌。

〔二四〕豆，古代食器，形似高足盤。此指豆中的食物。庶，多也。

〔二五〕爲賓爲客，言作飲食是爲了賓客。古人在祭祀之後，招待賓客。

〔二六〕獻，敬酒。醻，同酬。

〔二七〕卒，盡也。卒度，言盡其法度，無少差錯。

〔二八〕獲，于省吾説：「獲讀爲矱，矱，規也。」（《文史》第一輯《澤螺居讀詩札記》）

〔二九〕格，至也。

〔三〇〕攸，猶乃也。酢，報也。萬壽攸酢，猶言報以萬壽。又解：酢借爲作，作，起也。萬壽攸酢，猶言萬壽乃來。

〔三一〕熯，通戁（nǎn 蝻），敬懼。

〔三二〕式，發語詞。愆，差錯。

〔三三〕工，馬瑞辰《毛詩傳箋通釋》：「工，官也。」工祝即祝官。致告，代神致辭，以告祭者。

〔三四〕徂，當作祖，形似而誤。賚（lài 賴），賞賜。

〔三五〕苾芬，猶芬芳。

〔三六〕嗜，愛好。此句言神喜歡這飲食。

〔三七〕卜，借爲付。

〔三八〕如，猶合也。幾，《小爾雅·廣詁》：「幾，法也。」式，制度。此句指祭祀之事都合乎禮法。

〔三九〕齊，敬也。稷，借爲肅，嚴肅也。（《國語·魯語》：「肅慎氏。」《逸周書·王會》作「稷慎」。此是稷肅通用之證。）

〔四〇〕匡，端正。勑，嚴正。

〔四一〕錫，賜。極，疑借爲稘。稘，年也。永錫爾極，即永賜爾年。

〔四二〕時，是也。億，周代十萬爲億。自徂賚孝孫以下九句均工祝所告之辭。

〔四三〕既備，指祭禮都已舉行。

〔四四〕戒，戒備，準備。此言準備好鐘鼓，以便送尸。

〔四五〕徂位，走到主祭的位置上。

〔四六〕具，通俱。止，語氣詞。

〔四七〕皇，美也，贊美的形容詞。載，猶則也。

〔四八〕聿，猶乃也。

〔四九〕諸宰，衆廚師。
〔五〇〕廢徹，指撤去祭品。
〔五一〕備，全也。燕，宴，即宴飲。家庭宴飲，叫作宴私。古代在祭祀之後，即行宴飲。
〔五二〕具，俱。貴族在宴飲時也奏樂。
〔五三〕綏，安也，即坐享之意。禄，福也。古人在祭祀之後，飲祭神所餘之酒，食祭神所餘之肉，認爲是接受神所賜之福。所以稱這種酒爲福酒，稱這種肉爲胙肉。（胙，福也。）以綏後禄言享受後福，指飲福酒、食胙肉而言。
〔五四〕殽，同肴，塊肉。將，借爲臧，善也。
〔五五〕小大，指小孩和大人。稽首，磕頭。此句寫人人向神致謝。
〔五六〕考，老。
〔五七〕惠，仁慈。時，善也。此句言祖先之神很仁慈，很良善。
〔五八〕其，指神。之，指惠與時。此句言祖先能盡其仁慈良善之德，創業留給子孫。
〔五九〕替，廢也。引，延長。此二句告誡子孫，不要廢棄祖先之業，要一代一代地傳下去。

信南山

這首詩也是貴族祭祀祖先的樂歌，但也着力描寫了農業生産。

一

信彼南山〔一〕，維禹甸之〔二〕。畇畇原隰〔三〕，曾孫田之〔四〕。我疆我理〔五〕，南東其畝〔六〕。

二

上天同雲〔七〕，雨雪雰雰〔八〕。益之以霢霂〔九〕，既優既渥〔一〇〕，既霑既足，生我百穀。

三

疆埸翼翼〔一一〕，黍稷彧彧〔一二〕。曾孫之穡〔一三〕，以爲酒食。畀我尸賓〔一四〕，壽考萬年。

四

中田有廬〔一五〕，疆埸有瓜。是剥是菹〔一六〕，獻之皇祖。曾孫壽考，受天之祜〔一七〕。

五

祭以清酒，從以騂牡〔一八〕，享于祖考〔一九〕。執其鸞刀〔二〇〕，以啓其毛〔二一〕，取其血膋〔二二〕。

六

是烝是享〔二三〕，苾苾芬芬〔二四〕，祀事孔明〔二五〕。先祖是皇〔二六〕，報以介福〔二七〕，萬壽無疆。

【注】

〔一〕信，當是高峻貌。信與崒一音之轉，《説文》：「崒，危高也。」（《文選·王僧達和琅邪王依古詩》：「聊訊興亡言。」李注：「訊與信通。」《陳風·墓門》：「歌以訊之。」《釋文》：「訊本又作誶。」即信凡卒三聲相轉之證。又信與峻也是一聲之轉。）南山，終南山。

〔二〕甸，治理。古代傳説，中國的名山大川都經過禹的治理。

〔三〕畇（yún匀）畇，形容已開墾的田地平坦整齊。

〔四〕曾孫，周人對祖先之神自稱曾孫。田，耕種。

〔五〕疆，劃田界。理，治理田隴田溝。

〔六〕畝，隴也。周人稱南北隴爲南其畝，稱東西隴爲東其畝。

〔七〕同雲，全被雲遮。

〔八〕雰雰，猶紛紛。

〔九〕益，加也。霢霂（mài-mù脈木），小雨也。

〔一〇〕優，充足。渥，潤濕。

〔一一〕疆埸（yì易），田界也。翼翼，整齊貌。

〔一二〕彧（yù玉）彧，同鬱鬱，茂盛貌。

〔一三〕穡，收割莊稼。

〔一四〕畀，給予。尸，祭祀時裝神的人。賓，參加祭禮、幫助辦事的客人。此句指以酒食祭祀祖先、招待賓客。

〔一五〕中田，田中。廬，房舍，看瓜人所住。

〔一六〕剥，剖開。菹（zū租），作菜。此指把瓜切成塊，擺在器中。

〔一七〕祜（hù户），福也。

〔一八〕騂，赤色。牡，指公牛。

〔一九〕享，獻祭。

〔二〇〕鸞，鳳凰。刀上鑄有鳳凰的花紋稱鸞刀。

〔二一〕啓，分開。殺牛時，分開牠的毛，而後插刀。

〔二二〕膋（liáo遼），脂肪，即牛油。

〔二三〕烝，即蒸。享，煮也。

〔二四〕苾苾芬芬，香氣濃郁貌。

〔二五〕明，勤勉。

〔二六〕皇，讀爲迋，歸也。此句言先祖回家來享祭。

〔二七〕介，大也。

甫田之什

甫田

這篇是西周農奴主的作品，歌唱他田地的廣闊，農奴的勞動，莊稼的茂盛，糧穀的豐收，以及祭祀的情況等。

一

倬彼甫田〔一〕，歲取十千〔二〕。我取其陳〔三〕，食我農人。自古有年〔四〕。今適南畝〔五〕，或耘或耔〔六〕，黍稷薿薿〔七〕。攸介攸止〔八〕，烝我髦士〔九〕。

二

以我齊明〔一〇〕，與我犧羊〔一一〕，以社以方〔一二〕。我田既臧〔一三〕，農夫之慶。琴瑟擊鼓〔一四〕，以御田祖〔一五〕，以祈甘雨，以介我稷黍〔一六〕，以穀我士女〔一七〕。

三

曾孫來止〔一八〕，以其婦子，饁彼南畝〔一九〕，田畯至喜〔二〇〕。攘其左右〔二一〕，嘗其旨否〔二二〕。禾易長畝〔二三〕，終善且有〔二四〕。曾孫不怒，農夫克敏〔二五〕。

四

曾孫之稼，如茨如梁〔二六〕；曾孫之庾〔二七〕，如坻如京〔二八〕。乃求千斯倉，乃求萬斯箱，黍稷稻粱。農夫之慶。報以介福〔二九〕，萬壽無疆。

【注】

〔一〕倬，大也，即面積廣闊。甫，大也。

〔二〕取，指用以種穀。十千，當是一萬畝。因爲畝是常用的計田的單位，所以省去。

〔三〕陳，陳穀。

〔四〕有年，豐年。

〔五〕適，往也。此句是説農奴主到南畝去巡視。

〔六〕耘，鋤草。耔，用土培苗根。

〔七〕黍稷同類，黍黏，稷不黏。薿薿，茂盛貌。

〔八〕攸，猶乃也。介，讀爲愒，休息。介與止都是説農奴主在田裏休息。

〔九〕烝，進也，即召他們前來之意。髦士，英俊之士。農奴主對其下屬的美稱。指在田間監督農奴的工頭。又解：髦士指農奴主的衛士，農奴主帶着衛士來巡視田間。

〔一〇〕齊（zī咨）明，即粢盛，祭器中所盛的穀物。

〔一一〕犧，祭祀用牲畜，毛色純一的叫作犧。
〔一二〕社，土神。方，四方之神。此指祭祀土神和四方之神。
〔一三〕臧，善也。
〔一四〕擊，樂器名，與搖鼓相類。
〔一五〕御，同禦，《説文》：「禦，祀也。」田祖，農神。
〔一六〕介，借爲丐，祈求也。
〔一七〕穀，養也。
〔一八〕曾孫，周人對其祖先神靈的自稱。止，語氣詞。
〔一九〕饁（yè 葉），送飯。
〔二〇〕田畯，監督農奴工作的田官。
〔二一〕攘，古讓字。左右，指田畯的隨員。
〔二二〕旨，味美。
〔二三〕易，猶延也，莊稼茂盛，向前伸展。長畝，竟畝也，即莊稼長得枝葉茂盛，把壠都封蓋了。
〔二四〕終，猶既也。有，猶多也。
〔二五〕克，能也。敏，工作幹得好而且快。

〔二六〕茨，草屋的頂。梁，水上的大堤。一説，是橋。

〔二七〕庾，堆在露天的糧囤。

〔二八〕坻，小丘。京，大丘。

〔二九〕介，大也。此句指社神田祖等報農奴主以大福。

【附録】

注〔八〕林義光《詩經通解》：「介讀爲愒，《説文》：『愒，息也。』」

注〔一四〕擊，《尚書・益稷》：「戛擊鳴球。」（戛是打意。球是玉磬。）今文《尚書》擊作隔（《漢書・楊雄傳》顔注引韋昭説）《荀子・禮論》：「尚拊之膈。」（之字衍，《史記・禮書》没有之字。）《樂論》：「鞉柷拊鞷椌楬似萬物。」擊和隔、膈、鞷，古通用，而鞷是本字。樂器名，鼓之一種，竹筒兩頭蒙皮，當中拴上球形鼓槌，摇擊兩面都響，和摇鼓相似。此詩的擊字當即《尚書》的擊字，借做鞷。琴瑟擊鼓都是樂器，都是名詞，是下句「以御田祖」的「以」字的賓語。

大田

此篇也是西周農奴主作品，主要内容是描寫農奴爲農奴主種田，消除害蟲，雨澤及時，莊稼長得茂盛及農奴主巡視田間，祭祀神靈的情況。

一

大田多稼。既種既戒〔一〕，既備乃事〔二〕。以我覃耜〔三〕，俶載南畝〔四〕，播厥百穀。既庭且碩〔五〕，曾孫是若〔六〕。

二

既方既皁〔七〕，既堅既好，不稂不莠〔八〕。去其螟螣〔九〕，及其蟊賊〔一〇〕，無害我田稺〔一一〕！田祖有神〔一二〕，秉畀炎火〔一三〕。

三

有渰萋萋〔一四〕，興雲祁祁〔一五〕，雨我公田，遂及我私〔一六〕。彼有不穫穉，此有不斂穧〔一七〕，彼有遺秉〔一八〕，此有滯穗〔一九〕，伊寡婦之利〔二〇〕。

四

曾孫來止〔二一〕，以其婦子，饁彼南畝〔二二〕，田畯至喜〔二三〕。來方禋祀〔二四〕，以其騂黑〔二五〕，與其黍稷，以享以祀〔二六〕，以介景福〔二七〕。

【注】

〔一〕種，疑當讀爲董，督促。戒，警告，農奴主在春耕前「董戒」農奴從事準備。舊說：種是選擇種子，戒是修理農具。那麼戒便當讀爲械。此説也通。

〔二〕乃事，這些事，指上述準備工作。

〔三〕覃（yǎn眼），通剡，鋒利。耜，如同現在的犂。

〔四〕俶，起土。載，翻草。

〔五〕庭，俞樾《羣經平議》：「庭讀爲挺。」挺生也。碩，大也。

〔六〕曾孫，農奴主自稱。若，順也。此言順了農奴主的意願。

〔七〕方，大也。皁疑當作卓，形似而誤。卓，高也。

〔八〕稂，禾穀僅能生穗而不能結實。莠（yǒu有），形似禾穀的一種草。

〔九〕螟，吃禾心的青蟲。螣（tè特），吃禾葉的青蟲。

〔一〇〕蟊，吃禾根的蟲。賊，吃禾節的蟲。

〔一一〕穉，嫩禾。

〔一二〕田祖，農神。

〔一三〕秉，拿。畀，交付。炎火，即大火。此言把害蟲用火燒化。

〔一四〕渰（yǎn掩），雲興起貌。萋萋，盛貌。

〔一五〕雲，今本作雨。《釋文》：「興雨本或作興雲。」按作雲是對的，今改正。祁祁，多貌。

〔一六〕私，即私田，勞役地租制度，公田的收穫歸農奴主所有，私田的收穫歸農奴自己。

〔一七〕斂，收斂。穧，已割而未收的農作物。
〔一八〕遺，失。秉，成綑的稻把。
〔一九〕滯，留下。
〔二〇〕伊，猶是也。此五句言田間少數未割之稻及遺穗等讓貧苦無靠之寡婦拾取。
〔二一〕曾孫，農奴主自稱。
〔二二〕饁，送飯。
〔二三〕田畯，田官。
〔二四〕來方，來祭四方之神。禋（yīn 因），一種野祭。用火燒牲，使煙氣上沖於天。
〔二五〕騂，紅色。騂黑是用祭牲的毛色代表祭牲，牛羊豕三牲之中只有牛有紅色的，所以騂是代表牛；一般的豕是黑色，所以黑是代表豕。
〔二六〕享，獻祭。
〔二七〕介，借爲丐，祈求。景，大也。

【附録】

注〔一〕種，讀做董，二字古通用。《左傳·昭公三年》：「余髮如此種種。」《釋文》：「種種，徐本作董董。」便是例證。戒，即警戒。

注〔四〕俶，當讀爲埱。《説文》：「埱，氣出土也。」用犂屬把土翻起，使土氣上升叫作埱。載，鄭箋：「載讀爲菑。」《周易・無妄》：「不菑畬。」董注：「菑，反草也。」反草是把草連根掘起，翻過放下，草即腐爛。

注〔七〕方，《廣雅・釋詁》：「方，大也。」阜，當作卓，《説文》：「卓，高也。」

注〔一五〕今本《詩經》「興雨祁祁」，《呂氏春秋・務本》（據王應麟《詩考》引）、《韓詩外傳》八、《漢書・食貨志》等引「雨」都作「雲」，按作「雲」爲是，此句説雲，下句説雨。《大雅・韓奕》：「祁祁如雲。」也是佐證。

瞻彼洛矣

這是爲「君子」祝福的詩，所謂「君子」似是周王。他帶兵出征，到洛水一帶。

一

瞻彼洛矣〔一〕，維水泱泱〔二〕。君子至止〔三〕，福禄如茨〔四〕。韎韐有奭〔五〕，以作六師〔六〕。

二

瞻彼洛矣，維水泱泱。君子至止，鞞琫有珌〔七〕。君子萬年，保其家室。

三

瞻彼洛矣，維水泱泱。君子至止，福禄既同。君子萬年，保其家邦。

【注】

〔一〕洛水，水名，又名北洛水，在今陝西北部，流入渭水；不是河南的洛水。

〔二〕泱泱，猶洋洋，水深廣貌。

〔三〕君子，似指周王。止，語氣詞。

〔四〕茨，茅屋。如茨，言其多層堆積如屋高。

〔五〕韎韐（mèi-gé妹蛤），古代祭服上用以蔽膝的韍，用茅蒐草染成赤黄色。奭（shì式），赤色貌。

〔六〕作，起也。作六師即起六師，言其出征。師，二千五百人爲一師。

〔七〕此句疑當作「鞞有琫珌」。鞞，刀鞘。琫（běng），刀鞘上近口處的裝飾。珌，刀鞘末端的裝飾。

裳裳者華

作者當是西周王朝的官吏。他受到一個貴族的扶植，因作此詩，來表示感謝，並歌頌貴族的能幹。

一

裳裳者華〔一〕，其葉湑兮〔二〕。我覯之子〔三〕，我心寫兮〔四〕；我心寫兮，是以有譽處兮〔五〕。

二

裳裳者華，芸其黄矣〔六〕。我覯之子，維其有章矣〔七〕；維其有章矣，是以有慶矣〔八〕。

三

裳裳者華，或黄或白。我覯之子，乘其四駱〔九〕；乘其四駱，六轡沃若〔一〇〕。

四

左之左之〔一一〕，君子宜之。右之右之〔一二〕，君子有之〔一三〕。維其有之，是以似之〔一四〕。

【注】

〔一〕裳裳，猶堂堂，鮮明貌。華，花。

〔二〕湑（xǔ許），茂盛。

〔三〕覯，見也。之子，此人，指貴族。

〔四〕寫，猶愉也，舒暢。
〔五〕譽，當讀爲豫，安樂也。此四句指見貴族之後，我心喜歡，所喜歡的是見了君子從而得到安樂的處所。
〔六〕芸，深黄色。
〔七〕其，指貴族。章，文章。
〔八〕慶，喜慶。一說：慶，賞也。
〔九〕駱，黑尾黑鬃的白馬。此句言作者乘貴族的馬車。
〔一〇〕沃若，猶沃然，光潤貌。
〔一一〕左，指文事、吉事。如政治、祭祀等。之，語氣詞。
〔一二〕右，指武事、凶事，如兵戎、死喪等。
〔一三〕有，猶能也。
〔一四〕似，借爲嗣。此句言君子能繼續其祖業。

桑扈

這是一首爲「君子」頌德祝福的詩。詩中所謂「君子」，是萬邦的屏翰，「百辟」的典範，應該是周王朝的執政者。

一

交交桑扈〔一〕，有鶯其羽〔二〕。君子樂胥〔三〕，受天之祜〔四〕。

二

交交桑扈，有鶯其領〔五〕。君子樂胥，萬邦之屏〔六〕。

三

之屏之翰〔七〕，百辟爲憲〔八〕。不戢不難〔九〕，受福不那〔一〇〕。

四

兕觥其觩〔一一〕，旨酒思柔〔一二〕。彼交匪敖〔一三〕，萬福來求〔一四〕。

【注】

〔一〕交交，鳥鳴聲。一説：小貌。桑扈，鳥名，又名青雀。

〔二〕鶯，鳥羽有文采。

〔三〕胥，語助詞。

〔四〕祜(hù户)，福也。

〔五〕領，頸也。

〔六〕屏，屏障。此句言君子是萬邦的捍衛者。

〔七〕之屏之翰，即萬邦之屏之翰，承上文省萬邦二字。翰，借爲幹。此句言君子是萬邦的支持者。

〔八〕辟，君也。爲，猶取也。憲，法也，即典範。

〔九〕不，通丕，猶甚也。戢（jí集）、難，馬瑞辰《毛詩傳箋通釋》：「戢借爲濈，和也。難借爲戁，敬也。」此言君子對人既和又敬。

〔一〇〕那，多也。不那，即甚多。

〔一一〕兕觥（gōng肱），飲酒器，形如卧兕。觩，彎曲貌。

〔一二〕旨酒，美酒。思，語氣詞。柔，指酒味不烈。

〔一三〕彼，通匪，非也。交，借爲姣。《廣雅·釋言》：「姣，侮也。」即侮慢之意。敖，通傲。此句言君子不侮慢，不驕傲。

〔一四〕來，猶乃也。王引之《經義述聞》：「求讀爲逑，聚也。」此言萬福聚于君子一身。

鴛鴦

作者受到貴族的豢養，寫這首詩來爲貴族祝福，並透露了感恩的意味。

一

鴛鴦于飛〔一〕，畢之羅之〔二〕。君子萬年，福禄宜之。

二

鴛鴦在梁〔三〕，戢其左翼〔四〕。君子萬年，宜其遐福〔五〕。

三

乘馬在廄〔六〕，摧之秣之〔七〕。君子萬年，福禄艾之〔八〕。

四

乘馬在廄，秣之摧之。君子萬年，福禄綏之〔九〕。

【注】

〔一〕于，在也。

〔二〕畢，有柄的捕鳥網。羅，捕鳥網，無柄。

〔三〕梁，水壩。

〔四〕戢，鄭箋：「戢，斂也。」《釋文》引《韓詩》云：「戢，捷也，捷其噣於左也。」此句指鴛鴦休息時插嘴於左翼中。

〔五〕遐，遠也。

〔六〕乘馬，四匹馬。廄，馬棚。

〔七〕摧，借爲莝，以草餵馬也。又鄭箋：「摧，今莝字也。」《説文》：「莝，斬芻也。」也是以草餵馬之意。秣，以穀餵馬也。

〔八〕艾，養也。

〔九〕綏，安也。

頍弁

貴族請兄弟親戚吃飯，被請者寫出這首詩，表示對貴族的依賴和愛戴。

一

有頍者弁〔一〕，實維伊何〔二〕？爾酒既旨〔三〕，爾殽既嘉〔四〕。豈伊異人〔五〕，兄弟匪他〔六〕。蔦與女蘿〔七〕，施于松柏〔八〕。未見君子〔九〕，憂心弈弈〔一〇〕；既見君子，庶幾説懌〔一一〕。

二

有頍者弁，實維何期〔一二〕？爾酒既旨，爾殽既時〔一三〕。豈伊異人，兄弟具來〔一四〕。蔦與女蘿，施于松上。未見君子，憂心怲怲〔一五〕；既見君子，庶幾有臧〔一六〕。

三

有頍者弁，實維在首〔一七〕。爾酒既旨，爾殽既阜〔一八〕。豈伊異人，兄弟甥舅〔一九〕。如彼雨雪〔二〇〕，先集維霰〔二一〕。死喪無日〔二二〕，無幾相見〔二三〕。樂酒今夕，君子維宴〔二四〕。

【注】

〔一〕頍（kuǐ），帽頂圓圓的樣子。弁，古代貴族的一種帽子，用布或革做。

〔二〕伊，猶爲也，作也。此二句言戴弁是要作什麽？言外之意是來赴宴。

〔三〕爾，指宴客的貴族。

〔四〕殽，同肴，葷菜。嘉，美也。

〔五〕伊，是。異人，别人，外人。

〔六〕匪，通非。此句言是兄弟而非他人。

〔七〕蔦（niǎo 鳥），一種攀援植物，夏秋開花，花紅色或白色，實黄色，如小豆。蘿，女蘿，又名兔絲，攀援植物，常緣樹而生。

〔八〕施（yì 易），蔓延。此二句以蔦與女蘿寄附在松柏樹上，比喻兄弟親戚攀附貴族。

〔九〕君子，指宴客的貴族。

〔一〇〕弈弈，心神不定貌。

〔一一〕庶幾，差不多。説，通悦。懌，喜也。

〔一二〕期，望也。此二句言戴弁是希望什麽？

〔一三〕時，善也，美也。

〔一四〕具，通俱。
〔一五〕怲怲，憂甚貌。
〔一六〕臧，善也。有臧，有好處。
〔一七〕在首，戴在頭上。
〔一八〕阜，盛也，多也。
〔一九〕甥舅，古語稱女婿爲甥，岳父爲舅；姊妹之子爲甥，母之兄弟爲舅。
〔二〇〕雨雪，下雪。
〔二一〕集，猶落也。先下霰，後下雪，而終將融化，正如人生的容易消失。
〔二二〕死喪無日，人不知哪天死去。
〔二三〕幾，幾時。此句指兄弟親戚們相見没有幾時。
〔二四〕宴，安也。以上二句反映了貴族們及時行樂的思想。

車　舝

作者娶得一個貴族的女兒，作這首詩，抒寫他的喜悦並表示對她的摯愛。

一

間關車之舝兮〔一〕，思孌季女逝兮〔二〕。匪飢匪渴〔三〕，德音來括〔四〕。雖無好友，式燕且喜〔五〕。

二

依彼平林〔六〕，有集維鷮〔七〕。辰彼碩女〔八〕，令德來教〔九〕。式燕且譽〔一〇〕，好爾無射〔一一〕。

三

雖無旨酒，式飲庶幾〔一二〕。雖無嘉殽，式食庶幾。雖無德與女〔一三〕，式歌且舞。

四

陟彼高岡，析其柞薪〔一四〕；析其柞薪，其葉湑兮〔一五〕。鮮我覯爾〔一六〕，我心寫兮〔一七〕。

五

高山仰止〔一八〕，景行行止〔一九〕。四牡騑騑〔二〇〕，六轡如琴〔二一〕。覯爾新昏〔二二〕，以慰我心。

【注】

〔一〕閒關，象聲詞。舝，同轄，車軸兩頭的金屬鍵。此句形容車輪轉動時車轄的咯咯聲。

〔二〕思，發語詞。孌，美好貌。季女，少女。逝，往也，指她乘車出嫁。

〔三〕匪，非。非，不也。

〔四〕德音，指有美德名譽的季女。括，通佸，聚會。此二句作者自言我已不飢不渴，因已娶得有德的妻子。

〔五〕式，發語詞。燕，通宴，宴飲。

〔六〕依，茂盛貌。

〔七〕鷮（jiāo 驕），雉的一種，又稱鷮雉。體形及尾均近似環頸雉。

〔八〕辰，讀爲珍。《爾雅・釋詁》：「珍，美也。」碩女，身材高大的女子。

〔九〕令，善也。此句言美德的女子來教導我。乃作者的謙辭。

〔一〇〕譽，通豫，歡樂。

〔一一〕射（yì 亦），通斁，厭也。此句言愛你没有厭時。

〔一二〕庶幾，猶今語的「一些」。

〔一三〕與，助也。女，汝。此句作者自言我雖没有美德可以幫助你。正與上文「令德來教」對照而言，也是作者的謙辭。

〔一四〕析，劈木也。柞，木名。

〔一五〕湑（xǔ 許），茂盛。

〔一六〕鮮，讀爲斯，猶今也。覯，遇也。

〔一七〕寫，猶愉也。

〔一八〕止，馬瑞辰《毛詩傳箋通釋》：「止當作之，下句同。」

〔一九〕景行，大道。此二句言仰望高山，走着大路。

〔二〇〕騑騑，馬行不停貌。

〔二一〕轡，馬繮繩。琴，指琴絃。此句指六條馬繮繩協調有如琴絃。

〔二二〕昏，同婚。古語：夫稱妻爲婚。新婚與新婦同意。

青蠅

這首詩痛斥讒人的害人亂國，勸諫統治者不要聽信讒言。詩的本事，今不可考。

一

營營青蠅〔一〕，止于樊〔二〕。豈弟君子〔三〕，無信讒言！

二

營營青蠅，止于棘〔四〕。讒人罔極〔五〕，交亂四國〔六〕。

三

營營青蠅，止于榛〔七〕。讒人罔極，構我二人〔八〕。

【注】

〔一〕營營，毛傳：「營營，往來貌。」《說文》引作謍，云：「謍，小聲。」乃出于三家詩。兩解均通。

〔二〕樊，籬笆。詩以髒穢而可惡的蒼蠅比讒人。

〔三〕豈弟，同愷悌，和易近人。

〔四〕棘，小棗樹，叢生。

〔五〕罔，無也。極讀爲則，法則。

〔六〕交，俱也。此句言讒人挑起矛盾，擾亂四方的國家。

〔七〕榛，一種叢生小灌木。

〔八〕構，讀爲詬，罵也，誹謗。二人，不知指誰。

賓之初筵

這首詩反映了周王朝的貴族們整天過着大吃大喝的荒淫生活，在敍述宴會上的禮節以後，也描繪了醉人的醜態，帶有諷刺的意思。

一

賓之初筵〔一〕，左右秩秩〔二〕。籩豆有楚〔三〕，殽核維旅〔四〕。酒既和旨〔五〕，飲酒孔偕〔六〕。鍾鼓既設，舉醻逸逸〔七〕。大侯既抗〔八〕，弓矢斯張〔九〕。射夫既同〔一〇〕，獻爾發功〔一一〕。發彼有的〔一二〕，以祈爾爵〔一三〕。

二

籥舞笙鼓〔一四〕，樂既和奏。烝衎烈祖〔一五〕，以洽百禮〔一六〕。百禮既至〔一七〕，有壬有林〔一八〕。錫爾純嘏〔一九〕，子孫其湛〔二〇〕。其湛曰樂，各奏爾能〔二一〕。賓載手仇〔二二〕，室人入又〔二三〕。酌彼康爵〔二四〕，以奏爾時〔二五〕。

三

賓之初筵，溫溫其恭。其未醉止〔二六〕，威儀反反〔二七〕；曰既醉止，威儀幡幡〔二八〕。舍其坐遷〔二九〕，屢舞僊僊〔三〇〕。其未醉止，威儀抑抑〔三一〕；曰既醉止，威儀怭怭〔三二〕，是曰既醉，不知其秩〔三三〕。

四

賓既醉止，載號載呶〔三四〕。亂我籩豆，屢舞僛僛〔三五〕。是曰既醉，不知其郵〔三六〕；側弁之俄〔三七〕，屢舞傞傞〔三八〕。既醉而出，並受其福；醉而不出，是謂伐德〔三九〕。飲酒孔嘉〔四〇〕，維其令儀〔四一〕。

五

凡此飲酒，或醉或否。既立之監〔四二〕，或佐之史〔四三〕。彼醉不臧〔四四〕，不醉反恥〔四五〕。式勿從謂〔四六〕，無俾大怠〔四七〕。匪言勿言〔四八〕，匪由勿語〔四九〕，由醉之言〔五〇〕，俾出童羖〔五一〕。三爵不識〔五二〕，矧敢多又〔五三〕。

【注】

〔一〕筵，竹席，此用做動詞，即坐在席上宴飲。古人宴會，几上擺食品，几邊鋪席，賓主坐在席上。

〔二〕左右，指坐在左右兩邊的人。秩秩，有順序貌。

〔三〕籩，古代祭祀和宴會時盛果脯的竹器，形似木製之豆。豆，古代食器，形似高足盤。楚，行列清晰貌。

〔四〕殽核，同肴核，肉類、菜類食品和果品。旅，陳列。

〔五〕和，醇和。旨，味美。

〔六〕孔，很。偕，嘉也，樂也。

〔七〕舉，猶獻也。獻酒爲舉。醻，同酬，回敬爲酬。逸逸，往來有序貌。

〔八〕侯，箭靶。古人習射或較射，豎一木架，架上張設獸皮，這叫作皮侯；或張設布，布上畫獸形，這叫作布侯。皮侯和布侯上加個圓形或方形的布塊，叫作質。（或叫作的、正、鵠。）射以中質爲勝。《儀禮・鄉射禮記》：「凡侯，天子熊侯、白質；諸侯麋侯、赤質；大夫布侯，畫以虎豹；士布侯，畫以鹿豕。凡畫者丹質。」抗，豎起。

〔九〕張，弓加上弦，放上箭，這叫作張。

〔一〇〕同，齊也。此句言射箭的人都已排齊。

〔一一〕獻，猶逞也。發，射也。功，本領。

〔一二〕有，語助詞。

〔一三〕祈，求也。爵，飲酒器，此以爵代表酒。古代射禮，射中者飲酒。以祈爾爵，即爭取能够射中而飲酒。

〔一四〕籥（yuè躍），古管樂器，似後世之排簫。籥舞，執籥而舞。

〔一五〕烝，進也。衎（kàn看），樂也。烈祖，光榮的祖先。一說：烈讀爲列。列祖猶云衆祖。此句言進樂以娛祖先。

〔一六〕洽，合也。以洽百禮，依照百禮行事。

〔一七〕至，做到。

〔一八〕有，通又。壬，大也。林，盛貌。此言百禮又大又多。

〔一九〕錫，賜。純，大也。嘏（gǔ古），福也。

〔二〇〕湛（dān 眈），喜樂。

〔二一〕奏，獻也。此句言子孫各獻其射箭的技能。

〔二二〕載，猶則也。手，《毛傳》：「手，取也。」仇，偶也。此句言賓客自由尋找射箭的對手。

〔二三〕室人，家人，似指主人的子孫。入，進入射場。又，借爲侑。《説文》：「侑，耦（偶）也。」此是動詞，即做賓客的射伴。

〔二四〕酌，猶斟也。康，大也。

〔二五〕時，善也，指善射。以奏爾時，言以康爵進于你們的善射者。

〔二六〕止，語氣詞。

〔二七〕反（fàn 泛）反，《釋文》：「反，《韓詩》作昄，善貌。」亨按：反借爲辨，辨辨，有節有序貌。

〔二八〕幡，借爲翻。翻翻，亂貌。鳥上下亂飛爲翻翻，引申便是亂的樣子。

〔二九〕舍，離開。坐，坐位。遷，移動。

〔三〇〕僊僊，同蹮蹮，舞步輕盈貌。

〔三一〕抑抑，縝密也。馬瑞辰《毛詩傳箋通釋》：「抑借爲懿。懿懿，美也。」也通。

〔三二〕怭怭，輕薄貌。

〔三三〕秩，讀爲失，即過失。

〔三四〕呶（náo 撓），喧嘩。

〔三五〕傚傚，醉舞欹斜貌。
〔三六〕郵，通訧，過失。
〔三七〕弁，古代貴族的一種帽子。側弁，歪戴着帽子。俄，傾斜。
〔三八〕傞（suō 蓑）傞，醉舞不止貌。
〔三九〕伐德，害德，損德。
〔四〇〕孔嘉，很好。
〔四一〕維，通唯。令，善也。此二句言：喝酒並不是壞事，只是要保持好的威儀。
〔四二〕監，糾察的官吏。
〔四三〕史，記事的史官。宴會中有史，以備記酒醉胡鬧的事故。讀《史記·魏其武安侯列傳》所載灌夫以使酒罵坐，釀成大獄一事，便可了解古代立監佐史的意義。
〔四四〕臧，善也。
〔四五〕不醉反恥，人們反以不醉爲恥辱。
〔四六〕式，發語詞。謂，勸也。勿從謂，勿從而勸之使更飲也。
〔四七〕俾，使也。大，太。怠，輕慢失禮。
〔四八〕匪言，錯誤的話。
〔四九〕由，借爲迪，道理。

童羖。

〔五〇〕由，因也。之，猶而也。此句指因醉而講出錯誤的話。

〔五一〕童，秃也，牛羊未生角爲童。羖（gǔ古），黑色公羊。此句指罰使説醉話的人拿出一隻童羖。

〔五二〕三爵不識，喝上三爵酒，便神志無知。

〔五三〕矤（shěn審），況且。又，指再飲酒。一説：又借爲侑，勸也。也通。

魚藻之什

魚　藻

這是一首讚美周王生活安樂的頌歌。

一

魚在在藻，有頒其首〔一〕。王在在鎬〔二〕，豈樂飲酒〔三〕。

二

魚在在藻，有莘其尾〔四〕。王在在鎬，飲酒樂豈。

三

魚在在藻，依于其蒲〔五〕。王在在鎬，有那其居〔六〕。

【注】

〔一〕頒（fén 墳），頭大貌。

〔二〕鎬（hào 號），西周京城，故址在今陝西西安市西。

〔三〕豈，通愷，樂也。

〔四〕莘（shēn 身），尾長貌。

〔五〕蒲，一種水生植物，可以編蓆。

〔六〕那（nuó 挪），安閑。

采　菽

這首詩當是周天子歡迎來朝的諸侯時所奏的樂歌，内容爲描述諸侯來朝天子，天子賞賜他，挽留他，並爲他頌德祝福。

一

采菽采菽〔一〕，筐之筥之〔二〕。君子來朝〔三〕，何錫予之〔四〕？雖無予之〔五〕，路車乘馬〔六〕；又何予之，玄袞及黼〔七〕。

二

觱沸檻泉〔八〕，言采其芹〔九〕。君子來朝，言觀其旂〔一〇〕。其旂淠淠〔一一〕，鸞聲嘒嘒〔一二〕。載驂載駟〔一三〕，君子所届〔一四〕。

三

赤芾在股〔一五〕，邪幅在下〔一六〕。彼交匪紓〔一七〕，天子所予〔一八〕。樂只君子〔一九〕，天子命之〔二〇〕。樂只君子，福禄申之〔二一〕。

四

維柞之枝〔二二〕，其葉蓬蓬〔二三〕。樂只君子，殿天子之邦〔二四〕。樂只君子，萬福攸同〔二五〕。平平左右〔二六〕，亦是率從〔二七〕。

五

汎汎楊舟，紼纚維之〔二八〕。樂只君子，天子葵之〔二九〕。樂只君子，福禄膍之〔三〇〕。優哉游哉〔三一〕，亦是戾矣〔三二〕。

【注】

〔一〕菽，豆也。

〔二〕筐，方形的盛物竹器。筥（jǔ舉），圓形的盛物竹器。

〔三〕君子，指諸侯。

〔四〕錫，賜。

〔五〕雖，借爲誰，何也。此句言：怎麽會没有賞賜呢？

〔六〕路車，亦作輅車，古代天子或諸侯所乘的一種車子。乘馬，四匹馬。

〔七〕玄，黑色。衮，古代貴族所穿的一種衣，上面繡着盤曲的龍。黼，繡有黑白相間的斧形花紋的禮服。

〔八〕觱（bì必）沸，泉水湧出貌。檻，借爲濫，泛也。

〔九〕言，猶爰，乃也。芹，芹菜。

〔一〇〕旂，畫有蛟龍的旗。

〔一一〕淠（pèi配）淠，摇動貌。

〔一二〕鸞，車鈴。嘒嘒，車鈴聲。

〔一三〕載，猶則。驂，一車駕三馬。古代的車有駕三馬的。駟，一車駕四馬。此句言君子的車或駕三馬，或駕四馬。

〔一四〕所，猶攸，乃也。屆，至也，來到。

〔一五〕芾（ㄈㄨˊ扶），蔽膝也。古制：諸侯赤芾。

〔一六〕邪幅，也叫作行縢，即裹腿。

〔一七〕彼，通匪。交，借爲絞，急切。紓，緩也。此句寫君子從容不迫的風度。

〔一八〕天子所予，指赤芾、邪幅均爲天子所賜。

〔一九〕只，語氣詞。

〔二〇〕命之，策命。古代天子對諸侯大夫有所賞賜，都以策（册）命之，先寫其事于簡册上，在宗廟中舉行策命之禮，由史官讀册上的文辭。

〔二一〕申，重也。此句言福上加福。

〔二二〕柞，木名。

〔二三〕蓬蓬，茂盛貌。

〔二四〕殿，鎮撫。

〔二五〕攸，所也。同，猶聚也。

〔二六〕陳奂《毛詩傳疏》：「平平，《釋文》引《韓詩》作便便，《爾雅》：『便便，辯也。』」亨按：《廣雅・釋詁》：「辯，慧也。」平平即明慧之意。左右，指君子左右之輔臣。

〔二七〕率，遵也。此句言左右都服從君子。

〔二八〕 紼纚，大索也。維，繫。詩以索繫上楊舟比喻天子留下諸侯。

〔二九〕 葵，疑借爲闋。《儀禮・大射儀》：「樂闋。」鄭注：「闋，止也。」天子闋之，言天子止之，即天子留住諸侯，不放他走。

〔三〇〕 膍（pí 皮），厚也。

〔三一〕 優，閒暇。

〔三二〕 戾，《廣雅・釋詁》：「戾，善也。」亦是戾矣，也是很好。

角弓

周王朝的貴族們由于争權奪利，造成兄弟親戚間的矛盾。詩人作這首詩，加以諷刺和勸告。

一

騂騂角弓〔一〕，翩其反矣〔二〕。兄弟昏姻〔三〕，無胥遠矣〔四〕。

二

爾之遠矣，民胥然矣〔五〕。爾之教矣，民胥傚矣。

三

此令兄弟〔六〕，綽綽有裕〔七〕；不令兄弟，交相爲瘉〔八〕。

四

民之無良〔九〕，相怨一方，受爵不讓〔一〇〕；至於己斯亡〔一一〕。

五

老馬反爲駒〔一二〕，不顧其後〔一三〕。如食宜饇〔一四〕。如酌孔取〔一五〕。

六

毋教猱升木〔一六〕，如塗塗附〔一七〕。君子有徽猷〔一八〕，小人與屬〔一九〕。

七

雨雪瀌瀌〔二〇〕，見晛曰消〔二一〕。莫肯下遺〔二二〕，式居婁驕〔二三〕。

八

雨雪浮浮〔二四〕，見晛曰流〔二五〕。如蠻如髦〔二六〕，我是用憂〔二七〕。

【注】

〔一〕騂騂，紅色。又解：《釋文》「騂，《說文》作弲」。弓彎曲的樣子。角弓，兩端鑲着牛角的弓。

〔二〕翩，陳奐《毛詩傳疏》：「翩者偏之假借。」古代弓勁，上弦時，弓的兩頭向弦而曲；去弦時，弓的兩頭向反面而曲。此文指去弦時而言。

〔三〕昏姻，指姻戚。

〔四〕胥，鄭箋：「胥，相也。」

〔五〕胥，皆也，此胥字與上文胥字義不同。

〔六〕令，善也。

〔七〕綽綽，寬裕的樣子。兄弟和睦，則家境就好了。

〔八〕瘉，病也。此句言兄弟相害。

〔九〕民，當作人，《後漢書・章帝紀》引正作人。

〔一〇〕爵，爵位。上八字本是一句，相怨一方受爵不讓，言此人怨彼方的受爵不讓，彼人怨此方的受爵不讓，都只知怨人。

〔一一〕亡，通忘。此句言臨到自己的身上，就忘掉責己的不讓。

〔一二〕老馬反爲駒，比喻老人好像小孩，不懂事故。

〔一三〕後，指將來。

〔一四〕宜，借爲多。饇（yù裕），飽。此句言如果吃飯則多吃。

〔一五〕酌，飲酒。孔，猶多也。此句言如果飲酒則多取。

〔一六〕猱（náo 撓），猿猴。升木，上樹。作者認爲「小人」會作壞事，正如猿猴會上樹；所以貴族先作壞事，爲人倡導，正如教猿猴上樹。

〔一七〕塗，泥土。附，沾著。作者認爲，貴族行事，有人民來追隨，正如泥土有泥土來附著一樣。

〔一八〕君子，指貴族。徽，美好。猷，道也。

〔一九〕小人，指人民。與，從也。屬，猶隨也。

〔二〇〕瀌瀌，猶飄飄。

〔二一〕晛（xiàn 現），太陽的熱氣。曰，猶以也。

〔二二〕遺，鄭箋：「遺讀曰隨。」按隨，順從也。莫肯下遺，言不肯謙下以從也。

〔二三〕式，發語詞。居，借爲倨，傲也。婁，借爲屢，頻也。

〔二四〕浮浮，猶飄飄。

〔二五〕流，指雪化爲水而流。

〔二六〕蠻，周人稱南方部族爲蠻。髦，即《尚書·牧誓》中的髳，南方部族之一。此句指責貴族和蠻人髦人一樣粗野。

〔二七〕是用，是以。

菀柳

這首詩的作者當是周王的大臣，周王命他負政治上的責任，以後又不信任他，撤職辦罪。他乃作此詩抒發自己的牢騷。

一

有菀者柳〔一〕，不尚息焉〔二〕。上帝甚蹈〔三〕，無自暱焉〔四〕。俾予靖之〔五〕，後予極焉〔六〕。

二

有菀者柳，不尚愒焉〔七〕。上帝甚蹈，無自瘵焉〔八〕。俾予靖之，後予邁焉〔九〕。

三

有鳥高飛，亦傅于天〔一〇〕。彼人之心〔一一〕，于何其臻〔一二〕？曷予靖之〔一三〕，居以凶矜〔一四〕？

【注】

〔一〕菀（yùn運），馬瑞辰《毛詩傳箋通釋》：「菀，枯病也。」

〔二〕尚，讀爲當。此二句言不應在枯柳的下面休息，隱喻不應在腐朽的周王朝做官。

〔三〕蹈，《韓詩外傳》四引作慆，均借爲滔。水亂流爲滔，因而人胡作妄爲也爲滔。上帝甚蹈，言上帝很荒唐。

〔四〕暱，王引之《經義述聞》引王念孫説：「暱，病也。」此句言不要自招災難。

〔五〕俾，使也。靖，毛傳：「靖，治也。」指治理國家。亨按：《爾雅·釋詁》：「靖，謀也。」此句言使我計議國事。

〔六〕極，借爲忌，忌恨也。使予極焉，後來却忌恨我。

〔七〕愒（qì 氣），休息。

〔八〕瘵（zhài 債），病也。

〔九〕邁，不悦。又林義光《詩經通解》：「邁讀爲厲。厲猶虐也。」

〔一〇〕傅，至也。

〔一一〕彼人，當指周王。

〔一二〕臻，至也。此二句言周王的心不知到什麽地步。

〔一三〕曷，爲什麽。

〔一四〕以，猶于也。矜，危也。此二句問：爲什麽我謀議國事，反而處于凶危的境地？

都人士

鎬京的一個貴族和他的女兒因事到某地去。作者是該地人，與貴族相識，在他送貴族回鎬京的時候，作此詩來表示對貴族父女的敬愛。

一

彼都人士〔一〕，狐裘黄黄〔二〕，其容不改〔三〕，出言有章〔四〕，行歸於周〔五〕，萬民所望〔六〕。

二

彼都人士，臺笠緇撮〔七〕。彼君子女〔八〕，綢直如髮〔九〕。我不見兮，我心不説〔一〇〕。

三

彼都人士，充耳琇實〔一一〕。彼君子女，謂之尹吉〔一二〕。我不見兮，我心苑結〔一三〕。

四

彼都人士，垂帶而厲〔一四〕。彼君子女，卷髮如蠆〔一五〕。我不見兮，言從之邁〔一六〕。

五

匪伊垂之〔一七〕，帶則有餘〔一八〕。匪伊卷之，髮則有旟〔一九〕。我不見兮，云何盱矣〔二〇〕。

【注】

〔一〕都，城也。彼都，當指鎬京。人士，指這個貴族。作者似非鎬京人，所以稱鎬京爲彼都。

〔二〕黄，借爲煌。煌煌，明亮貌。古人穿皮襖，毛朝外，一望可見。又《新書・等齊篇》引黄黄作黄裳。

〔三〕容，態度。

〔四〕有章，有系統，有文彩。

〔五〕行，猶將也。周，當指宗周鎬京。這個貴族因事來到作者所在的地方，現在將要回鎬京去。

〔六〕望，仰望。

〔七〕臺，同薹，即薹草。笠，草帽。緇，黑色的綢或布。撮，以布帶或綢帶束髮成結爲撮，撮加于冠外，垂于頸後。此句寫貴族的服裝。

〔八〕君子，指貴族。此句言那個君子的女兒。

〔九〕綢，馬瑞辰《毛詩傳箋通釋》：「綢借爲𩬊（chóu 綢），髮多也。」直，髮直也。如，猶其也。

〔一〇〕説，通悦。

〔一一〕充，塞也。琇，美石也。實，猶堅也。

〔一二〕尹吉，鄭箋：「吉讀爲姞，尹氏姞氏，周室昏姻之舊姓也。」尹姞當是她的夫家姓尹，娘家姓姞，所以稱她爲尹姞。

〔一三〕苑，當讀爲愠。愠結，愁緒成結。

〔一四〕而，當讀爲如。（《淮南子・氾論篇》高注引而作若）厲，讀爲綸。《説文》：「綸，青絲綬也。」按綸是用絲織的一種帶子，有穗。

〔一五〕蠆（chài），蠍也。婦女鬢髮上卷似蠍尾。

〔一六〕言，猶爰，乃也。邁，行也。言從之邁，即跟着他們走，指作者送他們而言。

〔一七〕匪，通彼。伊，是也。

〔一八〕帶則有餘，指帽帶有餘而下垂。

〔一九〕旟，揚起貌。

〔二〇〕云，發語詞。盱，通吁，憂愁。

采緑

詩的主人是個婦人，寫她殷切地懷念外出的丈夫，並設想在丈夫回來要打獵釣魚時替他整理工具，陪他釣魚，反映了她對丈夫真摯的愛。

一

終朝采緑〔一〕，不盈一匊〔二〕。予髮曲局〔三〕，薄言歸沐〔四〕。

二

終朝采藍〔五〕，不盈一襜〔六〕。五日爲期〔七〕，六日不詹〔八〕。

三

之子于狩〔九〕，言韔其弓〔一〇〕。之子于釣，言綸之繩〔一一〕。

四

其釣維何？維魴及鱮〔一二〕。維魴及鱮，薄言觀者〔一三〕。

【注】

〔一〕緑，借爲菉，草名，可以染黄。
〔二〕匊，古掬字。雙手合捧爲掬。
〔三〕曲局，卷曲。
〔四〕薄，急忙。言，讀爲焉。沐，洗頭。
〔五〕藍，草名，即靛草，可以染青。
〔六〕襜（chān 攙），繫在衣服前面的圍裙。
〔七〕五日爲期，指她的丈夫出行以五日爲期。
〔八〕詹，至也。
〔九〕之子，指她的丈夫。于，往也。狩，打獵。
〔一〇〕言，猶爰，乃也。韔（chàng 唱），把弓裝入弓袋。此句省去主語予字。

〔一一〕綸，馬瑞辰《毛詩傳箋通釋》：「綸，糾也。」綸之繩即纏好那釣魚繩。

〔一二〕魴、鱮（xù序），均是魚名。

〔一三〕者，通諸，猶之也。

黍苗

周宣王封他的母舅於申，命召伯虎領兵先經理申地，建築謝城，以爲國都。此詩正是敘寫這件事，但未述及申伯。《大雅·崧高》也敘寫這件事，可參看。

一

芃芃黍苗〔一〕，陰雨膏之〔二〕。悠悠南行〔三〕，召伯勞之〔四〕。

二

我任我輦〔五〕，我車我牛〔六〕，我行既集〔七〕，蓋云歸哉〔八〕！

三

我徒我御〔九〕，我師我旅〔一〇〕，我行既集，蓋云歸處〔一一〕！

四

肅肅謝功〔一二〕，召伯營之〔一三〕。烈烈征師〔一四〕，召伯成之〔一五〕。

五

原隰既平〔一六〕，泉流既清。召伯有成〔一七〕，王心則寧。

【注】

〔一〕芃（péng 蓬）芃，草木茂盛貌。

〔二〕膏，猶潤也。

〔三〕悠悠，遥遠。

〔四〕召伯，姓姬，名虎，周宣王、幽王的大臣，封于召國，伯爵。勞，慰勞。此指召伯領兵南行，時時慰勞士兵。

〔五〕任，擔荷。輦，人推挽的車。

〔六〕車，此係指牛拉的車。

〔七〕集，成也。此句言我此行已經成功。

〔八〕蓋，通盍，何不也。云，句中助詞。

〔九〕徒，步兵。御，車夫。

〔一〇〕師、旅，《周禮》：二千五百人爲一師。五百人爲一旅。

〔一一〕歸處，回家安居。

〔一三〕 肅肅，嚴急也。謝，邑名，在今河南沘源縣南；一說：謝即今河南信陽。功，通工，工程。謝工，建築謝城的工程。《大雅・崧高》：「因是謝人，以作爾庸（墉）。」即此。

〔一三〕 營，經營。

〔一四〕 烈烈，威武貌。

〔一五〕 成，組成也。

〔一六〕 原，廣平之地。隰，低濕之地。平，猶治也。

〔一七〕 有成，成功。

隰 桑

這首詩的作者敍寫他得見一個貴族很感愉快，並爲貴族頌德，表示願爲他効力。（或說，作者是個婦女。）

一

隰桑有阿〔一〕，其葉有難〔二〕。既見君子，其樂如何！

二

隰桑有阿，其葉有沃〔三〕。既見君子，云何不樂！

三

隰桑有阿，其葉有幽〔四〕。既見君子，德音孔膠〔五〕。

四

心乎愛矣，遐不謂矣〔六〕！中心藏之，何日忘之。

【注】

〔一〕隰桑，長在濕地的桑樹。阿，通婀，柔美貌。

〔二〕難（nuó 挪），茂盛貌。

〔三〕沃，肥厚，滋潤。

〔四〕幽，黑色。

〔五〕德音，好聲譽。孔，很。膠，牢固。又馬瑞辰《毛詩傳箋通釋》：「膠，盛也。」兩解均通。

〔六〕遐，通何。謂，鄭箋：「謂，勤也。」按：勤即爲他出力。此二句言：我既心愛君子，哪能不爲他出力呢！一説：謂，説也。即何不講出來。

白華

毛詩序：「幽王娶申女以爲后，又得褒姒，而黜申后。周人爲之作是詩也。」朱熹《詩集傳》：「申后作此詩。」依詩文可解爲申后所作。幽王黜了申后，又廢了太子宜臼。申后作《白華》詩，宜臼作《小弁》詩。

一

白華菅兮〔一〕，白茅束兮〔二〕。之子之遠〔三〕，俾我獨兮〔四〕。

二

英英白雲〔五〕，露彼菅茅〔六〕。天步艱難〔七〕，之子不猶〔八〕。

三

滮池北流〔九〕，浸彼稻田。嘯歌傷懷，念彼碩人〔一〇〕。

四

樵彼桑薪，卬烘于煁〔一一〕。維彼碩人〔一二〕，實勞我心。

五

鼓鍾于宮，聲聞于外〔一三〕。念子懆懆〔一四〕，視我邁邁〔一五〕。

六

有鶖在梁〔一六〕，有鶴在林〔一七〕。維彼碩人，實勞我心。

七

鴛鴦在梁，戢其左翼〔一八〕。之子無良，二三其德。

八

有扁斯石〔一九〕，履之卑兮〔二〇〕。之子之遠，俾我疷兮〔二一〕。

【注】

〔一〕華，花。菅，茅屬，開白花。

〔二〕束，捆也。指用白茅把菅捆起。

〔三〕之子，指幽王。遠，遠離，指拋棄了申后。

〔四〕俾，使也。

〔五〕英英，《釋文》引《韓詩》作泱泱，雲起貌。

〔六〕露，潤澤也。

〔七〕天步，即命運。

〔八〕猶，當讀爲媨。《廣雅·釋詁》：「媨，好也。」不媨，不良。

〔九〕滮池，古水名，在今陝西西安市西北。

〔一〇〕碩，高大。碩人，指幽王。

〔一一〕卬，我也。煁（shén 神），行竈也。

〔一二〕維，借爲惟，思也。

〔一三〕聲聞于外，比喻有所作爲，人們就能知道。

〔一四〕懆懆，憂愁不安。

〔一五〕邁邁，《釋文》引《韓詩》作怖（pèi 配）怖，《説文》：「怖，恨怒也。」

〔一六〕鶖（qiū 秋），一種兇猛貪殘的水鳥，又名秃鶖，狀似鶴而大，青蒼色，長頸赤目，頭項皆無毛。此用以比褒姒。梁，水壩。

〔一七〕鶴，申后自比。

〔一八〕戢（jí 集），縮斂。戢其左翼，指鴛鴦休息時插其嘴於左翼中。

〔一九〕扁，扁平。斯，之也。

〔二〇〕履，踩也。踩着扁石不能升高，比喻作者被貶不能攀及丈夫。

〔二一〕疧（qí 淇），憂病也。

緜蠻

這首詩敍寫一個行役之人，疲勞不堪，又飢又渴，路上遇到闊人的車子，這個闊人給他飲食，教訓他，讓他坐上車子。全詩以對唱的形式寫出。

一

緜蠻黃鳥〔一〕，止于丘阿〔二〕。道之云遠〔三〕，我勞如何〔四〕！飲之食之，教之誨之，命彼後車〔五〕，謂之載之〔六〕。

二

緜蠻黃鳥，止于丘隅〔七〕。豈敢憚行，畏不能趨〔八〕。飲之食之，教之誨之，命彼後車，謂之載之。

三

緜蠻黃鳥，止于丘側。豈敢憚行，畏不能極〔九〕。飲之食之，教之誨之，命彼後車，謂之載之。

【注】

〔一〕緜蠻，鳥鳴聲。黃鳥，黃雀。

〔二〕阿，坡也。

〔三〕云，句中助詞。

〔四〕我，行役之人自稱。以上四句是行役之人所唱。

〔五〕後車，後邊的車。

〔六〕謂之載之，叫後車載上行役之人。以上四句是闊人所唱。

〔七〕隅，角也。

〔八〕趨，急走。二句言：我哪敢怕走路，而是怕走得不快。

〔九〕極，至也。

瓠葉

這首詩敘寫貴族燒菜、烤肉、擺酒請客人吃，賓主酬酢。詩是以客人的口吻唱出的。

一

幡幡瓠葉〔一〕，采之亨之〔二〕。君子有酒，酌言嘗之〔三〕。

二

有兔斯首〔四〕，炮之燔之〔五〕。君子有酒，酌言獻之。

三

有兔斯首，燔之炙之〔六〕。君子有酒，酌言酢之〔七〕。

四

有兔斯首，燔之炮之。君子有酒，酌言醻之〔八〕。

【注】

〔一〕幡幡，猶翩翩，反復翻動貌。瓠，冬瓜、葫蘆等的總名。

〔二〕亨，烹也。之，指瓠。

〔三〕言，讀爲焉。

〔四〕斯，白也（鄭箋）。

〔五〕炮，用爛泥塗食物置火中煨熟。燔，將帶毛的肉直接用火燒熟。

〔六〕炙，將肉掛在火焰上薰烤使熟。

〔七〕酢，以酒回敬。

〔八〕醻，同酬，與酢同意。

漸漸之石

勞動人民從軍出征，隔着遠水遥山，慨歎不能回家種田，因而唱出這個歌。

一

漸漸之石〔一〕，維其高矣。山川悠遠，維其勞矣〔二〕。武人東征，不皇朝矣〔三〕。

二

漸漸之石，維其卒矣〔四〕。山川悠遠，曷其没矣〔五〕。武人東征，不皇出矣〔六〕。

三

有豕白蹢〔七〕，烝涉波矣〔八〕。月離于畢〔九〕，俾滂沱矣〔一〇〕。武人東征，不皇他矣〔一一〕。

【注】

〔一〕漸漸，通巉巉，山石高峻貌。

〔二〕勞，借爲遼，廣闊也。

〔三〕皇，通遑，暇也。朝，借爲⿱⿰阝召土(zhào照)，耕田以鍬起土也。

〔四〕卒，借爲崒，危而高也。

〔五〕没，馬瑞辰《毛詩傳箋通釋》：「没當讀⿺辶勿(wù物)。⿺辶勿，遠也。」按⿺辶勿也是廣闊之意。

〔六〕出，借爲圣(kū哭)《説文》：「圣，汝潁之間謂致力於地曰圣。」

〔七〕蹢(dí敵)，蹄。

〔八〕烝，猶正也。涉波，渡水。

〔九〕離，猶歷也，即經過。畢，星宿名，有星八顆。

〔一〇〕俾，猶則也。滂沱，雨大也。古代天文説，月行經過畢星，就要下大雨。

〔一一〕他，指别的事。

苕之華

此篇當是勞動人民所作。作者在統治者的殘酷剥削下，過着極端苦難的生活，永遠吃不飽飯，生機幾乎斷絶，因而唱出這個短歌。

一

苕之華〔一〕，芸其黄矣〔二〕。心之憂矣，維其傷矣！

二

苕之華，其葉青青。知我如此，不如無生〔三〕！

三

牂羊墳首〔四〕。三星在罶〔五〕。人可以食，鮮可以飽〔六〕！

【注】

〔一〕苕，又名凌宵，草名，黄花，蔓生。華，花。

〔二〕芸，黄色深濃的樣子。

〔三〕無生，不出生。

〔四〕牂（zāng 臧）羊，母羊。墳，大也。

〔五〕三星，星宿名，參宿、心宿、河鼓均爲三顆亮星組成，此不知何指。罶（liǔ柳），讀爲霤，屋簷。作者夜間起來，一望而見三星正照在屋簷上面。

〔六〕鮮，少也。此句指吃飽的時候很少。

【附録】

注〔五〕罶，《釋文》：「罶本又作霤。」《楚辭·大招》：「觀絶霤只。」王注：「霤，屋宇也。」屋宇即屋簷。《唐風·綢繆》：「三星在隅。」「三星在户。」可證此罶字當作霤。

何草不黄

作者在遠方給統治者服徭役，唱出這首歌，敍述自己的痛苦。

一

何草不黄，何日不行。何人不將〔一〕，經營四方。

二

何草不玄〔二〕，何人不矜〔三〕。哀我征夫，獨爲匪民〔四〕。

三

匪兕匪虎〔五〕，率彼曠野〔六〕。哀我征夫，朝夕不暇。

四

有芃者狐〔七〕，率彼幽草。有棧之車〔八〕，行彼周道〔九〕。

【注】

〔一〕將，朱熹《詩集傳》：「將，亦行也。」可通。亨按：將當讀爲創，《説文》：「創，傷也。」

〔二〕玄，黑色，草枯爛則成黑色。（王引之《經傳釋詞》：「玄黄，皆病也。」可備一解。）

〔三〕矜，可憐也。（王引之説：「矜讀爲鰥，病也。」也通。）

〔四〕匪，通非。匪民，不被當做人看待的意思。

〔五〕匪，也借爲非。（馬瑞辰《毛詩傳箋通釋》：「匪讀爲彼。」也可。）兕，一種野牛。

〔六〕率，行也。

〔七〕芃（péng 蓬），獸毛蓬鬆貌。

〔八〕棧，馬瑞辰説：「棧讀爲輚，車高貌。」亨按：《説文》：「棧，竹木之車曰棧。」即不加漆飾的白木車。

〔九〕周道，大路。

大雅

文王之什

文王

這是歌頌周文王的詩。

一

文王在上〔一〕，於昭于天〔二〕。周雖舊邦〔三〕，其命維新〔四〕。有周不顯〔五〕，帝命不時〔六〕。文王陟降〔七〕，在帝左右〔八〕。

二

亹亹文王〔九〕，令聞不已〔一〇〕。陳錫哉周〔一一〕，侯文王孫子〔一二〕。文王孫子，本支百世〔一三〕。凡周之士〔一四〕，不顯亦世〔一五〕。

三

世之不顯，厥猶翼翼[一六]。思皇多士[一七]，生此王國。王國克生[一八]，維周之楨[一九]。濟濟多士[二〇]，文王以寧。

四

穆穆文王[二一]，於緝熙敬止[二二]。假哉天命[二三]！有商孫子[二四]。商之孫子，其麗不億[二五]。上帝既命，侯于周服[二六]。

五

侯服于周，天命靡常[二七]。殷士膚敏[二八]，祼將于京[二九]。厥作祼將[三〇]，常服黼冔[三一]。王之藎臣[三二]，無念爾祖[三三]。

六

無念爾祖，聿脩厥德[三四]。永言配命[三五]，自求多福。殷之未喪師[三六]，克配上帝[三七]。宜鑒于殷[三八]，駿命不易[三九]。

七

命之不易，無遏爾躬[四〇]。宣昭義問[四一]，有虞殷自天[四二]。上天之載[四三]，無聲無臭[四四]。儀刑文王[四五]，萬邦作孚[四六]。

【注】

〔一〕上，指天上。

〔二〕於（wū烏），贊歎聲。昭，明也。天，上帝。此句言文王比上帝還明察。

〔三〕舊邦，周自后稷開國，歷夏、商兩朝，故稱舊邦。

〔四〕命，天命。上帝初命文王建帝王之業，所以説其命維新。

〔五〕不，通丕，大也，甚也（以下至第三章之不字均通丕）。顯，光耀。

〔六〕時，馬瑞辰《毛詩傳箋通釋》：「時讀爲烝，烝，美也。」俞樾《羣經平義》同。亨按：《小雅・頍弁》毛傳：「時，善也。」

〔七〕陟，升也。降，下也。此句言文王之神時時升降天地之間。

〔八〕在帝左右，在上帝的左右，輔佐上帝。

〔九〕亹（wěi偉）亹，勤勉貌。

〔一〇〕令聞，好聲譽。

〔一一〕陳，當讀爲申，一再，重複。錫，通賜。哉，當讀爲兹，此也。兹周，這個周國。

〔一二〕侯，動詞，使之做侯。此二句言：文王多多賜福周國，使其子孫爲侯。

〔一三〕本，周王一系爲本。支，借爲枝，枝屬旁系。

〔一四〕士，指周王朝異姓之臣。

〔一五〕亦世，同奕世，累世也。此句言周士也代代顯耀。

〔一六〕厥，其也。猶，謀也。翼翼，《逸周書・謚法篇》：「思慮深遠曰翼。」

〔一七〕思，發語詞。皇，美也。

〔一八〕克，能也。此句言王國能生出多士。

〔一九〕楨，幹也，骨幹。

〔二〇〕濟濟，多而整齊貌。

〔二一〕穆穆，儀表美好、容止端莊恭敬。

〔二二〕於，歎詞。緝熙，奮發前進。止，語氣詞。

〔二三〕假，大也。假又可釋爲嘉，美也。

〔二四〕商，商朝。

〔二五〕麗，數目也。不億，不止於一億。古時以十萬爲億。

〔二六〕侯，惟也。侯于周服，即侯服于周。服，臣服。

〔二七〕靡常，無常。

〔二八〕殷士，指殷商後人。膚，當讀爲薄。《方言》：「薄，勉也。」于省吾說：「敏，勉也。」（《澤螺居讀詩札記》）膚敏即黽勉努力。

〔二九〕祼（guàn 貫），祭祀時，在神主前鋪上白茅，將酒灑瀝于茅上，像神飲酒，這叫作祼。將，獻上祭品。京，指鎬京。此二句指殷士投降周朝，在周王祭祀時助祭，行祼將之禮。

〔三〇〕作，猶行也。

〔三一〕黼（fǔ府），古代貴族繡有黑白相間的斧形花紋的禮服。冔（xǔ許），殷朝貴族所戴的禮帽。周王准允殷人戴冔，表示尊重殷禮。

〔三二〕王，指周王。藎，進也，指進用。

〔三三〕無念爾祖，此句勸告殷人不要思念其祖先。因思念祖先，則及故國，將萌背叛周朝之心。

〔三四〕聿，猶惟也。

〔三五〕言，讀爲焉。配命，合乎天命。

〔三六〕未喪師，指殷朝政治較好的時代，尚能得到衆人的擁護。

〔三七〕克，能也。

〔三八〕鑒，同鑑，鏡也。此句言應以殷朝的滅亡作爲鏡子。

〔三九〕駿，大也。此句言天命不易得到。

〔四〇〕遏，猶絶也。此句言不要使大命絶于你的身上。

〔四一〕宣昭，宣明。義，善也。問，通聞，聲譽。

〔四二〕有，猶其也。虞，敗也。此句言其敗亡殷朝，乃出自天命。

〔四三〕載，事也。
〔四四〕臭，氣味。
〔四五〕儀刑，效法。
〔四六〕作，始也。孚，信也。此句言萬國才相信周王朝。

【附録】

注〔一二二〕緝熙，緝讀爲揖。《廣雅・釋詁》：「揖，進也。」《爾雅・釋詁》：「熙，興也。」緝熙即奮發前進之意。

大明

這是一首史詩，敘述周朝開國的歷史，從王季娶太任而生文王説起，直到武王伐紂爲止。詩中多歌頌王季文王武王的語句。

一

明明在下〔一〕，赫赫在上〔二〕，天難忱斯〔三〕，不易維王〔四〕。天位殷適〔五〕，使不挾四方〔六〕。

二

摯仲氏任〔七〕，自彼殷商，來嫁于周〔八〕，曰嬪于京〔九〕；乃及王季〔一〇〕，維德之行〔一一〕。

三

大任有身〔一二〕，生此文王。維此文王，小心翼翼〔一三〕，昭事上帝〔一四〕，聿懷多福〔一五〕。厥德不回〔一六〕，以受方國〔一七〕。

四

天監在下〔一八〕，有命既集〔一九〕。文王初載〔二〇〕，天作之合〔二一〕。在洽之陽〔二二〕，在渭之涘〔二三〕。

五

文王嘉止〔二四〕，大邦有子〔二五〕。大邦有子，俔天之妹〔二六〕。文定厥祥〔二七〕，親迎于渭。造舟爲梁〔二八〕，不顯其光〔二九〕。

六

有命自天，命此文王，于周于京〔三〇〕。纘女維莘〔三一〕，長子維行〔三二〕，篤生武王〔三三〕。保右命爾〔三四〕，燮伐大商〔三五〕。

七

殷商之旅〔三六〕，其會如林〔三七〕。矢于牧野〔三八〕：「維予侯興〔三九〕。上帝臨女〔四〇〕，無貳爾心〔四一〕。」

八

牧野洋洋〔四二〕，檀車煌煌〔四三〕，駟騵彭彭〔四四〕。維師尚父〔四五〕，時維鷹揚〔四六〕。涼彼武王〔四七〕，肆伐大商〔四八〕，會朝清明〔四九〕。

【注】

〔一〕明明在下，指上帝監察下土是很明亮的。

〔二〕赫赫，威嚴顯赫。

〔三〕忱，猶常也。斯，語氣詞。此句言天命難以有常。

〔四〕維，爲也。此句言作國王不容易。

〔五〕位，通立。朱熹《詩集傳》：「殷適，殷之適嗣也。」讀適爲嫡。林義光《詩經通解》：「殷嫡，謂紂也。」《史記·殷本紀》：「帝乙長子曰微子啓。啓母賤，不得嗣。少子辛。辛母正后，辛爲嗣。帝乙崩，子辛立，是爲帝辛，天下謂之紂。」此句言上帝立殷紂爲君。

〔六〕挾，擁有。此句言上帝使紂不能保有天下四方。

〔七〕摯，古國名。仲，次子或次女。摯仲即太任，王季的妻，文王的母。因她是摯國之君的次女，所以稱摯仲。氏任，猶姓任。摯國之君姓任，所以説她氏任。

〔八〕來嫁于周，摯國是殷商的一個諸侯，故説摯仲自商來嫁于周。

〔九〕嬪，嫁也。京，當指周京。周太王自豳遷岐，其地名周，王季仍建都于周。

〔一〇〕王季，太王之子，文王之父。

〔一一〕維德之行，指摯仲與王季只行德事。

〔一二〕大（tài 太）任，周人稱摯仲爲太任。有身，有孕。

〔一三〕翼翼，恭敬貌。

〔一四〕昭，借爲劭。《説文》：「劭，勉也。」此句言文王勤勉侍奉上帝。

〔一五〕聿，猶以也。懷，來也，即招來之意。

〔一六〕回，邪僻。

〔一七〕方，邦也。此句言文王承受周國，做了周王。

〔一八〕監，監察。

〔一九〕有命既集，指天命已經落在文王身上。

〔二〇〕初載，指文王即位之初年。

〔二一〕合，匹配。

〔二二〕洽，古水名，現稱金水河，源出陝西合陽縣北，東南流入黄河。陽，水的北面。

〔二三〕渭，渭水，爲黄河最大支流。涘，水邊。此二句寫文王迎親的地點。

〔一四〕嘉，猶喜也。止，語氣詞。
〔一五〕大邦，指殷國。殷王帝乙把他的少女嫁給文王。
〔一六〕俔（qiàn 欠），好比。妹，少女。此言殷國的女兒好比天上的少女。
〔一七〕文，指卜筮的文辭。此句言文辭肯定兩國聯婚是吉祥的。
〔一八〕梁，橋也。此句言製舟搭浮橋，以渡渭水。
〔一九〕不，通丕，大也。
〔二〇〕于周，在周國。于京，在周的國都。
〔二一〕纘，繼也。莘（shēn 身），古國名，姒姓。此句言繼娶莘國之女爲妃。
〔二二〕長子，長女。行，嫁也。古語也稱出嫁爲行。此句指莘國之君的長女出嫁文王。
〔二三〕篤，馬瑞辰《毛詩傳箋通釋》：「篤，發語詞。」
〔二四〕保右，即保佑。爾，指武王。此句言上帝保佑武王，命令武王。
〔二五〕燮，馬瑞辰說：「燮讀爲襲，襲亦伐也。」
〔二六〕旅，軍隊。
〔二七〕會，馬瑞辰說：「會借爲旝（kuài 快），《説文》引正作旝。旝，旌旗也。」此句言殷軍之多。
〔二八〕矢，通誓。古代在作戰前，主帥對軍隊講些告誡鼓勵的話叫作誓。牧野，地名，在今河南淇縣西南。

〔三九〕侯，乃也。維予侯興，猶言維予乃興也。

〔四〇〕臨，監視。女，汝，指周武王所率領的戰士。

〔四一〕貳心，二心。以上三句爲武王誓辭。

〔四二〕洋洋，廣大貌。

〔四三〕檀車，用檀木造的車。煌煌，明亮貌。

〔四四〕騵（yuán元），赤毛白腹的馬。彭彭，强壯有力貌。

〔四五〕師，官名，又稱太師。尚父，姜子牙的號，俗稱姜太公。

〔四六〕時，是也。鷹揚，如鷹的飛揚。此句寫太公的武勇。

〔四七〕涼，輔佐。

〔四八〕肆，《風俗通義·皇霸》引作襲。據此，肆伐與上文燮伐同意，即侵伐也。

〔四九〕會，馬瑞辰説：「《廣雅》：『會，至也。』」朝，晨也。會朝清明，言牧野大戰，至早晨而天下平定清明。

緜

周人始祖后稷之後裔公劉遷都於豳（在今陝西栒邑西），到了古公亶父，因爲昆夷（即玁狁）的侵略，又遷都於岐（在今陝西岐山縣）。這首詩就是敍述亶父遷岐的事，也是一首史詩，歌頌了亶父遷國開基的功業。

一

緜緜瓜瓞〔一〕。民之初生〔二〕，自土沮漆〔三〕。古公亶父〔四〕，陶復陶穴〔五〕，未有家室〔六〕。

二

古公亶父，來朝走馬〔七〕，率西水滸〔八〕，至于岐下。爰及姜女〔九〕，聿來胥宇〔一〇〕。

三

周原膴膴〔一一〕，堇荼如飴〔一二〕。爰始爰謀〔一三〕，爰契我龜〔一四〕。曰「止」、曰「時」〔一五〕，「築室于茲」〔一六〕。

四

迺慰迺止〔一七〕，迺左迺右〔一八〕；迺疆迺理〔一九〕，迺宣迺畝〔二〇〕。自西徂東，周爰執事〔二一〕。

五

乃召司空〔二二〕，乃召司徒〔二三〕，俾立室家。其繩則直〔二四〕，縮版以載〔二五〕，作廟翼翼〔二六〕。

六

捄之陾陾〔二七〕，度之薨薨〔二八〕。築之登登〔二九〕，削屢馮馮〔三〇〕。百堵皆興〔三一〕，鼛鼓弗勝〔三二〕。

七

迺立皋門〔三三〕，皋門有伉〔三四〕。迺立應門〔三五〕，應門將將〔三六〕。迺立冢土〔三七〕，戎醜攸行〔三八〕。

八

肆不殄厥愠〔三九〕，亦不隕厥問〔四〇〕。柞棫拔矣〔四一〕，行道兑矣〔四二〕。混夷駾矣〔四三〕，維其喙矣〔四四〕。

九

虞芮質厥成〔四五〕，文王蹶厥生〔四六〕。予曰有疏附〔四七〕，予曰有先後〔四八〕，予曰有奔奏〔四九〕，予曰有禦侮〔五〇〕。

【注】

〔一〕緜緜，連接不斷。瓜，指大瓜，瓞（dié迭），小瓜。詩用瓜瓞的連綿不絕比喻周朝子孫的衆多。

〔二〕民，指周人。初生，指周族開始發展的階段。

〔三〕土，讀爲杜，古水名，在豳地。沮，借爲徂，往也。漆，古水名，在岐山區域。自杜徂漆，即由豳地遷往岐山。

〔四〕亶父，人名，王季的父親，文王的祖父。他是西周以前的一個公，所以稱做古公。後來周人也稱他做太王。

〔五〕陶，借爲掏。復，借爲𡨦，從旁掏的洞叫作𡨦，即山洞（或窰洞）。向下掏的洞叫作穴，即地洞。

〔六〕家室，即房屋。

〔七〕來，猶是也。朝，早晨。走馬，馳馬。

〔八〕率，循着，沿着。西水，豳城西邊的水。滸，水邊。

〔九〕爰，乃，於是。姜女，姜姓的女子，亶父之妻，也稱太姜。

〔一〇〕聿，發語詞。胥，觀察。宇，居處。此句指來岐山之下考察建造宮室的地址。

〔一一〕周原，地名，在岐山下。膴膴，肥沃貌。

〔一二〕堇，野菜名，味苦。荼，又名苦菜。飴，麥芽糖。

〔一三〕始，疑借爲怡，喜歡。

〔一四〕契，鑽刻，古代用龜甲占卜，先把龜甲鑽刻一個小孔，然後用火烤，小孔處裂成文，看文的形態來斷定吉凶。此處是説亶父占卜可否在周原住下。

〔一五〕曰，指龜兆説。時，借爲畤，停住，與止同意。

〔一六〕兹，此。此句也是龜兆的話。

〔一七〕迺，同乃。卜的結果和人的希望相合，所以大家安心住下。

〔一八〕迺左迺右，指劃定左右區域。

〔一九〕疆，修起地界。理，治理土田。

〔二〇〕宣，疑借爲畎，壟溝也。畝，壟也。畎畝即開溝築壟。

〔二一〕周，徧也。此句言人人各有所事。

〔二二〕司空，即司工，管工程的官。

〔二三〕司徒，即司土，管土地和力役的官。

〔二四〕繩，指施工前拉繩做爲取直的標準。

〔二五〕縮，綑束。版，築牆夾土的長板。以，猶於也。載讀爲栽，築牆所立的木柱。築牆時要立上木柱，把長板橫着綑在木柱上，所以説縮版以栽。板的兩頭都有木柱。牆的兩面都橫着長板。填土板内，舂之使堅實，然後去其柱板，則牆成。

〔二六〕翼翼，動作整齊貌。

〔二七〕捄（jiū 鳩），把土裝在筐裏。陾（réng 仍）陾，裝土聲。

〔二八〕度，填入，即把筐裏的土填在築牆板的中間。薨薨，填土聲。

〔二九〕築，擣土使堅實。登登，擣土聲。

〔三〇〕屢，當讀爲鏤，刻也。築牆也用磚用甓用木，磚甓木等有時需要用刀斧鑿刻。馮（píng 憑）馮，削鏤的聲音。

〔三一〕百堵，指很多牆。皆興，同時動工。

〔三二〕鼛（gāo 高）鼓，一種大鼓。在衆人服力役的時候，要打起鼛鼓來催動工作。弗勝，指鼛鼓的聲音勝不過勞動的聲音。

〔三三〕皋門，即外門。周代城的外門、廟與宫的外門都叫作皋門。

〔三四〕伉，高大貌。

〔三五〕應門，即正門。

〔三六〕將（qiāng 槍）將，莊嚴堂皇的樣子。

〔三七〕冢土，即大土堆。亶父建立土臺，是爲了瞭望禦敵之用。

〔三八〕戎，指昆夷。醜，周人對敵人的蔑稱。攸，所也。行，行走。此句指建立土臺在昆夷來犯的路上。

〔三九〕肆，既也。殄，消除。厥，其也。愠，憤怒。此指亶父對昆夷的憤怒並不消除，懷着復仇、收復土地的決心。

〔四〇〕隕，墜落，此處是斷絶之意。問，聘問。亶父對昆夷的聘問並不斷絶，暫時采取敷衍的手段。

〔四一〕柞，一種常緑灌木或小喬木。棫（yù域），一種叢木。

〔四二〕兑，通達。

〔四三〕混夷，即昆夷。駾（tuì退），受驚奔竄。此句指昆夷自豳地退去。

〔四四〕喙，借爲瘃（huì喙），疲勞病困。

〔四五〕虞，古國名，在今山西平陸。芮（ruì鋭），古國名，在今陝西大荔。質，讀爲致。成，讀爲城。此句指文王伐虞、芮，兩國獻城投降。

〔四六〕蹶，嘉獎。生，讀爲姓，古人稱官吏爲姓。此句是説文王嘉獎他的百官。

〔四七〕予，文王自稱。曰，語詞。疏，讀爲胥，輔也。附，歸附。

〔四八〕先後，指在文王前後的人。

〔四九〕奏，借爲走（《楚辭·離騷》王注引作走）。奔走，指奔走效力之臣。

〔五〇〕禦侮，指捍衛國家之臣。

【附録】

注〔三〕土，《漢書·地理志》引土作杜。王引之説：「土讀爲杜，沮讀爲徂。」（《經義述聞》）

注〔五〕陶復陶穴，《説文》和《玉篇》引作「陶寝陶穴」。

注〔三〇〕屢，當讀爲鏤，《左傳·哀公元年》：「器不彤鏤。」杜注：「鏤，刻也。」

注〔三七〕冢土，毛傳：「冢土，大社也。」亨按：「迺立冢土」和「戎醜攸行」緊連在一起，戎是指混夷，醜是對敵人的稱呼，可見冢土不是大社。考《説文》：「冢，高墳也。」《爾雅·釋山》：「山頂，冢。」《小雅·十月之交》：「山冢崒崩。」那末，冢土當是高大的土臺子，防禦敵人的設備，建立在敵人進攻的路綫上。

注〔三八〕醜，《詩經》中稱敵人爲醜，如《小雅·出車》、《小雅·采芑》：「執訊獲醜。」《大雅·常武》：「仍執醜虜。」《魯頌·泮水》：「屈此羣醜。」都是明證。

注〔四六〕蹶，《爾雅·釋詁》：「蹶，嘉也。」生，《周易·觀卦》：「觀我生。」「觀其生。」生即官。解見拙作《周易古經今注·觀卦》。

注〔四七〕疏附，《尚書大傳》作胥附。《方言》六：「胥，輔也。」《廣雅·釋詁》：「胥，助也。」

棫樸

這是一首歌頌周王及其大臣的詩，作者當是周王朝的官吏。

一

芃芃棫樸〔一〕，薪之槱之〔二〕。濟濟辟王〔三〕，左右趣之〔四〕。

二

濟濟辟王，左右奉璋〔五〕。奉璋峨峨〔六〕，髦士攸宜〔七〕。

三

淠彼涇舟〔八〕，烝徒楫之〔九〕。周王于邁〔一〇〕，六師及之〔一一〕。

四

倬彼雲漢〔一二〕，爲章于天〔一三〕。周王壽考，遐不作人〔一四〕。

五

追琢其章〔一五〕，金玉其相〔一六〕。勉勉我王〔一七〕，綱紀四方〔一八〕。

【注】

〔一〕芃（péng蓬）芃，茂盛貌。棫、樸，均是叢木名。

〔二〕槱（yóu猶），堆積薪柴，點火燒起。這是寫周王出師前，燒柴祭司中（禄神）、司命、風神、雨神等。

〔三〕濟濟，莊嚴恭敬貌。辟（bì璧），君也。辟王即君王，指周王。

〔四〕左右，指周王左右的大臣。趣，通趨，趨附。
〔五〕奉，捧。璋，古玉器名，臣下朝見國君時所執。
〔六〕峨峨，莊嚴。
〔七〕髦士，英俊之士。指周王的大臣。攸，所也。
〔八〕淠（pì譬），舟行貌。涇，水名，在陝西中部，流入渭水。
〔九〕烝，衆也。烝徒，猶衆人。此指船夫。楫，划船。
〔一〇〕邁，行也。此指周王出征。
〔一一〕師，二千五百人爲一師。及，與也。此句言六師兵隨着周王出征。
〔一二〕倬，廣大貌。雲漢，銀河。
〔一三〕章，花紋。此句言雲漢爲天的花紋。
〔一四〕壽考，長壽。遐，通何。作，造就，培養。此二句言周王長壽，哪能不培養出一些人材。
〔一五〕追（duī堆），雕。琢，刻。金曰雕，玉曰琢。其，指周王。
〔一六〕相，質也。此二句言周王的品質似經過精雕細琢的金玉。
〔一七〕勉勉，勤勉努力。
〔一八〕綱紀，治理。

旱麓

這首詩敍寫君子祭神求福得福，並贊美君子有德，能培養人材。

一

瞻彼旱麓〔一〕，榛楛濟濟〔二〕。豈弟君子〔三〕，干禄豈弟〔四〕。

二

瑟彼玉瓚〔五〕，黄流在中〔六〕。豈弟君子，福禄攸降〔七〕。

三

鳶飛戾天〔八〕，魚躍于淵。豈弟君子，遐不作人〔九〕。

四

清酒既載〔一〇〕，騂牡既備〔一一〕。以享以祀，以介景福〔一二〕。

五

瑟彼柞棫〔一三〕，民所燎矣。豈弟君子，神所勞矣〔一四〕。

六

莫莫葛藟〔一五〕，施于條枚〔一六〕。豈弟君子，求福不回〔一七〕。

【注】

〔一〕旱，山名，在今陝西南部。麓，山脚。

〔二〕榛，木名。楛（hù户），木名，叢生，形似荆條，赤莖。濟濟，衆多。

〔三〕豈弟，即愷悌，和易近人。君子，指貴族。

〔四〕干，求也。禄，福也。此句言君子以愷悌之德求福。（馬瑞辰《毛詩傳箋通釋》：「干禄疑千禄之誤。」）

〔五〕瑟，玉上花紋一條一條的狀態。瓚，一種玉器，以玉圭爲柄，柄的一端有勺。周代貴族祭祀時，鋪白茅於神位前，灌鬯酒（以黑黍和香草釀成的香酒。）於茅上，以象神飲。灌時即用玉瓚舀鬯酒。瓚與盞當是一聲之轉。

〔六〕流，借爲鎏。鎏古字作鏐。《説文》：「鏐，黄金之美者。」玉瓚的勺，内鑲黄金，所以説黄流在中。此二句寫君子祭祀的器皿。

〔七〕攸，猶乃也。

〔八〕鳶，鳥名，鷹類。戾，至也。

〔九〕遐，通何。作人，造就、培養人材。

〔一〇〕載，設置。

〔一一〕騂，赤色。牡，公牛。周人尚赤，祭牲用紅色牛。

〔一二〕介，借爲丐，祈求。景，大也。

〔一三〕瑟，衆多貌。柞、棫，均木名。

〔一四〕勞，賜也。

〔一五〕莫莫，茂盛貌。葛藟，葛藤。

〔一六〕施（yì易），蔓延。條，木名，一説即柚，一説即楸。枚，樹幹。

〔一七〕回，邪僻。此句言君子以正道求福。

思齊

這首詩歌頌文王的美德，同時也有幾句贊揚太王的妻太姜、王季的妻太任、文王的妻太姒。

一

思齊大任〔一〕，文王之母。思媚周姜〔二〕，京室之婦〔三〕。大姒嗣徽音〔四〕，則百斯男〔五〕。

二

惠于宗公〔六〕，神罔時怨〔七〕，神罔時恫〔八〕。刑于寡妻〔九〕，至于兄弟，以御于家邦〔一〇〕。

三

雝雝在宮〔一一〕，肅肅在廟〔一二〕，不顯亦臨〔一三〕，無射亦保〔一四〕。肆戎疾不殄〔一五〕，烈假不瑕〔一六〕。

四

不聞亦式〔一七〕，不諫亦入〔一八〕，肆成人有德〔一九〕，小子有造〔二〇〕。古之人無斁〔二一〕，譽髦斯士〔二二〕。

【注】

〔一〕思，發語詞。齊，通齋，莊敬。大任，即太任，王季之妻，文王之母。

〔二〕媚，美好。周姜，即太姜，古公亶父之妻，王季之母。

〔三〕京室，王室。

〔四〕大姒，即太姒，文王之妻。嗣，繼也。徽音，美譽也。

〔五〕斯，猶其也。此句言太姒有近一百個男孩（乃把衆妾所生的計算在内）。

〔六〕惠，孝順。宗，祖廟。公，先公。此言文王孝順祖廟中的先公。據《史記·周本紀》，后稷以後，大王以前，周的先公有不窋、鞠、公劉、慶節、皇僕、差弗、毁隃、公非、高圉、亞圉、公叔祖類等人。

〔七〕神，指先公之神。罔，無也。馬瑞辰《毛詩傳箋通釋》：「時，所也。」

〔八〕恫，恨也。

〔九〕刑，通型，示範。寡妻，古代國君自己謙稱寡人。寡人當是孤獨的人，因爲國君在一國之中只有一個。寡妻也是對文王正妻的謙稱。

〔一〇〕御，治理。

〔一一〕雝雝，和也。宫，宫室。此句指文王在家室裏態度和睦。

〔一二〕肅肅，敬也。

〔一三〕不，通丕，大也。顯，光明。亦，猶以也。臨，指臨民而言，即視察民事。

〔一四〕射，借爲斁（yì譯），厭倦。保，指保民。此句指文王護民不倦。

〔一五〕肆，故，所以。戎，馬瑞辰説：「戎，兇也，惡也。」戎疾，指瘟疫。殄，害也。

〔一六〕于省吾《詩經新證》：「烈，猛也。假借爲蠱（漢《唐公房碑》作「癘蠱不遐」），巫蠱也。」亨按：于讀假爲蠱，可從。但蠱乃害蟲的總名。《左傳·昭公元年》：「於文皿蟲爲蠱，穀之飛（蜚）亦爲蠱。」《周禮·庶氏》：「掌除毒蠱。」《翦氏》：「凡庶蠱之事。」可證。瑕，借爲假，至也。此二句言：故在文王時，既無疾疫爲害，蟲災亦不發生。

〔一七〕聞，猶告也。式，用也。

〔一八〕入，納也。此二句指文王虛心聽取臣民的意見。臣民有意見雖然没有直接告文王，而文王從旁聽到，也采用了；臣民有意見雖然没有直接諫文王，而文王從旁聽到，也采納了。

〔一九〕德，德行。

〔二〇〕小子，未成年的人。造，培養，造就。

〔二一〕古之人，指文王。斁，厭也。此句指文王愛才無厭。

〔二二〕譽髦斯士，當作譽斯髦士，斯髦二字傳寫誤倒。《小雅·甫田》：「烝我髦士。」《大雅·棫樸》：「髦士攸宜。」都是髦士連文，可證。譽，借爲舉，推舉，提拔。髦士，英俊之士。

皇矣

這也是一首周人敍述自己祖先開國歷史的史詩，先寫太王開闢岐山，打退昆夷，次寫王季繼續發展，最後寫文王伐密伐崇的故事。

一

皇矣上帝〔一〕，臨下有赫〔二〕，監觀四方，求民之莫〔三〕。維此二國〔四〕，其政不獲〔五〕。維彼四國〔六〕，爰究爰度〔七〕。上帝耆之〔八〕，憎其式廓〔九〕，乃眷西顧〔一〇〕，此維與宅〔一一〕。

二

作之屏之〔一二〕，其菑其翳〔一三〕。脩之平之，其灌其栵〔一四〕。啓之辟之，其檉其椐〔一五〕。攘之剔之，其檿其柘〔一六〕。帝遷明德〔一七〕，串夷載路〔一八〕。天立厥配〔一九〕，受命既固。

三

帝省其山〔二〇〕，柞棫斯拔〔二一〕，松柏斯兑〔二二〕。帝作邦作對〔二三〕，自大伯王季〔二四〕。維此王季，因心則友〔二五〕，則友其兄，則篤其慶〔二六〕。載錫之光〔二七〕，受禄無喪〔二八〕，奄有四方〔二九〕。

四

維此王季，帝度其心，貊其德音〔三〇〕。其德克明〔三一〕，克明克類〔三二〕，克長克君，王此大邦，克順克比〔三三〕。比于文王〔三四〕，其德靡悔〔三五〕。既受帝祉〔三六〕，施于孫子〔三七〕。

五

帝謂文王，無然畔援〔三八〕，無然歆羡〔三九〕，誕先登于岸〔四〇〕。密人不恭〔四一〕，敢距大邦〔四二〕，侵阮徂共〔四三〕。王赫斯怒〔四四〕，爰整其旅，以按徂旅〔四五〕，以篤于周祜〔四六〕，以對于天下〔四七〕。

六

依其在京〔四八〕，侵自阮疆〔四九〕，陟我高岡。無矢我陵〔五〇〕，我陵我阿〔五一〕；無飲我泉，我泉我池。度其鮮原〔五二〕，居岐之陽〔五三〕，在渭之將〔五四〕，萬邦之方〔五五〕，下民之王。

七

帝謂文王，予懷明德〔五六〕，不大聲以色〔五七〕，不長夏以革〔五八〕，不識不知〔五九〕，順帝之則〔六〇〕。帝謂文王，詢爾仇方〔六一〕，同爾兄弟〔六二〕，以爾鉤援〔六三〕，與爾臨衝〔六四〕，以伐崇墉〔六五〕。

八

臨衝閑閑〔六六〕。崇墉言言〔六七〕。執訊連連〔六八〕。攸馘安安〔六九〕。是類是禡〔七〇〕，是致是附〔七一〕，四方以無侮。臨衝茀茀〔七二〕。崇墉仡仡〔七三〕。是伐是肆〔七四〕，是絕是忽〔七五〕，四方以無拂〔七六〕。

【注】

〔一〕皇，光明偉大。

〔二〕赫，威嚴。

〔三〕莫，安定。一說：通瘼（《潛夫論・班禄篇》引莫作瘼），疾苦也。

〔四〕二國，馬瑞辰《毛詩傳箋通釋》引或說：「古文上作二，與一二之二相似，二國當爲上國之誤。」按此説是。上國指殷國。殷未亡時，殷君爲王，别國爲諸侯，所以稱殷爲上國。

〔五〕獲，得也。此句言殷朝的政治不對。

〔六〕四國，四方的國家。

〔七〕爰，與安焉一音之轉，何也。究，當讀爲軌。軌、度均當訓法。《左傳・襄公二十一年》：「軌度其信。」《淮南子・原道篇》：「是故聖人一度循軌。」都是軌度並舉，此詩也是軌度並舉。此二句言殷王朝政治已壞，四方的國家向哪裏取法呢？

〔八〕耆，當讀爲稽，考察。

〔九〕舊說：式，用也。廓，大也。此句言上帝對殷王朝的憎惡因而加大了。亨按：式，讀爲慝，姦也。廓，讀爲虢，虐也。憎其慝虢，言上帝憎恨殷王的奸虐。

〔一〇〕眷，回頭看。西顧，指看到西方的周朝。

〔一一〕此，指周王。宅，居也。此維與宅，即維與此宅，言上帝與周王同住，保佑周王。

〔一二〕作，借爲柞，砍伐樹木。屏，除也。由此以下八句寫太王遷岐後，芟除樹木，開闢土地。

〔一三〕菑（zī自），直立未倒的枯木。翳，通殪，倒在地上的枯木。

〔一四〕灌，灌木叢。栵（lì例），王引之《經傳釋詞》：「栵，斬而復生之木。」

〔一五〕檉（chēng稱），木名，又名河柳。椐，木名，即靈壽木。多腫節，古時以爲手杖。

〔一六〕檿（yǎn掩），木名，即山桑。柘（zhè這），木名，亦名黄桑。

〔一七〕遷，升也。明德，明德之人，指太王。此句言上帝使太王步步上升。

〔一八〕串夷，即混夷，亦即犬戎。載，猶則也。路，通露，敗也。太王原居豳，犬戎侵豳，太王因而遷岐，以後打敗犬戎。此二句言上帝保佑太王，所以犬戎失敗了。

〔一九〕配，猶佐也。古人認爲下土的王是上帝的輔佐，乃上帝所立。

〔二〇〕省，視察。此句言上帝觀察周國的山。

〔二一〕柞、棫，均木名。

〔二二〕兑，直也。

〔二三〕作，創造也，引申爲開拓之義。邦，借爲封。封，邊疆也。對，與疆同意。古代國家常在邊界上種植樹木以作標誌，略似後代的柳條邊，這叫作對。

〔二四〕大伯，即太伯，太王的長子。古代傳説：太王有三子，長子太伯，次子仲雍，少子季歷。太伯、仲雍爲了讓王位于季歷，逃往南方，從而建國於吴。太王死後，季歷爲君，是爲王季。從詩文觀察，太伯在逃去以前，曾經建立大功。此二句言上帝給周朝開拓疆土，自太伯、王季開始。

〔二五〕因，疑當作𡈼，形似而誤。𡈼，古其字。此句言王季的心是友愛的。

〔二六〕篤，厚也，多也。慶，善也。此句言王季多作好事。

〔二七〕載，猶乃也。錫，賜。光，光榮。此句言上帝乃賜王季以光榮。又解：錫當讀爲易，延也。此句的主語是王季，言王季能够延長擴大他的光榮。

〔二八〕喪，喪失。

〔二九〕奄，包括。

〔三〇〕貊（mò陌），《左傳·昭公二十八年》及《禮記·樂記》引均作莫。《廣雅·釋詁》：「莫，布也。」莫其德音，言他的美名傳播四方。

〔三一〕克，能也。

〔三二〕類，善也。

〔三三〕比，《禮記·樂記》引作俾。陳奂《詩毛氏傳疏》：「《爾雅》：『俾，從也。』比與俾古字通。」

〔三四〕比，及也。比于文王，猶言及于文王。

〔三五〕悔，古語稱小過爲悔。

〔三六〕祉，福也。

〔三七〕施（yì易），延續也。

〔三八〕畔援，即盤桓，徘徊不進也。

〔三九〕歆羨，羨慕也。

〔四〇〕誕，發語詞。先登于岸，比喻先據有有利的地位。以上三句是寫上帝勸文王力求發展，不要盤桓不進，不要羨慕別國，應先開拓疆土，佔據有利的地位。所以下文接寫文王伐密。

〔四一〕密，古國名，在今甘肅靈臺縣西。

〔四二〕距，通拒，抗拒。大邦，指周國。

〔四三〕阮，古國名，當時是周的屬國，在今甘肅涇川縣。徂，至也。共，古國名，在今甘肅涇川北。

〔四四〕赫，勃然大怒的樣子。斯，而也。

〔四五〕按，抑制，遏止。旅，讀爲莒，國名。（《孟子·梁惠王上》引此句作「以遏徂莒」。《韓非子·難二》：「文王侵盂、克莒、舉酆。」可見莒是國名，當在西周附近。此時莒地當屬於周。）

〔四六〕篤，鞏固。于，猶乎也（《孟子·梁惠王上》引無于字）。祜，福也。

〔四七〕對，《爾雅·釋言》：「對，遂也。」陳奂説：「遂，安也。」

〔四八〕依，憑也。京，高丘。此句言密人憑藉處于京丘的險要地勢。

〔四九〕侵自阮疆，指密人自阮國的領域入侵周國。

〔五〇〕矢，陳也，指陳兵。

〔五一〕阿，大的丘陵。

〔五二〕度，度量，計算。鮮原，地名，在今陝西咸陽縣東。度其鮮原，即經營鮮原之意。自此句以下寫伐密勝利以後。

〔五三〕岐，岐山。陽，山的南面。

〔五四〕將，側也，即旁邊。

〔五五〕方，法則，榜樣。

〔五六〕懷，念也。明德，指文王之美德。

〔五七〕大，注重。以，猶與也。此句言文王不重視聲色之樂。

〔五八〕長，《廣雅·釋詁》：「長，挾也。」挾即依恃。夏，疑作戛（jiá 莢），形近而誤。《説文》：「戛，戟也，从戈，从百，讀若棘。」革，甲也。戛革與兵革、兵甲同意。此句言文王不依仗兵甲的力量去侵凌別國。

〔五九〕不識不知，猶不知不覺。

〔六〇〕則，法則。此二句言文王不知不覺地自然遵循上帝的法則。

〔六一〕仇，讀爲儔，伴侶也。方，猶邦也。仇方，猶鄰邦。詢仇方是爲了取得他們的支持。

〔六二〕兄弟，指友好國家。

〔六三〕鉤，古兵器名，似劍而曲。援，古兵器戈上的横刃，此似指戈。

〔六四〕臨，從上面攻城的車，可以居高臨下，所以名臨。衝，從旁面衝城的車，可以衝破城牆，所以名衝。
〔六五〕崇，古國名，在今陝西西安灃水西。殷朝末年有崇侯虎，即崇國之君。墉，城也。
〔六六〕閑閑，毛傳：「閑閑，動揺也。」
〔六七〕言言，高大貌。
〔六八〕訊，當讀爲奚。奚，俘虜。連連，接連不斷的狀態。以繩拴俘虜，一個一個地相連。
〔六九〕攸，所也。馘（guó國），古代戰時割取所殺敵人的左耳，用以計功。亦即指所割下的左耳。安安，當是多的樣子。
〔七〇〕類，通禷，祭天。禡（mà罵），祭馬神。周代用車戰，馬的作用很大，所以特祭馬神。此句寫戰勝之後，祭祀以謝神。
〔七一〕致，招致。附，讀爲拊，撫也。此句言招崇人投降而加以安撫。
〔七二〕茀茀，强盛貌。
〔七三〕仡仡，同屹屹，高聳貌。
〔七四〕肆，與襲通，攻也。
〔七五〕忽，絶滅也。此句寫滅亡崇國。
〔七六〕拂，抗拒。

靈臺

這首詩敘寫周王建築靈臺和他遊觀靈囿靈沼，在辟雍奏樂自娛的情況。

一

經始靈臺〔一〕，經之營之。庶民攻之〔二〕，不日成之。

二

經始勿亟〔三〕，庶民子來〔四〕。王在靈囿〔五〕，麀鹿攸伏〔六〕。

三

麀鹿濯濯〔七〕，白鳥翯翯〔八〕。王在靈沼〔九〕，於牣魚躍〔一〇〕。

四

虡業維樅〔一一〕，賁鼓維鏞〔一二〕。於論鼓鍾〔一三〕，於樂辟廱〔一四〕。

五

於論鼓鍾，於樂辟廱。鼉鼓逢逢〔一五〕，矇瞍奏公〔一六〕。

【注】

〔一〕始，借爲治。靈臺，臺名，故址在今陝西西安西北。靈臺是哪代周王所建，無法確定。

〔二〕攻，造也。

〔三〕亟，急，迫切。此句指周王下令建臺不要太急。

〔四〕子，借爲孜，《説文》：「孜，汲汲也。」《廣雅·釋訓》：「孜孜，劇（遽）也。」孜來，即急來。

〔五〕靈囿，囿名。古代帝王畜養鳥獸的園林稱囿。

〔六〕麀（yōu幽），母鹿。攸，猶是也。伏，卧也。

〔七〕濯濯，肥澤貌。

〔八〕翯（hè鶴）翯，潔白有光澤貌。

〔九〕靈沼，池沼名。

〔一〇〕於（wū烏），歎美聲。牣，滿也。此句嘆美滿池游魚潑剌跳躍。

〔一一〕虡（jù巨），懸編鐘編磬的木架。業，懸鼓的木架。維，猶與也。樅，懸大鐘的木架，形制未詳。

〔一二〕賁，借爲鼖（fēn紛），一種大鼓。鏞，大鐘。

〔一三〕論，通倫。倫，排列有序。

〔一四〕辟（bì璧）廱，周王朝爲貴族子弟設立的大學，校址圓形，圍以水溝，前門外有以便通行的橋。

〔一五〕鼉（tuó駝），水中動物，即揚子鱷。皮堅厚，可以蒙鼓。鼉鼓，用鼉皮蒙的鼓。逢（péng

蓬）逢，鼓聲。

〔一六〕矇、瞍，都是盲人。古代樂官樂工常用盲人充任。公，當讀爲頌。頌，歌也。奏頌，即唱歌。（毛傳：「公，事也。」奏公即從事工作，指他們奏演各種樂器。也通。）

下　武

這首詩先歌頌成王的德，然後歌頌應侯的德，並爲應侯祝福。

一

下武維周〔一〕，世有哲王〔二〕。三后在天〔三〕，王配于京〔四〕。

二

王配于京，世德作求〔五〕。永言配命〔六〕，成王之孚〔七〕。

三

成王之孚，下土之式〔八〕。永言孝思〔九〕，孝思維則〔一〇〕。

四

媚兹一人〔一一〕，應侯順德〔一二〕。永言孝思，昭哉嗣服〔一三〕。

五

昭兹來許〔一四〕，繩其祖武〔一五〕。於萬斯年〔一六〕，受天之祜。

六

受天之祜，四方來賀。於萬斯年，不遐有佐〔一七〕。

【注】

〔一〕下，當讀爲夏，大也。夏武，大武。

〔二〕世有哲王，指周朝代代都有明哲的君王。

〔三〕三后，指王季、文王、武王。

〔四〕王，據下文乃指成王。配，猶佐也。此句言成王在周的京城，輔佐上帝。

〔五〕求，當讀爲捄，法也。此句言周王代代的德行都成爲臣民的法則。

〔六〕言，讀爲焉。配命，合乎天意。

〔七〕成王，武王的兒子，名誦。孚，當讀爲傅。《廣雅·釋詁》：「傅，治也。」

〔八〕式，法式，榜樣。

〔九〕孝思，孝順先人的思想。

〔一〇〕則，法則。此句言成王的孝思成爲臣民的榜樣。

〔二〕媚，愛也。一人，指成王。

〔三〕應，國名，故城在今河南寶豐縣西南。應侯是武王的兒子，受封于應。《左傳·僖公二十四年》：「邘、晉、應、韓，武之穆也。」可證。（《太平御覽》引《陳留風俗傳》引詩作「唐侯慎德」。可供參考。）順德，遵循道德。此二句言應侯能够遵循道德，愛此成王。

〔三〕昭，當讀爲劭，勤勉也。嗣，讀爲司，主也，即管理。服，古語稱職事爲服。此句言應侯勤勉地管理政事。

〔四〕兹，猶哉。許，讀爲御。（《後漢書·祭祀志》引《謝沈書》引詩作「昭哉來御」。）《小爾雅·廣言》：「御，侍也。」此句言應侯勤勉地來侍候天子。

〔五〕繩，繼續。武，跡也。此句言繼承祖先的事跡。

〔六〕於，歎美聲。

〔七〕遐，何也。林義光《詩經通解》：「佐，讀爲差。」不遐有佐，即不有遐佐，言不曾有什麼差錯。

文王有聲

這首詩歌頌文王遷都豐京、武王遷都鎬京，有利于周朝王業的發展。

一

文王有聲〔一〕，遹駿有聲〔二〕，遹求厥寧〔三〕，遹觀厥成。文王烝哉〔四〕！

二

文王受命，有此武功，既伐于崇〔五〕，作邑于豐〔六〕。文王烝哉！

三

築城伊淢〔七〕，作豐伊匹〔八〕。匪棘其欲〔九〕，遹追來孝〔一〇〕。王后烝哉〔一一〕！

四

王公伊濯〔一二〕，維豐之垣〔一三〕。四方攸同〔一四〕，王后維翰〔一五〕。王后烝哉！

五

豐水東注〔一六〕，維禹之績〔一七〕。四方攸同，皇王維辟〔一八〕。皇王烝哉！

六

鎬京辟廱〔一九〕。自西自東，自南自北，無思不服〔二〇〕。皇王烝哉！

七

考卜維王，宅是鎬京〔二一〕。維龜正之〔二二〕，武王成之。武王烝哉！

八

豐水有芑〔二三〕。武王豈不仕〔二四〕，詒厥孫謀〔二五〕，以燕翼子〔二六〕。武王烝哉！

【注】

〔一〕聲，名聲。

〔二〕遹（yù域），語助詞。駿，大也。

〔三〕寧，安也。此句言文王求天下的安寧。

〔四〕烝，美也。

〔五〕于，猶乎也。崇，古國名。

〔六〕豐，地名，在今陝西長安西北灃水以西。原爲崇國所在，文王滅崇，于此建豐城，並由岐遷都于此。

〔七〕伊，裴學海《古書虛字集釋》：「伊，猶爲也。」減，通洫，護城河。

〔八〕匹，疑當作皃，形近而誤。皃是古貌字。貌借爲廟。（《荀子·禮論》：「疏房檖貌。」楊注：「檖，邃也。貌，廟也。」即貌廟通用的例證。）此句言文王築豐城作宗廟。

〔九〕匪棘其欲，《禮記·禮器》引作「匪革其猷」。匪，非。革，改也。猷，道也。此句言文王不更改祖先之道。

〔一〇〕來，猶其也。古語稱孝順已死的祖先爲追孝。
〔一一〕后，君也。王后，猶言君王。
〔一二〕王公，王的公侯。伊，是也。濯，借爲耀，光輝也。
〔一三〕垣，牆。此二句言王之公侯是豐京的垣牆屏藩。
〔一四〕攸，猶乃也。同，統一。
〔一五〕翰，借爲幹。意爲君王如樹幹，公侯如枝葉。
〔一六〕豐水，即灃水，源出長安西南秦嶺山中，北流入渭水。
〔一七〕績，功也。古代傳説：中國大川都經過禹的治理。
〔一八〕皇王，指武王。辟（bì壁），君也。
〔一九〕鎬京，西周國都，故址在今陝西西安西南灃水東岸。辟廱，周王朝爲貴族子弟設立的學校。
〔二〇〕思，想也。此三句言四方都服從周王朝。
〔二一〕考，《廣雅・釋詁》：「考，問也。」考卜，問卜。宅，居也。此八字是一句，言問卜周王遷居鎬京好不好。
〔二二〕正，定也。周王以龜占卜遷鎬一事，得了吉兆，因而確定遷鎬。
〔二三〕芑（qǐ起），粱類，其苗白色。

〔二四〕仕，讀爲士。《爾雅・釋詁》：「士，察也。」

〔二五〕孫，鄭箋：「孫，順也。」亨按：孫當讀爲洵。《邶風・擊鼓》：「于嗟洵兮。」毛傳：「洵，遠也。」此句言武王留下了遠大的謀猷。

〔二六〕燕，安也。翼，覆蓋，遮護。此句言武王能够安定保護他的子孫。

生民之什

生民

這是一首追敍周人始祖后稷的傳説的史詩，主要寫姜嫄生育后稷的神話故事和后稷在農業生産上的貢獻等。后稷的事跡雖然具有神話傳説的性質，然而也含藴着一定的史實，在我們民族的歷史上具有鼓勵農業生産的積極意義，因而此詩值得我們重視。

一

厥初生民〔一〕，時維姜嫄〔二〕。生民如何？克禋克祀〔三〕，以弗無子〔四〕。履帝武敏〔五〕，歆，攸介攸止〔六〕，載震載夙〔七〕，載生載育，時維后稷〔八〕。

二

誕彌厥月〔九〕，先生如達〔一〇〕，不坼不副〔一一〕，無菑無害〔一二〕。以赫厥靈〔一三〕，「上帝不寧〔一四〕，不康禋祀〔一五〕，居然生子〔一六〕！」

三

誕寘之隘巷〔一七〕，牛羊腓字之〔一八〕；誕寘之平林，會伐平林〔一九〕；誕寘之寒冰，鳥覆翼之〔二〇〕。鳥乃去矣，后稷呱矣〔二一〕。實覃實訏〔二二〕，厥聲載路〔二三〕。

四

誕實匍匐〔二四〕，克岐克嶷〔二五〕，以就口食〔二六〕。蓺之荏菽〔二七〕，荏菽旆旆〔二八〕，禾役穟穟〔二九〕，麻麥幪幪〔三〇〕，瓜瓞唪唪〔三一〕。

五

誕后稷之穡〔三二〕，有相之道〔三三〕。茀厥豐草〔三四〕，種之黃茂〔三五〕。實方實苞〔三六〕，實種實褎〔三七〕，實發實秀〔三八〕，實堅實好，實穎實栗〔三九〕，即有邰家室〔四〇〕。

六

誕降嘉種〔四一〕：維秬維秠〔四二〕，維穈維芑〔四三〕。恒之秬秠〔四四〕，是穫是畝〔四五〕。恒之穈芑，是任是負〔四六〕，以歸肇祀〔四七〕。

七

誕我祀如何？或舂或揄〔四八〕，或簸或蹂〔四九〕，釋之叟叟〔五〇〕，烝之浮浮〔五一〕。載謀載惟〔五二〕，取蕭祭脂〔五三〕，取羝以軷〔五四〕。載燔載烈〔五五〕，以興嗣歲〔五六〕。

八

卬盛于豆〔五七〕，于豆于登〔五八〕。其香始升，上帝居歆〔五九〕，胡臭亶時〔六〇〕。后稷肇祀，庶無罪悔〔六一〕，以迄于今。

【注】

〔一〕厥，其也。民，指周部族的人民。

〔二〕時，是也。姜嫄，古代傳説中有邰氏的女兒，帝嚳的妃子，周始祖后稷的母親。此説不盡可信。她可能是原始時代母系社會一個氏族的女酋長，生下后稷。自后稷以後便進入父系社會了。

〔三〕克，能也，此處是表示實行。禋（yīn因），一種野祭，用火燒牲，使煙氣上冲於天。祀，指一般祭祀。

〔四〕弗，借爲祓（fú弗），用祭祀來除去災難。姜嫄没有兒子，祭祀天神祈禱有子。

〔五〕履，踐踏。帝，上帝。武，足跡，即脚印。敏，通拇，足大趾也。傳説姜嫄脚踩巨人脚印的大拇趾感而懷孕。

〔六〕歆，欣喜。攸，乃也。介、止，都是休息。

〔七〕載，則也。震，通娠，懷孕。夙，當作孕，字形相近而誤。

〔八〕時維后稷，是爲后稷。后稷，姓姬名棄。后稷本是官名，相傳他在堯、舜時任主管農事的后稷之官，是周人的始祖，周人稱他爲后稷。

〔九〕誕，發語詞。彌，滿也，指滿了懷胎的月份。

〔一〇〕先生，初生，第一胎生。達，通羍，初生的小羊。此句指后稷生下很容易，像生小羊一般。

〔一一〕坼，裂開。副，割開。此句指生産順利不致破裂産門。

〔一二〕菑，同災。

〔一三〕赫，借爲訴，告也。靈，巫也。此句言后稷下生後，姜嫄把這件事告訴巫者，請巫占卜。

〔一四〕寧，願意。自此以下三句是巫者假託神意説的話。

〔一五〕康，當讀爲賡，繼續也。是説姜嫄産前没有再去祭祀。

〔一六〕居，讀爲胡，何也。巫者假託神意，説姜嫄産前没有再去祭神，怎麽生了孩子？

〔一七〕寘，置。之，指后稷。此言將后稷棄置在小巷裏。

〔一八〕腓，借爲庇，護也。字，養育，指給他乳吃。

〔一九〕會，值也，適逢。

〔二〇〕翼，用翅膀蓋上。

〔二一〕呱，小兒哭聲。

〔二二〕覃（tán談），延長也。訏（xū虛），大也。此指后稷的哭聲長而宏亮。

〔二三〕載，借爲在。

〔二四〕匍匐，爬行。指后稷長到能够爬行的時候。

〔二五〕岐、嶷，毛傳：「岐，知意也。嶷，識也。」

〔二六〕就，往，趨。

〔二七〕蓺，種植也。荏菽，大豆的古名。此指后稷已經長到會種莊稼的時候了。

〔二八〕旆旆，猶勃勃，茂盛貌。

〔二九〕禾，穀子，其實爲小米。役，借爲穎，禾穗。穟穟，穀穗下垂貌。

〔三〇〕幪幪，莊稼茂盛貌。

〔三一〕瓞（dié迭），小瓜。唪（běng）唪，結實纍纍貌。

〔三二〕穡，指從事農業生產。

〔三三〕相，助。道，方法。此句指有幫助莊稼生長的方法。

〔三四〕茀，拔除。

〔三五〕之，指農作物。黄，讀爲堇，茂盛。

〔三六〕實，是也。方，大也。苞，茂盛。

〔三七〕種，借爲叢。褎（yòu又），禾苗漸長貌。

〔三八〕秀，長穗。

〔三九〕穎，長出芒的穗。栗，穀粒飽滿堅實。

〔四〇〕即，就也，往也。有邰，當時的一個氏族，住地在今陝西武功西南。此句言后稷把莊稼收到家裏。

〔四一〕降，天賜。嘉種，好種子。

〔四二〕秬（jù巨），黑黍。秠（pī披），黍的一種，一個殼裏有兩顆米。

〔四三〕穈（mén門），穀之一種，它的苗是紅的，又名赤粱粟。芑（qǐ起），穀之一種，它的苗是白的，又名白粱粟。

〔四四〕恒，通亙，遍也，滿也。指遍地皆種秬秠。

〔四五〕畝，疑借爲䆲（bī逼），除去莊稼下的爛葉。

〔四六〕任，擔在肩上。負，揹在背上。

〔四七〕肇（zhào兆），始也。肇祀，開始祭祀。

〔四八〕揄，同抗（yóu 由），用瓢把臼中米舀出來。
〔四九〕簸，簸揚去糠。 蹂，通揉，用手搓揉使糠和米分開。
〔五〇〕釋，淅米，即用水淘米。 叟叟，淘米聲。
〔五一〕烝，蒸也。 浮浮，熱氣上騰貌。
〔五二〕謀，計劃。 惟，思考。 此言籌念祭祀之事。
〔五三〕蕭，一種香蒿。 脂，牛羊等的脂肪。 此句言用脂肪做祭品，底下墊上香蒿，燒起有强烈的香氣。
〔五四〕羝，牡羊。 軷（bá 拔），祭路神。
〔五五〕燔，把肉投在火裏燒。 烈，把肉穿上，架在火上來燒，即烤。
〔五六〕興，興旺。 嗣歲，下一年。
〔五七〕卬（áng 昂），我也。 豆，古代食器，形似高足盤。
〔五八〕登，古代食器，形似豆而淺。 豆和登有木質、陶質或銅質的。
〔五九〕居，安也。 歆，享受。
〔六〇〕胡，大也。 臭，氣味。 亶，真也。 時，善也。
〔六一〕庶，幸也。 悔，過失。

【附録】

注〔四〕弗，《太平御覽》五二九引作祓。

注〔五〕敏拇古通用。《爾雅・釋訓》：「敏，拇也。」

注〔二九〕役，《説文》引作穎。

注〔三五〕黄，當讀爲堇。《廣雅・釋訓》：「堇堇，茂也。」黄堇古通用。《左傳・宣公十七年》：「苗賁皇。」《説苑・善説》引作「釁蚠黄」。就是例證。

注〔四五〕畝，疑借爲緢。《説文》：「緢，治黍禾豆下潰葉。」畝緢古音相近，當可通用，待考。

行葦

這是一首描寫貴族和兄弟宴會、較射、祭神、祈福的詩。

一

敦彼行葦〔一〕，牛羊勿踐履，方苞方體〔二〕，維葉泥泥〔三〕。

二

戚戚兄弟〔四〕，莫遠具爾〔五〕。或肆之筵〔六〕，或授之几〔七〕。

三

肆筵設席，授几有緝御〔八〕。或獻或酢〔九〕，洗爵奠斝〔一〇〕。

四

醓醢以薦〔一一〕，或燔或炙〔一二〕。嘉殽脾臄〔一三〕，或歌或咢〔一四〕。

五

敦弓既堅〔一五〕，四鍭既鈞〔一六〕。舍矢既均〔一七〕，序賓以賢〔一八〕。

六

敦弓既句〔一九〕，既挾四鍭〔二〇〕。四鍭如樹〔二一〕，序賓以不侮〔二二〕。

七

曾孫維主〔二三〕，酒醴維醹〔二四〕。酌以大斗，以祈黃耇〔二五〕。

八

黃耇台背〔二六〕，以引以翼〔二七〕。壽考維祺〔二八〕，以介景福〔二九〕。

【注】

〔一〕敦（tuán團），叢聚貌。行，道也。此句寫道旁生着叢叢葦子。

〔二〕方，甫，始。苞，茂也。體，長成形體。

〔三〕泥，借爲苨。苨苨，葉茂盛貌。

〔四〕戚戚，親愛也。

〔五〕具，通俱。爾，通邇，近也。此二句言親愛的兄弟不要相遠，都親近些。

〔六〕肆，陳也，即鋪上。筵，席也。

〔七〕几，筵席上擺酒殽的矮桌。

〔八〕緝，猶續也。御，侍也。此九字爲一句，言肆筵、設席、授几，都有人相繼侍候。

〔九〕獻，獻酒致敬。酢，拿酒回敬。

〔一〇〕爵、斝（jiǎ甲），都是古代飲酒器。奠，置也。周人宴會的禮節，主人敬酒時，從几上拿起一個酒杯，先洗一洗，然後斟酒獻客。客人飲畢，則置酒杯于几上。客人敬主人也是這樣。洗爵就是洗酒杯，奠斝就是置酒杯于几上。

〔一一〕醓（tǎn坦），多汁的肉醬。醢（hǎi海），肉醬。薦，進也。

〔一二〕燔，燒肉。炙，烤肉。

〔一三〕殽，同肴，葷菜。脾，通膍，牛胃。臄，牛舌也。

〔一四〕歌、咢，唱而有曲調爲歌，唱而無曲調爲咢。一說：歌是歌唱，咢是幫腔。咢古音讀若啊，幫腔者只作啊啊之聲，所以名咢。歌有音有字，咢有音無字。

〔一五〕敦，通雕，畫飾。

〔一六〕鍭，箭之一種，金屬箭頭，箭羽剪齊。鈞，通均，同樣也。此句指較射時，四人一組，都用同樣的箭。

〔一七〕舍矢，即射箭。均，遍也。此句言每人射了一箭。

〔一八〕序賓，評定賓客射箭的成績，誰是第一，誰是第二。賢，才能也，指射技。

〔一九〕句（gōu 鉤），借爲彀，張弓也。張是把弓弦加在弓上。

〔二〇〕挾，持也。此句指四個人已經把四枝箭拿在手裏。

〔二一〕樹，立也。此句指四枝箭射在侯上，像立着一般。（較射時，侯上設有四個射的，四人各射一個。）

〔二二〕侮，輕侮。此句指評定賓客射箭的成績，以有禮貌，不輕侮任何人爲原則，就是説對于射不中的人，不得以輕侮的態度對待。

〔二三〕曾孫，周代貴族對神自稱曾孫。維主，做主人。

〔二四〕酒醴，泛指酒。醹（rú 如），酒味醇厚。

〔二五〕黄耇（gǒu 苟），長壽年老的稱呼。此二句言貴族以斗酒祭神，祈求長壽。

〔二六〕台背，同鮐背。也是長壽年老的稱呼。亨按：台背疑即駝背，長壽年老的人多駝背，故稱爲駝背。台與駝一聲之轉。

〔二七〕引，當讀爲寅，《爾雅·釋詁》：「寅：敬也。」翼，毛傳：「翼，敬也。」以引以翼，猶言乃恭乃敬，此句寫貴族年老而有德。

〔二八〕祺，吉祥。此句言壽考就是吉祥。

〔二九〕介，借爲丐，乞也。景，大也。

既醉

周代祭祀祖先，有人裝祖先的神，其名爲尸。在祭祀中，由祝官代表尸，向主祭者説一些賜福的話，這叫作「嘏辭」。這首詩當是祝官致嘏辭後所唱的歌，可以稱爲嘏歌。

一

既醉以酒，既飽以德〔一〕。君子萬年，介爾景福〔二〕。

二

既醉以酒，爾殽既將〔三〕。君子萬年，介爾昭明〔四〕。

三

昭明有融〔五〕，高朗令終〔六〕。令終有俶〔七〕，公尸嘉告〔八〕。

四

其告維何？籩豆静嘉〔九〕。朋友攸攝〔一〇〕，攝以威儀〔一一〕。

五

威儀孔時〔一二〕，君子有孝子。孝子不匱〔一三〕，永錫爾類〔一四〕。

六

其類維何？室家之壼〔一五〕。君子萬年，永錫祚胤〔一六〕。

七

其胤維何？天被爾禄〔一七〕。君子萬年，景命有僕〔一八〕。

八

其僕維何？釐爾女士〔一九〕。釐爾女士，從以孫子〔二〇〕。

【注】

〔一〕德，當作食，古德字作悳，與食形近，因而寫錯。此二句言貴族祭神，醉神以酒，飽神以食（代神飲食的是裝神的尸）。

〔二〕介，借爲丐，施予。景，大也。此句言神賜予貴族以大福。

〔三〕殽，同肴，葷菜。將，美也。見《廣雅·釋詁》。

〔四〕昭明，光明也。

〔五〕融，長遠。

〔六〕高朗，高明。令，善也。令終，好結果。

〔七〕俶，始也。此句指有善終必有善始。

〔八〕公尸,尸是祭祀時裝祖先之神的人,其祖先是公侯,則尸稱爲公尸。嘉,當讀爲嘏(gǔ古),祝官代表尸對主祭者致賜福之辭,古語叫作嘏。
〔九〕籩(biān邊),古代祭祀或宴會時盛果脯的竹器,形如豆。豆,古代形似高足盤的食器。静,馬瑞辰《毛詩傳箋通釋》:「静,善也。」嘉,美也。此句指籩豆中的食物很好。
〔一〇〕攸,猶則也。攝,佐理。此句言賓客在祭祀中輔佐主祭者。
〔一一〕威儀,禮節。
〔一二〕孔,很。時,馬瑞辰説:「時,善也。」
〔一三〕匱,虧缺。此句指孝子之孝誠而不竭。
〔一四〕錫,賜。類,猶屬也,指家屬。此句指永賜汝等以福。
〔一五〕壼(kǔn捆),當讀爲昆,《説文》:「昆,同也。」此句言貴族家中之人都同心同德。
〔一六〕祚,福也。胤,後代子孫。
〔一七〕被,覆蓋。禄,福也。
〔一八〕景命,即大命。僕,奴僕,指奴隸和農奴等。此句言你命中有奴僕。
〔一九〕釐,通賚,賜予。女士,女男也。此句言上帝賜給你以男女奴僕。
〔二〇〕從,隨也。孫子,猶子孫。此句言奴僕的子孫也隨着當奴僕。

鳧鷖

周代貴族在祭祀祖先的次日，爲了酬謝尸的辛勞，擺下酒食，請尸來吃，這叫作「賓尸」，這首詩正是行賓尸之禮所唱的歌。

一

鳧鷖在涇〔一〕，公尸來燕來寧〔二〕。爾酒既清，爾殽既馨〔三〕。公尸燕飲，福禄來成。

二

鳧鷖在沙，公尸來燕來宜〔四〕。爾酒既多，爾殽既嘉。公尸燕飲，福禄來爲〔五〕。

三

鳧鷖在渚〔六〕，公尸來燕來處〔七〕。爾酒既湑〔八〕，爾殽伊脯〔九〕。公尸燕飲，福禄來下〔一〇〕。

四

鳧鷖在潨〔一一〕，公尸來燕來宗〔一二〕。既燕于宗〔一三〕，福禄攸降〔一四〕。公尸燕飲，福禄來崇〔一五〕。

五

鳧鷖在亹〔二六〕，公尸來止熏熏〔二七〕。旨酒欣欣〔二八〕，燔炙芬芬〔二九〕。公尸燕飲，無有後艱〔三〇〕。

【注】

〔一〕鳧（fú扶），野鴨。鷖（yī醫），鷗鳥。涇，水名。

〔二〕公尸，注見《既醉》。燕，通宴。寧，安也。

〔三〕殽，葷菜。馨，香也。

〔四〕宜，猶適也。來宜，來舒適舒適。

〔五〕爲，施也，加也。

〔六〕渚，水中小灘。

〔七〕處，止也。來處，來坐一坐。

〔八〕湑，清也。

〔九〕伊，是也。脯，肉乾。

〔一〇〕來下，猶來降。

〔一一〕潀，兩水相會之處。

〔一二〕宗，借爲悰。《説文》：「悰，樂也。」
〔一三〕宗，宗廟。
〔一四〕攸，乃也。
〔一五〕崇，增高也。又《廣雅·釋詁》：「崇，聚也。」
〔一六〕亹（mén門），馬瑞辰《毛詩傳箋通釋》：「亹即湄之假借。湄，水旁也。」
〔一七〕熏熏，和悦的狀態。
〔一八〕欣欣，香氣盛貌。《廣雅·釋訓》：「馚馚，馦馦，馣馣，香也。」《文選·長門賦》李注：「誾誾，香氣盛也。」欣欣與馚馚、馦馦、馣馣、誾誾均是一語之轉。
〔一九〕燔，燒肉。炙，烤肉。
〔二〇〕後艱，指今後的災殃。

假樂

這是一首爲周王頌德祝福的詩。

一

假樂君子〔一〕，顯顯令德〔二〕。宜民宜人〔三〕，受禄于天〔四〕。保右命之〔五〕，自天申之〔六〕。

二

干禄百福〔七〕，子孫千億〔八〕。穆穆皇皇〔九〕，宜君宜王。不愆不忘〔一〇〕，率由舊章〔一一〕。

三

威儀抑抑〔一二〕，德音秩秩〔一三〕。無怨無惡〔一四〕，率由羣匹〔一五〕。受福無疆，四方之綱〔一六〕。

四

之綱之紀，燕及朋友〔一七〕。百辟卿士〔一八〕，媚于天子〔一九〕。不解于位〔二〇〕，民之攸塈〔二一〕。

【注】

〔一〕假，借爲嘉（《左傳·文公三年》、《禮記·中庸》等引作嘉），喜也。君子，指周王。

〔二〕顯顯，盛明貌。令德，美德。

〔三〕民，指勞動人民。人，指羣臣百官。

〔四〕禄，福也。

〔五〕右，古佑字。此句言上天保佑周王，命他有福禄。
〔六〕申，引而長之也。
〔七〕干，俞樾《羣經平議》：「干當作千。形似而誤。」
〔八〕億，周代以十萬爲一億。千億，言其多。
〔九〕穆穆，肅敬。皇皇，光明。
〔一〇〕愆（qiān 牽），過失。忘，忘掉。也可讀爲妄。
〔一一〕率，循也。由，從也。舊章，舊法度。
〔一二〕威儀，儀表氣度。抑，借爲懿。懿懿，美也。
〔一三〕德音，好名聲。秩秩，聰明多智貌。
〔一四〕無怨無惡，指没人怨恨他憎惡他。
〔一五〕匹，佐也，指輔佐大臣。此句指周王聽從衆大臣的意見。
〔一六〕綱，法也。
〔一七〕燕，安也。朋友，指羣臣。
〔一八〕辟（bì 璧），君也。百辟，指衆諸侯。卿士，各級官員的泛稱。
〔一九〕媚，愛也。
〔二〇〕解，通懈。

〔二二〕攸，所也。塈（xì戲），借爲㤅。㤅，古愛字。此句言百辟卿士是人民所愛。

公　劉

周朝的始祖后稷，建都於邰（今陝西武功縣境），到了公劉遷都於豳。此詩乃是叙述公劉遷豳的故事，主要内容是出發的情況及到達豳地後如何觀察、如何經營、如何定居等，也是一首史詩。

一

篤公劉〔一〕，匪居匪康〔二〕，迺埸迺疆〔三〕，迺積迺倉〔四〕，迺裹餱糧〔五〕，于橐于囊〔六〕，思輯用光〔七〕。弓矢斯張〔八〕，干戈戚揚〔九〕，爰方啓行〔一〇〕。

二

篤公劉，于胥斯原〔一一〕，既庶既繁〔一二〕；既順迺宣〔一三〕，而無永歎〔一四〕。陟則在巘〔一五〕，復降在原。何以舟之〔一六〕？維玉及瑶〔一七〕，鞞琫容刀〔一八〕。

三

篤公劉，逝彼百泉〔一九〕，瞻彼溥原〔二〇〕；迺陟南岡，乃覯于京〔二一〕。京師之野〔二二〕，于時處處〔二三〕，于時廬旅〔二四〕，于時言言，于時語語。

四

篤公劉，于京斯依〔二五〕。蹌蹌濟濟〔二六〕，俾筵俾几〔二七〕。既登乃依，乃造其曹〔二八〕：「執豕于牢〔二九〕，酌之用匏〔三〇〕。」食之飲之，君之宗之〔三一〕。

五

篤公劉，既溥既長〔三二〕，既景迺岡〔三三〕，相其陰陽〔三四〕，觀其流泉。其軍三單〔三五〕。度其隰原〔三六〕，徹田爲糧〔三七〕。度其夕陽〔三八〕，豳居允荒〔三九〕。

六

篤公劉，于豳斯館〔四〇〕。涉渭爲亂〔四一〕，取厲取鍛〔四二〕。止基迺理〔四三〕，爰衆爰有〔四四〕。夾其皇澗〔四五〕，遡其過澗〔四六〕，止旅迺密〔四七〕，芮鞫之即〔四八〕。

【注】

〔一〕篤，忠實厚道。公劉，后稷的後裔，周部族的首領。

〔二〕匪，非。居、康，均安居之意。此句指公劉不敢安居晏息。

〔三〕迺，同乃。埸(yì易)，疆界，田界。此句指公劉乃整治田地。

〔四〕積，積存糧穀。倉，把糧穀裝在倉裏。

〔五〕餱糧，乾糧。

〔六〕橐、囊，都是袋子。小的叫作橐，大的叫作囊。一説：橐没有底，兩頭用繩子紮；囊有底，一頭用繩子紮。
〔七〕思，想也。輯，成也。用，讀爲庸，功也。
〔八〕斯，於是。
〔九〕干，盾。戚，斧子。揚，舉起。
〔一〇〕爰，於是。方，始，才。啓行，出發。
〔一一〕胥，觀察。斯原，指豳地的原野。
〔一二〕庶、繁，指草木茂盛。
〔一三〕順，當讀爲巡。宣，周遍也。指公劉普遍巡視。
〔一四〕永歎，長歎。豳地都好，没有使公劉長歎的地方。
〔一五〕陟，登。巘（yǎn演），孤立的小山。
〔一六〕舟，借爲周，環繞，佩帶。
〔一七〕瑶，似玉的美石。
〔一八〕鞞（bǐ比），刀鞘。琫（běng），刀鞘口部的玉質裝飾。容刀，裝着刀。
〔一九〕逝，往也。百泉，極言泉水之多。
〔二〇〕溥原，廣闊的原野。

〔一一〕覯，見到。京，高大的山丘。
〔一二〕京師，豳城建築在大丘上面，很長時期是周人的國都，所以作者稱它做京師。
〔一三〕時，是也。處處，安居。
〔一四〕廬旅，當讀爲旅旅，有次序的陳列。
〔一五〕依，當是祭名。
〔一六〕蹌蹌，步趨有節貌。濟濟，多而整齊貌。
〔一七〕俾，指擺。此二句指公劉的隨從把席和几擺上。
〔一八〕造，借爲告。曹，侶也，即伙伴。
〔一九〕牢，養牛羊豕的圈。
〔二〇〕酌，喝酒。匏（hù户），葫蘆。葫蘆一破爲二，作爲酒器，稱匏爵。
〔二一〕宗，族長。此句言公劉做大家的國君和族長。
〔二二〕溥，當讀爲舖，布置褥墊等。長讀爲張，張設帳篷等。
〔二三〕景，同影，測量日影來確定方向。迺，其也。
〔二四〕相，看。陰，山丘的北面，陽，山丘的南面。
〔二五〕單，古代軍隊中的一種車子，用它載旗幟。軍隊中若干人組成一個單位，有一輛單車，載一面旗幟，這就叫作一單。

〔三六〕度，丈量。隰，低濕之地。
〔三七〕徹，治也。徹田，開墾土地。
〔三八〕夕陽，山丘的西面。
〔三九〕允，與以同意。荒，即開荒。此言豳地因而開墾了。
〔四〇〕館，房舍。此言在豳地營造宫室。
〔四一〕爲，猶而也。亂，横流而渡。
〔四二〕厲，即礪，用來磨物的一種粗糙堅硬的石塊。鍛，借爲碫，大塊的堅硬的捶石。取磨石和捶石，爲了磨捶生産工具。
〔四三〕止基，即鎡錤，鋤也。理，修整好。
〔四四〕衆，指人多。有，指財物多。
〔四五〕皇澗，澗名。此言沿着皇澗兩岸而行。
〔四六〕遡，逆流而上。過澗，澗名。
〔四七〕止，停住。旅，衆也。密，安也。此句指衆人乃安然定居。
〔四八〕芮（ruì鋭），水名。鞫（jū居），水邊。即，與就同義。此句指公劉率衆就芮水邊定居。

【附録】

注〔九〕戚，也可讀做攸，戚和攸是一音的轉變。《大雅·雲漢》：「滌滌山川。」《説文》引作「蔋蔽山川」，便是例證。「干戈攸揚」如同「干戈乃揚」。

注〔二四〕廬旅，馬瑞辰說：「廬旅古通用。」（《毛詩傳箋通釋》）我疑古本原作廬廬或作旅旅。後乃譌爲上廬下旅。

注〔二五〕依，當是祭名。甲骨文常記衣祭，是把先祖合在一起祭的一種隆重的祭祀。此依字似即甲骨文的衣字。《左傳》、《公羊傳》等書用殷字。依、殷古通用。

注〔二八〕乃造其曹，《衆經音義》九引作「乃告其曹」。

注〔三二〕溥，借爲敷。《小爾雅・廣詁》：「敷，布也。」今字作鋪。長，讀爲張，《楚辭・九歌》：「與佳期兮夕張。」王注：「張，施也，張施帷帳。」

注〔四三〕止基，此句承「取厲取鍛」而言，厲是磨刀石，鍛是捶物石，那末，止基當是須加磨捶的一種工具。《孟子・公孫丑》：「雖有鎡基，不如待時。」《齊民要術》引鎡基作鎡錤。《廣雅・釋器》：「鎡錤，鉏也。」鉏即鋤字。此處止基即鎡基。

泂酌

這是一首爲周王或諸侯頌德的詩，集中歌頌他能愛人民，得到人民的擁護。

一

泂酌彼行潦〔一〕，挹彼注兹〔二〕，可以餴饎〔三〕。豈弟君子〔四〕，民之父母。

二

泂酌彼行潦，挹彼注茲，可以濯罍〔五〕。豈弟君子，民之攸歸〔六〕。

三

泂酌彼行潦，挹彼注茲，可以濯溉〔七〕。豈弟君子，民之攸塈〔八〕。

【注】

〔一〕泂（jiǒng 窘），遠也。行，借爲洐（xíng 行），水溝。潦（lǎo 老），積水也。此句言到遠地去舀那溝水。

〔二〕挹，舀也。注，灌也。此句言舀那溝水灌在這個器裏。

〔三〕餴（fēn 分），同饙，蒸也。饎（chì 赤），酒食也。

〔四〕豈弟，愷悌。君子，指周王或諸侯。

〔五〕濯，洗也。罍，酒罈。

〔六〕攸，所也。

〔七〕溉，王引之《經義述聞》引王念孫説：「溉當讀爲概。概，漆尊也。」概是一種盛酒的漆器。

〔八〕塈（xì 戲），借爲炁。炁，古愛字。

卷阿

這首詩疑本是兩首詩。前六章爲一篇，篇名卷阿，是作者爲諸侯頌德祝福的詩；後四章爲一篇，篇名鳳皇，是作者因鳳皇出現，因而歌頌羣臣擁護周王，有似百鳥朝鳳。前六章所歌頌的君子是諸侯，後四章所歌頌的君子是周王，便是明證。

一

有卷者阿〔一〕，飄風自南〔二〕。豈弟君子〔三〕，來游來歌，以矢其音〔四〕。

二

伴奐爾游矣〔五〕，優游爾休矣〔六〕。豈弟君子，俾爾彌爾性〔七〕，似先公酋矣〔八〕。

三

爾土宇昄章〔九〕，亦孔之厚矣〔一〇〕。豈弟君子，俾爾彌爾性，百神爾主矣〔一一〕。

四

爾受命長矣，茀祿爾康矣〔一二〕。豈弟君子，俾爾彌爾性，純嘏爾常矣〔一三〕。

五

有馮有翼〔一四〕，有孝有德，以引以翼〔一五〕。豈弟君子，四方爲則。

六

顒顒卬卬〔一六〕，如珪如璋〔一七〕，令聞令望〔一八〕。豈弟君子，四方爲綱〔一九〕。

七

鳳皇于飛〔二〇〕，翽翽其羽〔二一〕，亦集爰止〔二二〕。藹藹王多吉士〔二三〕，維君子使〔二四〕，媚于天子〔二五〕。

八

鳳皇于飛，翽翽其羽，亦傅于天〔二六〕。藹藹王多吉人，維君子命，媚于庶人〔二七〕。

九

鳳皇鳴矣，于彼高岡。梧桐生矣〔二八〕，于彼朝陽〔二九〕。菶菶萋萋〔三〇〕，雝雝喈喈〔三一〕。

十

君子之車，既庶且多〔三二〕。君子之馬，既閑且馳〔三三〕。矢詩不多〔三四〕，維以遂歌。

【注】

〔一〕卷，彎曲也。阿，大的丘陵。

〔二〕飄風，旋風。

〔三〕豈弟，愷悌。君子，當是一個諸侯。

〔四〕矢，陳也。矢其音，即發出他的歌聲。

〔五〕伴（pàn 判）奂，當讀爲盤桓，回還往來之意。

〔六〕優游，閑暇也。休，休息。

〔七〕俾，使也。彌，久也。性，生命。俾爾彌爾性，使你延長你的生命，即使你長壽。

〔八〕似，通嗣，繼承。先公，指君子的祖先。酋，讀爲猷，謀也。此句言君子繼承先公的事業。

〔九〕宇，國土，疆域。昄（bǎn 板），大也。章，疑借爲張，即擴張。

〔一〇〕孔，很。厚，富厚。

〔一一〕百神爾主，即爾主百神，指做百神的祭主。

〔一二〕茀禄爾康，即爾康茀禄。康，安也。茀，通福。

〔一三〕純嘏爾常，即爾常純嘏。純，大也。嘏（gǔ 古），福也。

〔一四〕馮（píng 憑），輔也。翼，助也。此句言君子有輔佐之人。

〔一五〕引，當讀爲寅，敬也。翼，亦敬義。

〔一六〕顒（yóng）顒，肅敬貌。卬卬，氣概軒昂貌。

〔一七〕珪，一種長條形上端尖的玉版。璋，長條而一端作斜鋭角形的玉版。珪與璋都是古代貴族朝聘、祭祀、喪葬所用的禮器。此句指君子的品德如珪璋的可貴。

〔一八〕令聞令望，好聲譽好名望。

〔一九〕綱，法。

〔二〇〕于，在也。此下四章當另爲一篇。（考今本《竹書紀年》：「成王八年，鳳皇見。」此詩疑作于此時。詩以鳳凰比周王，以吉士比衆鳥。《説文》：「鳳飛，羣鳥從以萬數。」）

〔二一〕翽（huì 惠）翽，鳥飛聲。

〔二二〕爰，猶而也。

〔二三〕藹藹，猶濟濟。吉，善也。吉士，指周王的羣臣。

〔二四〕君子，指周王。此句言吉士唯聽君子的役使。

〔二五〕媚，愛也。

〔二六〕傅，至也。

〔二七〕庶人，平民。

〔二八〕梧桐，傳説鳳凰非梧桐不棲。

〔二九〕朝陽，古語稱山的東面爲朝陽，因其爲早晨太陽所照。

〔三〇〕菶（péng 朋）菶、萋萋，均爲草木茂盛貌。此指梧桐枝葉茂盛。

〔三一〕雝雝、喈喈，均指鳳鳴聲音和諧。

〔二二〕庶，衆也。

〔二三〕閑，熟練。

〔二四〕矢，陳也。此詩只有四章，所以説「矢詩不多」。

民勞

此篇是西周王朝貴族所作的諷刺詩，舊説作于厲王時代，可從。作者揭露了當時統治集團的欺詐、殘暴、醜惡、昏亂的面目，對人民的痛苦與憂愁表示同情。但是，詩中對周王没有指責，對于執政者也只是諄諄勸諫並寄予希望。可見他作此詩的目的不過是爲了緩和階級矛盾，從而鞏固奴隸主貴族集團的統治而已。

一

民亦勞止〔一〕，汔可小康〔二〕。惠此中國〔三〕，以綏四方〔四〕。無縱詭隨〔五〕，以謹無良〔六〕。式遏寇虐〔七〕，憯不畏明〔八〕。柔遠能邇〔九〕，以定我王。

二

民亦勞止，汔可小休。惠此中國，以爲民逑〔一〇〕。無縱詭隨，以謹惛怓〔一一〕。式遏寇虐，無俾民憂。無棄爾勞〔一二〕，以爲王休〔一三〕。

三

民亦勞止，汔可小息。惠此京師〔一四〕，以綏四國。無縱詭隨，以謹罔極〔一五〕。式遏寇虐，無俾作慝〔一六〕。敬慎威儀〔一七〕，以近有德。

四

民亦勞止，汔可小愒〔一八〕。惠此中國，俾民憂泄〔一九〕。無縱詭隨，以謹醜厲〔二〇〕。式遏寇虐，無俾正敗〔二一〕。戎雖小子〔二二〕，而式弘大〔二三〕。

五

民亦勞止，汔可小安。惠此中國，國無有殘。無縱詭隨，以謹繾綣〔二四〕。式遏寇虐，無俾正反〔二五〕。王欲玉女〔二六〕，是用大諫〔二七〕。

【注】

〔一〕止，語氣詞。

〔二〕汔，庶幾。康，安居，休息。此二句言：人民已很疲勞了，應盡可能讓他們稍稍喘一口氣。

〔三〕中國，指西周王朝直接統治區域，即所謂「王畿」。因爲四方都有諸侯，所以稱做中國。

〔四〕綏，安撫。四方，指四方諸侯國。

〔五〕縱，放縱。詭，狡詐。隨，借做譢(suì遂)，欺騙。

〔六〕謹，即謹慎，意同防止。

〔七〕式，發語詞。遏，抑止。寇虐，殘害。

〔八〕憯(cǎn慘)，猶曾、乃。明，光明，此句是指那些殘害人民的人乃敢在光天化日之下無所畏忌地作惡。(一說：明，神明。)

〔九〕柔，安撫。能，親善。邇，近處。

〔一〇〕逑，讀爲捄，法也。即法則，模範。

〔一一〕惛怓(náo撓)，喧擾爭吵。

〔一二〕爾，指當時的執政者。勞，功勞。作者希望他好好幹，建立功勞。

〔一三〕休，美也。此言以成就周王之美名。

〔一四〕京師，指鎬京。

〔一五〕罔極，沒有法紀。極讀爲則。

〔一六〕慝(tè特)，邪惡。

〔一七〕威儀，禮節。

〔一八〕愒(qì氣)，休息。

〔一九〕泄，除去。

〔二〇〕醜厲，惡人。

〔二一〕正，借爲政。

〔二二〕戎，汝也。指當時的執政者。小子，古代對年輕人的稱謂。

〔二三〕式，用也，指作用。此句指執政者作用很大。

〔二四〕繾綣，固結不解之意。此指當時統治集團的糾紛紊亂。

〔二五〕正，借爲政。政反，違背政事的正規，反其道而行。

〔二六〕玉，當做玉一般地寶愛。女，通汝。

〔二七〕大諫，深深規勸。

【附録】

注〔九〕柔，《爾雅·釋詁》：「柔，安也。」

注〔一〇〕逑，讀爲捄。《廣雅·釋詁》：「捄，法也。」

板

這是周王朝一個大臣所作的諷刺詩，諷刺掌權者荒淫昏憒、邪僻驕妄，使人民陷于災難，同時也諷刺了周王。

一

上帝板板〔一〕，下民卒癉〔二〕。出話不然〔三〕，爲猶不遠〔四〕。靡聖管管〔五〕，不實於亶〔六〕。猶之未遠〔七〕，是用大諫。

二

天之方難〔八〕，無然憲憲〔九〕。天之方蹶〔一〇〕，無然泄泄〔一一〕。辭之輯矣〔一二〕，民之洽矣〔一三〕；辭之懌矣〔一四〕，民之莫矣〔一五〕。

三

我雖異事〔一六〕，及爾同寮〔一七〕。我即爾謀〔一八〕，聽我囂囂〔一九〕。我言維服〔二〇〕，勿以爲笑。先民有言，詢于芻蕘〔二一〕。

四

天之方虐〔二二〕，無然謔謔〔二三〕。老夫灌灌〔二四〕，小子蹻蹻〔二五〕。匪我言耄〔二六〕，爾用憂謔〔二七〕。多將熇熇〔二八〕，不可救藥。

五

天之方懠〔二九〕，無爲夸毗〔三〇〕。威儀卒迷〔三一〕，善人載尸〔三二〕。民之方殿屎〔三三〕，則莫我敢葵〔三四〕。喪亂蔑資〔三五〕，曾莫惠我師〔三六〕。

六

天之牖民〔三七〕，如壎如篪〔三八〕，如璋如圭〔三九〕，如取如攜〔四〇〕，攜無曰益〔四一〕。牖民孔易〔四二〕，民之多辟〔四三〕，無自立辟〔四四〕。

七

价人維藩〔四五〕，大師維垣〔四六〕。大邦維屏〔四七〕，大宗維翰〔四八〕。懷德維寧〔四九〕，宗子維城〔五〇〕。無俾城壞〔五一〕，無獨斯畏〔五二〕。

八

敬天之怒，無敢戲豫〔五三〕。敬天之渝〔五四〕，無敢馳驅〔五五〕。昊天曰明〔五六〕，及爾出王〔五七〕。昊天曰旦〔五八〕，及爾游衍〔五九〕。

【注】

〔一〕上帝，喻指周王。板板，乖戾，不正常。

〔二〕卒，馬瑞辰《毛詩傳箋通釋》：「卒與瘁同，病也。」癉，病也。卒癉，勞累痛苦。

〔三〕不然，不是，不對。此句言掌權者說出話來都是錯誤的。

〔四〕猶，與猷同，謀也。爲猶，爲政。此句言掌權者爲政毫無遠見。

〔五〕靡聖，無智。管，疑借爲讙。《說文》：「讙，譁也。」管管即諠諠，大聲嘈雜也。此句指王朝羣臣没有頭腦，只會亂吵亂嚷。

〔六〕實，猶充也。亶，誠也。不實于亶，没有充分的誠意，言論多虚詐。

〔七〕猶之未遠，爲政没有遠見。

〔八〕難，予人以災難。

〔九〕憲憲，猶欣欣，喜悦也。

〔一〇〕蹶，疑借爲咄，呵責聲。此句指上帝斥責王朝掌權者。

〔一一〕泄泄，喋喋多言。

〔一二〕辭，指王朝政令之辭。輯，指緩和協調。

〔一三〕洽，借爲協（《左傳·襄公三十一年》引作協），和協也。

〔一四〕懌（yì譯），朱彬《經傳考證》：「懌，借爲殬（dù杜）。《説文》：『殬，敗也。』」辭殬，指政令敗壞。

〔一五〕莫，通瘼，病也。

〔一六〕異事，指職務不同。

〔一七〕及，和也，與也。同寮，同僚。

〔一八〕即，往就也。

〔一九〕囂，借爲謷（áo敖）。謷謷，出言反對，拒絶批評。

〔二〇〕服，用也。此句言我的話是有用的。
〔二一〕芻蕘，割草打柴的人。此句意爲施政應普遍徵詢意見，即使草野之人亦不應忽視。
〔二二〕虐，降災。
〔二三〕謔謔，喜樂貌。
〔二四〕老夫，作者自稱。灌灌，猶款款，情意懇切。
〔二五〕小子，作者稱年輕的掌權者。蹻蹻，驕傲貌。
〔二六〕匪，通非。耄，昏亂也。此句言不是我的話昏亂。
〔二七〕用，猶乃也。憂，猶患也。謔，疑借爲瘧，即瘧疾。此句言你似在患瘧疾。
〔二八〕熇（hè賀）熇，火勢熾盛貌。《内經・素問・刺瘧篇》：「先寒後熱，熇熇暍暍。」王注：「熇熇，甚熱狀。」此句言多發瘧疾則體温將似火熱一般。
〔二九〕懠，憤怒。
〔三〇〕夸，借爲誇，説大話。毗，借爲頼（pǐ匹），《廣雅・釋詁》：「頼，邪也。」
〔三一〕威儀，禮節。卒，盡也。迷，亂也。此句指禮節都被掌權的人們搞亂了。
〔三二〕載，則也。尸，成爲没有靈魂的死尸，即不敢説不敢做。
〔三三〕殿屎，《説文》引作唸吚，呻吟也。
〔三四〕莫我敢葵，即我莫敢葵。葵，借爲揆，度也。此句指王朝前途，我不敢揣測。

〔三五〕蔑，猶無也。資，財物。此句指民衆遭遇死亡禍亂而喪盡資財。

〔三六〕師，衆也，指民衆。此句指掌權者們曾不加恩于民衆。

〔三七〕牖，通誘，誘導。

〔三八〕壎（xūn 勳），古代一種陶製圓形吹奏樂器。篪（chí 池），古管樂器。

〔三九〕璋、圭，均是古代玉製禮器。此二句言上帝之教導人民如利用土而製成壎，利用竹而製成篪，利用玉而製成璋與圭，都是因其材質，使其成器。

〔四〇〕取，猶提也。此句言上帝教導人民似提之、攜之，防止他們出錯。

〔四一〕益，借爲搤（同扼）。《説文》：「搤，捉也。」此句指提攜人民，不是説捉住他，加以强迫，而是因勢利導。

〔四二〕孔易，很容易。

〔四三〕辟，借爲僻，邪也。

〔四四〕無自立辟，指掌權者不要自己作邪僻之事。（牖民所以孔易，即在于以身作則。）

〔四五〕价，鄭箋：「价，甲也。」价當讀爲介（《荀子・君道》引作介）。介人即甲士，指軍隊。藩，籬笆。

〔四六〕大師，大衆也，指人民。垣，牆也。

〔四七〕大邦，指大國諸侯。屏，屏障。

〔四八〕大宗，指王的同姓宗族。翰，借爲幹，棟樑之意。

〔四九〕懷德，有德也。此句指國君有德，即能得到軍隊、人民、諸侯、宗族的擁護，國家就安寧了。

〔五〇〕宗子，即太子。

〔五一〕無，猶勿也。俾，使也。此句勸國君不要廢掉太子。

〔五二〕無獨斯畏，即無獨畏斯。斯，指宗子。此句勸國君不要獨怕太子。這首詩似作于幽王寵愛褒姒，將廢太子宜臼（即平王）的前後。大概是褒姒向幽王進讒言，説太子想篡奪王位。幽王害怕，才廢掉太子。所以詩人説：「宗子維城，無俾城壞，無獨斯畏。」

〔五三〕豫，借爲娛，樂也。

〔五四〕渝，變也，指災異。

〔五五〕馳驅，任意放縱之意。一説：指遊獵。

〔五六〕昊天，猶皇天。曰，猶維也。

〔五七〕王，通往。此二句言：上帝是明察的，你進出往返，上帝都能看到。

〔五八〕旦，明也。

〔五九〕衍，借爲延，《説文》：「延，長行也。」走遠路爲延。遊延猶遊逛。此句指你去遊逛，上帝也能看得到。

蕩之什

蕩

這是一首諷刺周王的詩，除第一章直寫外，其餘七章全以文王口氣指責殷紂王，乃是託古諷今、指桑罵槐的手法，別具風格。

一

蕩蕩上帝〔一〕，下民之辟〔二〕。疾威上帝〔三〕，其命多辟〔四〕。天生烝民〔五〕，其命匪諶〔六〕，靡不有初，鮮克有終〔七〕。

二

文王曰咨〔八〕，咨女殷商〔九〕，曾是彊禦〔一〇〕，曾是掊克〔一一〕，曾是在位〔一二〕，曾是在服〔一三〕。天降滔德〔一四〕，女興是力〔一五〕。

三

文王曰咨，咨女殷商，而秉義類〔一六〕，彊禦多懟〔一七〕。流言以對〔一八〕，寇攘式內〔一九〕。侯作侯祝〔二〇〕，靡屆靡究〔二一〕。

四

文王曰咨，咨女殷商，女炰烋于中國〔二二〕，斂怨以爲德。不明爾德〔二三〕，時無背無側〔二四〕。爾德不明，以無陪無卿〔二五〕。

五

文王曰咨，咨女殷商，天不湎爾以酒〔二六〕，不義從式〔二七〕。既愆爾止〔二八〕，靡明靡晦〔二九〕。式號式呼〔三〇〕，俾晝作夜〔三一〕。

六

文王曰咨，咨女殷商，如蜩如螗〔三二〕，如沸如羹〔三三〕。小大近喪〔三四〕，人尚乎由行〔三五〕。內奰于中國〔三六〕，覃及鬼方〔三七〕。

七

文王曰咨，咨女殷商，匪上帝不時〔三八〕，殷不用舊〔三九〕。雖無老成人，尚有典刑〔四〇〕。曾是莫聽，大命以傾〔四一〕。

八

文王曰咨，咨女殷商，人亦有言：「顛沛之揭〔四二〕，枝葉未有害，本實先撥〔四三〕。」殷鑒不遠，在夏后之世〔四四〕。

【注】

〔一〕蕩蕩，任意恣肆，不守法則的樣子。上帝，影射周王。

〔二〕辟（bì璧），君也。

〔三〕疾威，猶暴虐也。

〔四〕辟，通僻，邪僻。

〔五〕烝，衆也。

〔六〕匪，通非。諶，猶常也。

〔七〕鮮，少也。克，能也。此二句指人們爲善多有始無終，因而幸福也有始無終。

〔八〕咨，嗟歎聲。自此章以下，都是假託文王指責殷紂，來諷刺當時的周王。

〔九〕女，通汝。

〔一〇〕曾，乃也。是，這樣。彊，同强。彊禦，强横暴虐。

〔一一〕克，讀爲剋。掊剋，聚斂剥削。

〔一二〕在位，指處于統治地位。

〔一三〕服，事也。此句言你竟這樣執行職務。

〔一四〕滔德，溢出常軌的德象，指凶災。此句言上天降下了凶災。

〔一五〕興，借爲嬹（xìng興），《説文》：「嬹，悦也。」是，此也。力，權力。此句言你只喜歡這個權力。

〔一六〕而，通爾，你也。秉，執也，持也。義類，俞樾《羣經平議》：「義，俄之假字，邪也。類與戾通，戾，曲也。義類猶言邪曲也。」此句言你行邪曲之事。

〔一七〕懟，怨恨。

〔一八〕流言，謠言。此句指殷紂相信流言，以流言應對他人。

〔一九〕攘，猶盜也。式，猶乃也。內，通納。此句指殷紂收納寇盜而任用他們。

〔二〇〕侯，維也。作，借爲詛（《釋文》：「作本或作詛。」），向神請求加禍於旁人。祝，向神請求賜福於自己或旁人。此句指殷紂以詛祝的手段來維持統治。

〔二一〕届，猶極也。究，窮也。此句指殷紂的罪行無窮無盡。

〔二二〕炰烋（páo-xiāo 袍哮），《說文繫傳》引作咆哮。

〔二三〕不，通丕，大也。

〔二四〕時，是也。背，反叛。側，傾邪。此二句言：大明你的德，臣下就没有反叛，没有傾邪。

〔二五〕陪，輔佐。卿，即卿大夫。此二句言：你的德不明，因而没有輔臣没有卿相。

〔二六〕湎，沉迷于酒。此句指上帝並未使你沉醉于酒，而是你自己沉醉。

〔二七〕式，林義光《詩經通解》：「式，讀爲慝。」慝，奸也。此句指殷紂不行義而從奸。

〔二八〕愆，過也。止，行爲，舉止。此句言你的行爲乖戾錯誤。
〔二九〕明，指白天。晦，指黑夜。
〔三〇〕式，乃也。此句指醉後狂呼亂叫。
〔三一〕俾晝作夜，把白天當做黑夜，指白天昏睡，夜裏痛飲。
〔三二〕蜩（tiáo 條），蟬也。螗，蟬之一種。
〔三三〕羹，湯也。此二句比喻王朝統治集團内部極其紛擾不寧。
〔三四〕小大，指大小官僚。
〔三五〕尚，借爲堂（chēng 撐）。《説文》：「堂，拒也，从止，尚聲。」由，從也。行，道也，指禮法。此句指殷王朝統治集團人人都拒不遵循禮法。
〔三六〕奰（bì 必），《説文》：「奰，迫也。」即壓迫。
〔三七〕覃，延也。鬼方，殷和西周時稱北方玁狁爲鬼方。方猶邦也。殷紂當有侵伐鬼方之事。
〔三八〕匪，非。時，善也。
〔三九〕舊，指殷朝先王的法規和政治。
〔四〇〕刑，通型。典型，舊法常規。
〔四一〕大命以傾，指亡國。

〔四二〕顛沛，猶顛仆，倒下也。揭，當是木名，疑當讀爲栝。《廣雅・釋詁》：「栝，柏也。」

〔四三〕本，樹根或主幹。撥，馬瑞辰《毛詩傳箋通釋》：「撥即敗之假借。《列女傳・齊東郭姜傳》引詩正作敗。」

〔四四〕夏后，周人稱夏朝爲夏后氏。此二句言夏桀的亡國是殷紂的一面鏡子。

抑

《國語・楚語》引這首詩的篇名作《懿》，說是衛武公（姬和）九十五歲所作，那末當作于東周初年。詩的主要内容是勸告周王朝貴族修德守禮，謹言慎行，並指責「小子」的昏憒。所謂「小子」當是鎬京的一個執政者。

一

抑抑威儀〔一〕，維德之隅〔二〕。人亦有言：「靡哲不愚〔三〕。」庶人之愚〔四〕，亦職維疾〔五〕；哲人之愚，亦維斯戾〔六〕。

二

無競維人〔七〕，四方其訓之〔八〕。有覺德行〔九〕，四國順之〔一〇〕。訏謨定命〔一一〕，遠猶辰告〔一二〕。敬慎威儀，維民之則〔一三〕。

三

其在于今，興迷亂于政〔一四〕。顛覆厥德，荒湛于酒〔一五〕。女雖湛樂從〔一六〕，弗念厥紹〔一七〕，罔敷求先王〔一八〕，克共明刑〔一九〕。

四

肆皇天弗尚〔二〇〕，如彼泉流〔二一〕，無淪胥以亡〔二二〕。夙興夜寐〔二三〕，洒掃廷内，維民之章〔二四〕。脩爾車馬，弓矢戎兵〔二五〕。用戒戎作〔二六〕，用逷蠻方〔二七〕。

五

質爾人民〔二八〕，謹爾侯度〔二九〕，用戒不虞〔三〇〕。慎爾出話，敬爾威儀，無不柔嘉〔三一〕。白圭之玷〔三二〕，尚可磨也；斯言之玷，不可爲也〔三三〕。

六

無易由言〔三四〕，無曰苟矣〔三五〕，莫捫朕舌〔三六〕。言不可逝矣〔三七〕，無言不讎〔三八〕，無德不報。惠于朋友，庶民小子。子孫繩繩〔三九〕，萬民靡不承〔四〇〕。

七

視爾友君子，輯柔爾顔〔四一〕，不遐有愆〔四二〕。相在爾室〔四三〕，尚不愧于屋漏〔四四〕，無曰不顯，莫予云覯〔四五〕。神之格思〔四六〕，不可度思〔四七〕，矧可射思〔四八〕。

八

辟爾爲德〔四九〕，俾臧俾嘉〔五〇〕。淑慎爾止〔五一〕，不愆于儀。不僭不賊〔五二〕，鮮不爲則〔五三〕。投我以桃，報之以李。彼童而角〔五四〕，實虹小子〔五五〕。

九

荏染柔木〔五六〕，言緡之絲〔五七〕。温温恭人，維德之基〔五八〕。其維哲人，告之話言，順德之行〔五九〕。其維愚人，覆謂我僭〔六〇〕。民各有心〔六一〕。

十

於乎小子〔六二〕，未知臧否〔六三〕。匪手攜之〔六四〕，言示之事〔六五〕；匪面命之〔六六〕，言提其耳。借曰未知〔六七〕，亦既抱子。民之靡盈〔六八〕，誰夙知而莫成〔六九〕。

十一

昊天孔昭〔七〇〕，我生靡樂。視爾夢夢〔七一〕，我心慘慘〔七二〕。誨爾諄諄，聽我藐藐〔七三〕。匪用爲教〔七四〕，覆用爲虐〔七五〕。借曰未知，亦聿既耄〔七六〕。

十二

於乎小子，告爾舊止〔七七〕。聽用我謀，庶無大悔〔七八〕。天方艱難〔七九〕，曰喪厥國〔八〇〕。取譬不遠〔八一〕，昊天不忒〔八二〕。回遹其德〔八三〕，俾民大棘〔八四〕。

【注】

〔一〕抑，借爲懿。懿懿，美也。威儀，禮節。

〔二〕隅，當讀爲寓，寄託。

〔三〕哲，聰明。此句指聰明的人也有愚昧的時候。當是一句諺語。

〔四〕庶人，一般人。

〔五〕職，只也。維，是也。疾，災難。

〔六〕戾，罪也。此四句言：一般人的愚只不過要惹禍，聰明人的愚將要犯罪。

〔七〕無競，無爭。維，猶于也。

〔八〕訓，馬瑞辰《毛詩傳箋通釋》：「訓借爲順，《左傳・哀公二十六年》引正作順。」順，服從也。

〔九〕覺，直也，即正直。

〔一〇〕順，當讀爲循，遵循也。

〔一一〕訏（xū 虛），大也。謨，謀也。此句言用大的謀劃來確定政令。

〔一二〕猶，同猷，謀也。辰，當讀爲底，定也。告，借爲誥。此句言以遠大計謀來確定詔誥。

〔一三〕則，法則，榜樣。

〔一四〕興，俞樾《羣經平議》：「興，皆也。」此句言王朝掌權集團都把國政搞得混亂不堪。

〔一五〕湛（dān 眈），過度逸樂。

〔一六〕女，汝。雖，王引之《經義述聞》引王念孫説：「雖讀爲惟。女雖湛樂從，言女惟湛樂之從也。《書·無逸》曰：『惟耽樂之從。』文義正與此同。」此句言你們只是從事淫樂。

〔一七〕紹，繼也，指將來。此句言你們不考慮將來。（又按：紹字失韻，疑當作經，形近而誤。經，常法也。）

〔一八〕敷，當讀爲博。博求猶廣求。先王，指先王治國之道。

〔一九〕克，能也。共，借爲拱，執也。此言能够執守英明之法典。

〔二〇〕肆，發語詞。尚，佑助。

〔二一〕如，往也。

〔二二〕淪胥，沉没也。此二句言：你們好比走向水泉，不要沉没其中而死亡。

〔二三〕夙興夜寐，早起晚睡。

〔二四〕維，爲也。章，法則。

〔二五〕戎兵，指兵器。

〔二六〕戒，準備。戎，指軍隊。作，起也。此句指要準備軍隊出發。

〔二七〕逷（tì 替），當讀爲剔，剪除也。蠻方，當指楚國。

〔二八〕質，《廣雅·釋詁》：「質，定也。」

〔二九〕 候，疑借爲候，《説文》：「候，伺望也。」度，讀爲遮。《説文》：「遮，遏也。」遏止敵人入境爲遮。侯度即候遮。此句指應加强邊境的警戒與巡視。

〔三〇〕 虞，料想。不虞，意料不到的事，即意外的變故。

〔三一〕 柔，柔和。嘉，善也。

〔三二〕 玷（diàn 店），白玉上的斑點。

〔三三〕 爲，猶治也。

〔三四〕 由，猶于也。

〔三五〕 苟，苟且隨便。

〔三六〕 捫，執持。朕，我也，古人自稱爲朕，秦始皇始定爲皇帝自稱之辭。此二句言：不要説「隨便講吧，没有人按住我的舌頭」。

〔三七〕 逝，俞樾説：「逝，逮也，及也。」此句即一言既出，駟馬難追之意。

〔三八〕 讎，答也。此句指我出惡言，則人以惡言回答；我出好言，則人以好言回答。

〔三九〕 繩繩，連接不斷。

〔四〇〕 承，順受。

〔四一〕 輯，和也。

〔四二〕 遐，通何。愆，過錯。不遐有愆，即不有遐愆，言没有什麽過錯。

〔四三〕相，視也，有檢省之意。
〔四四〕尚，疑應讀爲當。漏，借爲䰜，屋中之鬼名䰜。此二句言：你檢省一下，在屋内時應該不愧于屋中的鬼神。
〔四五〕莫予云覯，即莫覯予。云，句中助詞。此二句言：不要説自己在室中的言行不顯露于外，没有人會看見。
〔四六〕格，至也，來也。思，語氣詞。
〔四七〕度，揣度。
〔四八〕矧（shěn審），況且。射，讀爲斁（yì譯），厭倦也。此三句言：神的來到，不可揣測，人們哪可以厭倦不信呢？
〔四九〕辟，彰明。
〔五〇〕臧、嘉，均是善。
〔五一〕淑，善良，美好。止，行爲，舉止。
〔五二〕僭，超越本分。又僭可借爲譖，讒也。賊，殘害。
〔五三〕鮮，少也。此句指言行可供旁人效法。
〔五四〕童，猶秃也，無角也。此句指那人頭上無角却似有角，常能傷人。
〔五五〕虹，通訌，惑亂。

〔五六〕荏染，柔弱貌。

〔五七〕言，猶爰，乃也。緡，按上弦綫。絲，指釣魚繩。此二句用柔木可以爲釣竿比喻温和的人可以成爲有用之材。

〔五八〕維德之基，是德行的根本。

〔五九〕之，猶而也。此二句指哲人采納我的勸告，順德而行。

〔六〇〕覆，反也。

〔六一〕民，猶人也。此二句指哲人與愚人的想法不同。

〔六二〕於乎，即嗚呼，歎息聲。

〔六三〕臧否，好壞。

〔六四〕匪，不僅，不但。

〔六五〕言，乃也。

〔六六〕面命，當面教導。

〔六七〕借曰，假如説。

〔六八〕盈，滿也。此句言人没有盈滿的，即没有一切都好的。

〔六九〕夙，早晨。莫，古暮字。此句言誰能够早晨知道應該作的事晚上就作成了呢？

〔七〇〕昊天，皇天。孔，很。昭，明也。

〔七一〕夢夢，形容昏憒。

〔七二〕慘慘，陳奂《毛詩傳疏》：「慘慘，當作懆懆，憂也。」

〔七三〕藐藐，輕視。

〔七四〕匪，非。用，以也。此句言你不以爲我是教導你。

〔七五〕覆，反也。虐，馬瑞辰説：「虐，謔也，戲也。」此句言你反以爲我是戲謔你。

〔七六〕聿，維也，是也。耄，老也。此二句言：如果説你還不懂事，可是你已經老了。

〔七七〕止，俞樾《羣經平議》：「止，禮也。」舊止，指先王的禮法。

〔七八〕悔，過失。

〔七九〕艱難，指將艱難加于王朝。

〔八〇〕曰，發語詞。喪厥國，滅亡他的國家。指西周王朝。

〔八一〕取譬，取比也。

〔八二〕忒（tè特），差誤。此句言上帝賞罰毫無差錯。

〔八三〕回遹（yù玉），邪僻也。

〔八四〕棘，緊急，引申爲艱危。

桑柔

據《左傳》、《國語》諸書記載，這首詩是周厲王的臣子芮良夫所作。厲王暴虐，人民起義趕走厲王，鎬京大亂。芮良夫逃難東去，作此詩以指斥執政大臣、諷刺周王，對當時黑暗腐敗的政治有所揭露。

一

菀彼桑柔〔一〕，其下侯旬〔二〕，捋采其劉〔三〕，瘼此下民〔四〕。不殄心憂〔五〕，倉兄填兮〔六〕。倬彼昊天〔七〕，寧不我矜〔八〕。

二

四牡騤騤〔九〕，旟旐有翩〔一〇〕。亂生不夷〔一一〕，靡國不泯〔一二〕。民靡有黎〔一三〕，具禍以燼〔一四〕。於乎有哀，國步斯頻〔一五〕。

三

國步蔑資〔一六〕，天不我將〔一七〕。靡所止疑〔一八〕，云徂何往〔一九〕？君子實維〔二〇〕，秉心無競〔二一〕。誰生厲階〔二二〕？至今爲梗〔二三〕。

四

憂心慇慇〔二四〕，念我土宇〔二五〕。我生不辰，逢天僤怒〔二六〕。自西徂東，靡所定處。多我覯痻〔二七〕，孔棘我圉〔二八〕。

五

爲謀爲毖〔二九〕，亂況斯削〔三〇〕。告爾憂恤〔三一〕，誨爾序爵〔三二〕。誰能執熱〔三三〕，逝不以濯〔三四〕？其何能淑〔三五〕，載胥及溺〔三六〕。

六

如彼遡風〔三七〕，亦孔之僾〔三八〕。民有肅心〔三九〕，荓云不逮〔四〇〕。好是稼穡〔四一〕，力民代食〔四二〕。稼穡維寶，代食維好。

七

天降喪亂，滅我立王〔四三〕。降此蟊賊〔四四〕，稼穡卒痒〔四五〕。哀恫中國〔四六〕，具贅卒荒〔四七〕。靡有旅力〔四八〕，以念穹蒼〔四九〕。

八

維此惠君〔五〇〕，民人所瞻。秉心宣猶〔五一〕，考慎其相〔五二〕。維彼不順，自獨俾臧〔五三〕，自有肺腸〔五四〕，俾民卒狂〔五五〕。

九

瞻彼中林〔五六〕，甡甡其鹿〔五七〕。朋友已譖〔五八〕，不胥以穀〔五九〕。人亦有言：「進退維谷〔六〇〕。」

十

維此聖人，瞻言百里〔六一〕；維彼愚人，覆狂以喜〔六二〕。匪言不能〔六三〕，胡斯畏忌〔六四〕！

十一

維此良人，弗求弗迪〔六五〕；維彼忍心〔六六〕，是顧是復〔六七〕。民之貪亂，寧爲荼毒〔六八〕。

十二

大風有隧〔六九〕，有空大谷。維此良人，作爲式穀〔七〇〕；維彼不順，征以中垢〔七一〕。

十三

大風有隧。貪人敗類〔七二〕，聽言則對〔七三〕，誦言如醉〔七四〕。匪用其良〔七五〕，覆俾我悖〔七六〕。

十四

嗟爾朋友，予豈不知而作〔七七〕。如彼飛蟲，時亦弋獲〔七八〕。既之陰女〔七九〕，反予來赫〔八〇〕。

十五

民之罔極〔八一〕，職涼善背〔八二〕。爲民不利，如云不克〔八三〕。民之回遹〔八四〕，職競用力〔八五〕。

十六

民之未戾〔八六〕，職盗爲寇〔八七〕。涼曰不可〔八八〕，覆背善詈〔八九〕。雖曰匪予〔九〇〕，既作爾歌〔九一〕。

【注】

〔一〕菀（wǎn 碗），茂盛貌。

〔二〕侯，維也。旬，樹蔭均布。

〔三〕劉，剥落，雕殘。此句言桑樹已經被採得光秃無葉了。

〔四〕瘼，病也。詩以桑樹被人捋采浄盡，使人民不得庇蔭，比喻人民的財富被剥削者剥削浄盡而無以爲生。

〔五〕殄（tiǎn 舔），斷絶。此句作者自指憂心不斷。

〔六〕倉兄，同愴怳，失意貌。填，通殄，憔瘁困苦。

〔七〕倬，光明。

〔八〕寧，乃也。矜，憐也。

〔九〕騤騤，馬强壯貌。

〔一〇〕旟，畫有鷹鳥的旗。旐，畫有龜蛇的旗。此二句寫作者逃難所乘的車馬。
〔一一〕夷，平定。
〔一二〕泯，亂也。
〔一三〕黎，衆也，多也。言民多死于禍亂，不復如前日之衆多。
〔一四〕具，通俱。燼，讀爲盡，絶也。
〔一五〕國步，猶國運。斯，是也。頻，危急。
〔一六〕蔑，無也。資，助也。
〔一七〕將，扶助。
〔一八〕疑，定也。止疑，停息。此句作者自言無處可以安身。
〔一九〕云，發語詞。徂（cú），去也。
〔二〇〕君子，作者自稱。維，借爲惟，思也。此句言作者自己在想。
〔二一〕秉心，持心，存心。無競，無争。
〔二二〕厲階，禍端。
〔二三〕梗，災害。
〔二四〕慇慇，憂傷貌。
〔二五〕土宇，土地房屋，指家園。

〔二六〕僤怒，大怒，盛怒。

〔二七〕瘠（mín民），病也，即災難。此句言作者遇到很多災難。

〔二八〕孔棘，很急也。圉，邊疆。

〔二九〕毖，謹慎。

〔三〇〕亂況，猶亂狀。此二句指謀劃謹慎，則亂狀就能消除。

〔三一〕爾，指掌權大臣。憂恤，猶憂患。指憂患國事。

〔三二〕序，讀爲予（《墨子·尚賢中》引作予），給予也。爵，禄位，官爵。

〔三三〕熱，似是艜（dài帶）、艐（qì契）的聲轉。《方言九》：「艇長而薄者謂之艜。」《廣雅·釋水》：「艜、艐，舟也。」執熱，猶言操舟。

〔三四〕逝，猶斯也。濯，似借爲櫂，摇船的長槳。

〔三五〕淑，善也。

〔三六〕載，猶則也。胥，皆也。溺，沉没。

〔三七〕遡，讀爲朔。朔風，北風。

〔三八〕僾，昏暗不清。此二句指北風捲起塵沙，颳得天空昏濛不清。

〔三九〕肅心，嚴肅的心情。

〔四〇〕荓，當讀爲耕。云，借爲耘。逮，借爲棣。《廣雅·釋詁》：「棣，緩也。」

〔四一〕好，喜愛。

〔四二〕力民，猶勤民。代，當讀爲貸，施予。貸食，施糧食給他人。

〔四三〕滅我立王，當指周厲王被人民趕跑而言。

〔四四〕蟊，食苗根的蟲。賊，吃苗節的蟲。此句言上天降下蟲災。

〔四五〕卒，盡也。痒，病也。

〔四六〕恫，痛也。

〔四七〕具，通俱。贅，當借爲嚽。《荀子·富國》：「嚽菽飲水。」楊注：「嚽與啜同。」此句言莊稼都被蟲吃掉，田地都已荒蕪。

〔四八〕旅力，體力。

〔四九〕穹蒼，猶青天。此二句作者自言無力戰勝喪亂和蟊賊，只有念念于上天而已。

〔五〇〕惠，順也。惠君，順理之君。

〔五一〕宣，明也。猶，借爲怞（yóu 由）。《説文》：「怞，朗也。」宣怞即明哲。

〔五二〕考，察也。慎，指謹慎選擇。相，輔佐大臣。

〔五三〕自獨俾臧，似當作自俾獨臧。臧，善也。此句言不順之君使自己獨過着好生活。

〔五四〕自有肺腸，別具心肝。

〔五五〕狂，林義光《詩經通解》：「狂，讀爲尪。尪，瘠病也。」

〔五六〕中林，林中。
〔五七〕甡（shēn 申）甡，同莘莘，衆多貌。
〔五八〕已，同以，用也。譖，讒也。
〔五九〕胥，助也。穀，善也。此二句言朋友間用讒相害，而不以善相助。
〔六〇〕進退維谷，進退兩難。
〔六一〕言，讀爲焉，句中助詞。此二句言聖人明見百里之遠。
〔六二〕覆，反也。以，猶與也。喜，疑借爲嬉，戲樂也。此二句言愚人反而狂妄戲樂。
〔六三〕匪，非。匪言不能，即匪不能言。
〔六四〕畏忌，畏懼顧忌。此二句言我不是不能講話，因爲有所畏忌而不敢講，我爲什麽這樣畏懼呢？
〔六五〕迪，進用也。此二句指掌權者對于賢人，既不尋求，也不任用。
〔六六〕忍心，指内心殘忍的人。
〔六七〕顧，顧惜，眷戀。復，借爲覆，蓋也，即包庇。此二句指掌權者對内心殘忍的人既顧惜，又包庇。
〔六八〕寧，乃也。此二句意爲：民衆本喜犯上作亂，掌權者乃作害民之事，人民就更將作亂了。

〔六九〕有，語助詞。隧，王引之《經傳釋詞》：「隧，迅疾也。有隧，形容其迅疾也。」亨按：隧，旋轉。

〔七〇〕式，句中助詞。穀，善也。此二句言賢人作好事。

〔七一〕征，《韓詩外傳》五引作往。往，借爲枉，誣枉也。中垢，馬瑞辰《毛詩傳箋通釋》：「中垢猶言内垢。《鄘風·牆有茨》：『中冓之言。』冓即垢之假借。」按中垢即内室有關男女關係的污穢之事。枉以中垢，指掌權者揑造内室污穢之事，來誣衊好人。

〔七二〕貪人，貪贜枉法者。敗類，殘害同類。一説：類，善也。

〔七三〕言，指諫勸的話。對，借爲懟，怨恨。

〔七四〕誦言，誦讀古書或閲覽諫書。此句言掌權者誦言則似吃醉了酒，昏昏睡去。

〔七五〕匪用其良，指掌權者不用良言。

〔七六〕覆，反也。林義光説：「悖，讀顛沛之沛，言不用良言，而反使我顛沛也。」顛沛，跌倒也，即今語所謂「栽觔頭」。

〔七七〕而，爾也。作，作爲。此句言你們作的壞勾當，我都知道。又解：作，借爲詐。

〔七八〕弋獲，獲得也。此二句言：你似那飛蟲一般，有時也捉得一點食物（即佔了一些便宜）。

〔七九〕之，句中助詞。陰，借爲蔭，庇蔭也。女，汝。此句言我曾經庇護過你們。

〔八〇〕赫，毛傳：「赫，炙也。」此句言你反而炙燒我，即反而迫害我。又《釋文》：「赫，本亦作嚇，莊子云『以梁國嚇我』是也。」此句言你反而威嚇我。又馬瑞辰說：「《方言》、《廣雅》並云：『赫，怒也。』……」那末，此句言你反而怒我。三解均通。

〔八一〕罔極，没有法則。極讀爲則。此句指人民不守統治者的禮法。

〔八二〕職，疑借爲識。涼，借爲琼。《説文》：「事有不善言琼也。」琼即惡事。背，叛也。此句指人民懂得作壞事並且常常背叛統治者。

〔八三〕云，句中助詞。克，勝也。此二句指統治者作不利人民的事，用盡殘暴手段，好像怕不能戰勝人民。

〔八四〕回遹（yù玉），邪僻。

〔八五〕職，借爲識。此句指人民懂得用盡全力與統治者争奪權利。

〔八六〕戾，馬瑞辰說：「戾，善也。」

〔八七〕職，借爲識。此句言人民會曉得去做盜賊。

〔八八〕涼，借爲倞。倞與亮同。《爾雅·釋詁》：「亮，導也。」此句是作者的話，言我教導你（指掌權者）説：你這樣做是不可的。

〔八九〕覆，反也。此句言你反而背地裏大駡我。

〔九〇〕匪，林義光説：「匪，讀爲誹。」即誹謗。

〔九一〕歌，指本詩《桑柔》。此二句言：你雖然誹謗我，可是我已經給你作了這個歌，加以揭露和諷刺。

雲漢

周宣王時，連年發生嚴重的旱災。周王作這首詩求神祈雨，抒寫他爲旱災而愁苦的心情。

一

倬彼雲漢〔一〕，昭回于天〔二〕。王曰於乎〔三〕！何辜今之人〔四〕！天降喪亂，饑饉薦臻〔五〕。靡神不舉〔六〕，靡愛斯牲〔七〕。圭璧既卒〔八〕，寧莫我聽〔九〕！

二

旱既大甚，蘊隆蟲蟲〔一〇〕。不殄禋祀〔一一〕，自郊徂宮〔一二〕，上下奠瘞〔一三〕，靡神不宗〔一四〕。后稷不克〔一五〕，上帝不臨〔一六〕。耗斁下土〔一七〕，寧丁我躬〔一八〕！

三

旱既大甚，則不可推〔一九〕。兢兢業業，如霆如雷〔二〇〕。周餘黎民〔二一〕，靡有孑遺〔二二〕。昊天上帝，則不我遺〔二三〕。胡不相畏〔二四〕？先祖于摧〔二五〕。

四

旱既大甚，則不可沮〔二六〕。赫赫炎炎〔二七〕，云我無所〔二八〕。大命近止〔二九〕，靡瞻靡顧〔三〇〕。羣公先正〔三一〕，則不我助。父母先祖〔三二〕，胡寧忍予〔三三〕！

五

旱既大甚，滌滌山川〔三四〕。旱魃爲虐〔三五〕，如惔如焚〔三六〕。我心憚暑，憂心如熏。羣公先正，則不我聞〔三七〕。昊天上帝，寧俾我遯〔三八〕！

六

旱既大甚，黽勉畏去〔三九〕。胡寧瘨我以旱〔四〇〕？憯不知其故〔四一〕。祈年孔夙〔四二〕，方社不莫〔四三〕，昊天上帝，則不我虞〔四四〕。敬恭明神，宜無悔怒〔四五〕。

七

旱既大甚，散無友紀〔四六〕。鞫哉庶正〔四七〕，疚哉冢宰〔四八〕。趣馬師氏〔四九〕，膳夫左右〔五〇〕，靡人不周〔五一〕，無不能止〔五二〕。瞻卬昊天〔五三〕，云如何里〔五四〕！

八

瞻卬昊天，有嘒其星〔五五〕。大夫君子，昭假無贏〔五六〕。大命近止，無棄爾成〔五七〕！何求爲我〔五八〕，以戾庶正〔五九〕。瞻卬昊天，曷惠其寧〔六〇〕！

【注】

〔一〕倬，當讀爲卓，高遠。一說：倬，大也。雲漢，銀河。

〔二〕昭，明也。回，轉也。

〔三〕王，周宣王。於乎，即嗚呼，歎息聲。

〔四〕辜，罪也。

〔五〕薦，重也，再也。臻，至也。薦臻，接連而來。

〔六〕舉，祭祀。

〔七〕牲，祭祀用的牛羊豕等。此二句言：没有什麽神不祭祀過，也没有吝惜過犧牲。

〔八〕圭、璧，均是古玉器。周人祭神用圭璧，祭天神則焚玉，祭山神則埋玉，祭水神則沉玉，祭人鬼則藏玉。卒，盡也。此句言爲了祭神，圭璧已經用盡。

〔九〕寧，猶乃也。此句言神竟不聽從我的請求。

〔一〇〕蘊，通熅，悶熱。隆，盛也。蟲蟲，《釋文》：「蟲，《爾雅》作爞。」《爾雅・釋訓》：「爞爞，薰也。」即熱氣薰蒸貌。此句言熱氣很盛，似火薰蒸。

〔一一〕殄，斷絶。禋祀，古代祭天的典禮。先燒柴升煙，再加牲體及玉帛于柴上焚燒。

〔一二〕郊，城外。徂，到也。宮，廟也。周人祭天在郊，祭祖在廟。

〔一三〕奠，陳列祭品。瘞(yì意)，埋也。把祭品埋在地下以祭地神爲瘞。上下奠瘞，猶言上奠下瘞，即上而祭天則奠，下而祭地則瘞。

〔一四〕宗，尊敬。

〔一五〕后稷，周人始祖。克，當作享，形似而誤。不享，不來享受祭祀。

〔一六〕臨，察也。又解：臨，下降也。

〔一七〕耗，損耗。斁（dù杜），敗壞。

〔一八〕寧，乃也。丁，當，遭逢。此句言這種災難竟臨當我的身上。

〔一九〕推，排除。

〔二〇〕霆，霹雷也。此二句言旱災的威力似雷霆霹靂，使人十分恐懼。

〔二一〕周餘黎民，周國剩下的百姓。

〔二二〕孑遺，遺留，餘剩。此句是誇張之詞。

〔二三〕遺，借爲饋，給予飲食。

〔二四〕胡不相畏，指先祖爲何不相與畏懼。

〔二五〕于，猶以也。摧，挫折。此二句言：先祖爲什麽不怕呢？如子孫死盡，無人祭祀，他們將會受損失。

〔二六〕沮，止也。

〔二七〕赫赫，陽光顯耀貌。炎炎，暑氣熾熱貌。

〔二八〕云，發語詞。此句言熱得無處可住。
〔二九〕大命，指壽命。
〔三〇〕靡瞻靡顧，指鬼神都不看顧我。
〔三一〕羣公，指前代的先公。先正，前代的賢臣。
〔三二〕父母，指死去的父母之神。
〔三三〕寧，乃也。忍予，對我忍心。
〔三四〕滌滌，光秃無草木的樣子。
〔三五〕旱魃，古代神話中能造成旱災的怪物。
〔三六〕惔，火燒。
〔三七〕聞，借爲問，過問。
〔三八〕遯，馬瑞辰《毛詩傳箋通釋》：「遯讀爲屯。屯，難也。」此句言上帝乃使我艱難。
〔三九〕黽（mǐn 敏）勉，勉力也。去，借爲怯。畏怯，小心恐懼。
〔四〇〕瘨（diān 顛），病也，害也。
〔四一〕憯（cǎn 慘），作語助，猶曾、乃。
〔四二〕祈年，向神祈求豐年。孔夙，很早。
〔四三〕方，祭四方之神。社，祭土神。莫，古暮字，晚也。

〔四四〕虞，助也。
〔四五〕悔，恨也。
〔四六〕友，馬瑞辰説：「友即有之假借。」紀，法紀。此句指人們都在饑餓綫上掙扎，所以散漫沒有法紀。
〔四七〕鞫（jū居），窮困。庶正，衆官長。
〔四八〕疚，憂慮。冢宰，官名，職位如後代的宰相。
〔四九〕趣馬，官名，主管豢養國王的馬。師氏，官名，主管教導國王和貴族的子弟。
〔五〇〕膳夫，官名，主管國王和后妃等的飲食。左右，指國王左右的官吏。
〔五一〕周，借爲惆，悲傷失意。此句指趣馬、師氏、膳夫、左右等沒有人不愁悵的。
〔五二〕無，當讀爲雩（yú于），求雨之祭也。此句言舉行求雨的雩祭也不能止住旱災。
〔五三〕卬，通仰。
〔五四〕云，發語詞。里，借爲瘇。（《釋文》：「里，本亦作瘇。」）病也。一説：里讀爲悝。（《釋文》：「里，《爾雅》作悝。」）憂也。
〔五五〕嘒，微小貌。
〔五六〕昭，猶禱也。假，借爲祜，福也。贏，益也。此句言禱告也無益。
〔五七〕成，疑借爲誠。無棄爾誠，不要放棄你們的誠心，繼續禱告。

〔五八〕何求爲我，你們祈求什麽是爲我一人嗎？

〔五九〕戾，安定。此句言祈求是爲了安定衆官長。

〔六〇〕曷，何時。惠，賜。此句言上帝什麽時候才能賜我們以安寧。

崧高

周宣王時，申伯來朝。宣王爲了優待他的母舅，增加了申伯的封地，並派召伯虎帶領士兵，先去給申伯建築謝城，經營土地。然後申伯才回到本國。宣王的大臣尹吉甫爲此作了這首詩，贈予申伯。

一

崧高維嶽〔一〕，駿極于天〔二〕。維嶽降神，生甫及申〔三〕。維申及甫，維周之翰〔四〕。四國于蕃〔五〕。四方于宣〔六〕。

二

亹亹申伯〔七〕，王纘之事〔八〕。于邑于謝〔九〕，南國是式〔一〇〕。王命召伯〔一一〕，定申伯之宅〔一二〕。登是南邦〔一三〕，世執其功〔一四〕。

三

王命申伯，式是南邦，因是謝人〔一五〕，以作爾庸〔一六〕。王命召伯，徹申伯土田〔一七〕。王命傅御〔一八〕，遷其私人〔一九〕。

四

申伯之功〔二〇〕，召伯是營。有俶其城〔二一〕，寢廟既成〔二二〕，既成藐藐〔二三〕。王錫申伯〔二四〕，四牡蹻蹻〔二五〕，鉤膺濯濯〔二六〕。

五

王遣申伯〔二七〕，路車乘馬〔二八〕。我圖爾居〔二九〕，莫如南土，錫爾介圭〔三〇〕，以作爾寶，往近王舅〔三一〕，南土是保。

六

申伯信邁〔三二〕，王餞于郿〔三三〕。申伯還南，謝于誠歸〔三四〕。王命召伯，徹申伯土疆，以峙其粻〔三五〕，式遄其行〔三六〕。

七

申伯番番〔三七〕，既入于謝。徒御嘽嘽〔三八〕，周邦咸喜，戎有良翰〔三九〕。不顯申伯〔四〇〕，王之元舅〔四一〕，文武是憲〔四二〕。

八

申伯之德，柔惠且直。揉此萬邦〔四三〕，聞于四國。吉甫作誦〔四四〕，其詩孔碩〔四五〕，其風肆好〔四六〕，以贈申伯。

【注】

〔一〕崧，《釋文》：「崧又作嵩。」（《禮記・孔子閒居》引作嵩。）嵩高，即嵩山（在今河南登封縣境）。嵩山是五嶽或四嶽之一，所以説「崧高維嶽」。《尚書・堯典》曾言：「四岳：岱宗、南岳、西岳、北岳。」《爾雅・釋山》則言五嶽：「泰山爲東嶽，華山爲西嶽，霍山爲南嶽，恒山爲北嶽，嵩高爲中嶽。」西周時代，恐只有四嶽，嵩高當爲南嶽，而霍山不在嶽數。

〔二〕駿，借爲峻，高大。極，至也。

〔三〕甫，讀爲吕，國名，故城在今河南南陽縣西三十里，國君姓姜。申，國名，故城在今河南南陽縣北二十里，國君也姓姜。此二句言嵩山有神下降，生吕侯和申侯。

〔四〕翰，輔翼也。

〔五〕蕃，通藩，屏障之意。于，猶爲也。

〔六〕宣，馬瑞辰《毛詩傳箋通釋》：「宣，當爲垣之假借。」此二句言：四國是周王朝的籓籬，四方是周王朝的垣牆。

〔七〕亹（wěi 偉）亹，勤勉貌。
〔八〕纘，當讀爲讚，即讚揚。之，其也，指申伯。事，《爾雅·釋詁》：「事，勤也。」
〔九〕于邑，封之以邑。謝，古邑名，舊說故城在今河南唐河縣南。
〔一〇〕式，法也。此句言爲南國樹立榜樣。
〔一一〕召伯，即召虎，周宣王的大臣。
〔一二〕定申伯之宅，指給申伯建立都城。
〔一三〕登，成也。引申爲定。
〔一四〕功，通工，事也。即政事。
〔一五〕因，猶用也。謝人，謝邑的人民。
〔一六〕庸，借爲墉，城也。
〔一七〕徹，治也。徹土田是用周代的徹法劃定田地疆界，製定賦稅。
〔一八〕傅，周王保傅之官。御，侍也，侍候周王的官吏。
〔一九〕私人，家臣也。此二句言周王命其傅御遷移申伯的家臣到謝城去。
〔二〇〕功，事也，指築謝城、徹土田等工作。
〔二一〕有，發語詞。俶，毛傳：「俶，作也。」按俶猶築也。
〔二二〕寢，居宅。廟，宗廟。

〔二三〕藐藐，美盛貌。

〔二四〕錫，通賜。

〔二五〕牡，指公馬。蹻蹻，强壯勇武貌。

〔二六〕鉤膺，套在馬胸前頸上的帶飾，即繁纓。濯濯，光澤鮮明貌。

〔二七〕遣，贈送。

〔二八〕路車，亦作輅車，古代諸侯乘坐的一種車。乘馬，四匹馬。

〔二九〕我，代宣王自稱。圖，考慮。爾，指申伯。

〔三〇〕介，大也。圭，古代玉製禮器。

〔三一〕近（jì忌），語氣詞，猶哉。王舅，古語稱母之兄弟爲舅，又稱妻父爲舅。宣王之妃是齊侯之女（見《列女傳·賢明傳》），那末，申伯當是宣王的母舅。

〔三二〕信，猶真也。邁，行也。此句言申伯果然走了。

〔三三〕餞，擺酒食送行。郿，古邑名，故城在今陝西郿縣東北。

〔三四〕謝于誠歸，當作謝城于歸，即于歸謝城的倒裝句。

〔三五〕以，猶乃也。峙，通庤，儲也。粻，糧也。

〔三六〕式，猶乃也。遄（chuán船），迅速。此句言召伯迅速去辦此事。

〔三七〕番（bō波）番，勇武貌。

〔三八〕徒，步兵。御，車夫。嘽(tān 攤)嘽，衆多貌。
〔三九〕戎，汝也，指宣王。翰，輔翼。
〔四〇〕不，通丕，大也。顯，高貴顯赫。
〔四一〕元，大也。
〔四二〕憲，效法。此句言申伯的文武才能是個模範。
〔四三〕揉，馬瑞辰說：「揉，安也。」
〔四四〕吉甫，姓尹名吉甫，周宣王的大臣。誦，歌也，指這首詩。
〔四五〕孔碩，指篇幅很長。
〔四六〕風，曲調也。肆好，馬瑞辰說：「肆好，即極好。」

烝民

周宣王的大臣尹吉甫作這首詩，贈給仲山甫，大力贊揚仲山甫的美德及其輔佐宣王的忠直，並描述了仲山甫往東方去築城的事跡。

一

天生烝民〔一〕，有物有則〔二〕。民之秉彝〔三〕，好是懿德〔四〕。天監有周〔五〕，昭假于下〔六〕，保茲天子，生仲山甫〔七〕。

二

仲山甫之德，柔嘉維則〔八〕。令儀令色〔九〕，小心翼翼。古訓是式〔一〇〕，威儀是力〔一一〕。天子是若〔一二〕，明命使賦〔一三〕。

三

王命仲山甫，式是百辟〔一四〕。纘戎祖考〔一五〕，王躬是保〔一六〕。出納王命，王之喉舌〔一七〕。賦政于外〔一八〕，四方爰發〔一九〕。

四

肅肅王命〔二〇〕，仲山甫將之〔二一〕。邦國若否〔二二〕，仲山甫明之。既明且哲，以保其身。夙夜匪解〔二三〕，以事一人〔二四〕。

五

人亦有言：「柔則茹之〔二五〕，剛則吐之。」維仲山甫，柔亦不茹，剛亦不吐；不侮矜寡〔二六〕，不畏彊禦〔二七〕。

六

人亦有言：「德輶如毛〔二八〕，民鮮克舉之〔二九〕。」我儀圖之〔三〇〕，維仲山甫舉之，愛莫助之〔三一〕。袞職有闕〔三二〕，維仲山甫補之〔三三〕。

七

仲山甫出祖〔三四〕，四牡業業〔三五〕，征夫捷捷〔三六〕，每懷靡及〔三七〕。四牡彭彭〔三八〕，八鸞鏘鏘〔三九〕，王命仲山甫，城彼東方〔四〇〕。

八

四牡騤騤〔四一〕，八鸞喈喈〔四二〕。仲山甫徂齊〔四三〕，式遄其歸〔四四〕。吉甫作誦〔四五〕，穆如清風〔四六〕。仲山甫永懷〔四七〕，以慰其心。

【注】

〔一〕烝，衆也。

〔二〕物，事物。則，法則。

〔三〕彝，常理。民之秉彝，人之常情。

〔四〕懿德，美德。

〔五〕監，觀察。有周，周朝。

〔六〕昭，猶禱。假，借爲祜，福也。此二句言上帝看到周王在下方禱告。

〔七〕仲山甫，周宣王的大臣。《國語·周語》稱他爲「樊仲山甫」，又稱爲「樊穆仲」。《晉語》

稱爲「樊仲」。樊是他的封邑（在今河南濟源縣），仲是代表兄弟之次，山甫是名，穆是謚號。姓未詳。

〔八〕嘉，美也。維，猶有也。則，法度。

〔九〕令，善也。儀，態度。

〔一〇〕式，榜樣。此句言遵循古人遺教。

〔一一〕威儀，禮節。力，勤也。

〔一二〕若，順也。言承順天子。一説：若，善也。言天子認爲他好。

〔一三〕賦，通敷，頒布。此句言天子使他頒布明令。

〔一四〕辟（bì 璧），國君。百辟，指諸侯。此句言令仲山甫做諸侯的榜樣。

〔一五〕纘，繼續。戎，汝也。

〔一六〕王躬，指周王。

〔一七〕喉舌，代言人之意。

〔一八〕賦政，頒布政令。

〔一九〕爰，猶乃也。發，馬瑞辰《毛詩傳箋通釋》：「發，行也。」

〔二〇〕肅肅，嚴肅也。

〔二一〕將，執行。

〔一三〕若，善也（《爾雅·釋訓》）。若否，好壞。

〔一三〕夙，早晨。匪，非。解，通懈，怠惰。

〔一四〕事，奉侍。一人，指周宣王。

〔一五〕茹，吃也。

〔一六〕侮，欺侮。矜，通鰥（《左傳·昭公元年》引作鰥），男老而無妻。寡，婦老而無夫。

〔一七〕彊禦，强悍。

〔一八〕輶，輕也。

〔一九〕鮮，少也。克，能也。

〔二〇〕儀圖，猶揣度也。

〔二一〕莫，疑借爲慔。《説文》：「慔，勉也。」此句指仲山甫愛民，努力幫助他們，使他們有德。

〔二二〕衮（gǔn 滚），古代王侯所穿的禮服，上面繡有龍紋。此指周王的衮衣。職，俞樾《羣經平議》：「職，猶適也。」適即偶然之意。闕，缺也。

〔二三〕補，縫補。此二句用周王的衮衣偶有缺破，則仲山甫把它補上，比喻周王的政治偶有缺失，則仲山甫加以匡正。

〔二四〕祖，借爲徂。徂，往也。出徂，猶言出行，指出鎬京而往東方。舊説：祖是祭祀路神。

〔二五〕業業，馬高大貌。

〔三六〕捷捷，行動敏捷貌。
〔三七〕每懷靡及，指征夫常常想起他們還没有完成的任務。
〔三八〕彭彭，馬强壯貌。
〔三九〕鸞，車鈴。鏘鏘，鈴聲。
〔四〇〕城，築城。
〔四一〕騤騤，馬强壯貌。
〔四二〕喈喈，鈴聲和諧。
〔四三〕齊，當讀爲濟，水名，源出河南濟源縣西王屋山。樊邑正在濟水附近，所以説仲山甫徂濟。
〔四四〕式，猶乃也。遄（chuán 傳），速也。此句言仲山甫很快地回到鎬京。
〔四五〕吉甫，即尹吉甫，周宣王大臣。誦，歌也。
〔四六〕穆，和美也。
〔四七〕永懷，指一直懷念着樊邑。

韓　奕

這是歌頌韓侯的一首詩，描述韓侯來朝見周王，周王賞賜許多物品；韓侯去周（鎬京），路過屠邑，顯父爲他餞行；韓侯到蹶父的邑娶韓姞爲妻，以及韓姞出嫁于物産豐富的韓國，樂得其所。最後敍寫韓國稱雄于北方。

一

奕奕梁山〔一〕，維禹甸之〔二〕，有倬其道〔三〕。韓侯受命〔四〕，王親命之：「纘戎祖考〔五〕，無廢朕命〔六〕。夙夜匪解〔七〕，虔共爾位〔八〕。朕命不易〔九〕，榦不庭方〔一〇〕，以佐戎辟〔一一〕。」

二

四牡奕奕，孔脩且張〔一二〕。韓侯入覲〔一三〕，以其介圭〔一四〕，入覲于王。王錫韓侯〔一五〕，淑旂綏章〔一六〕，簟茀錯衡〔一七〕，玄袞赤舄〔一八〕，鉤膺鏤鍚〔一九〕，鞹鞃淺幭〔二〇〕，鞗革金厄〔二一〕。

三

韓侯出祖〔二二〕，出宿于屠〔二三〕。顯父餞之〔二四〕，清酒百壺。其殽維何〔二五〕？炰鼈鮮魚〔二六〕。其蔌維何〔二七〕？維筍及蒲〔二八〕。其贈維何？乘馬路車〔二九〕。籩豆有且〔三〇〕，侯氏燕胥〔三一〕。

四

韓侯取妻，汾王之甥〔三二〕，蹶父之子〔三三〕。韓侯迎止〔三四〕，于蹶之里〔三五〕。百兩彭彭〔三六〕。八鸞鏘鏘〔三七〕，不顯其光〔三八〕。諸娣從之〔三九〕，祁祁如雲〔四〇〕。韓侯顧之，爛其盈門〔四一〕。

五

蹶父孔武，靡國不到，爲韓姞相攸〔四二〕，莫如韓樂。孔樂韓土，川澤訏訏〔四三〕，魴鱮甫甫〔四四〕，麀鹿噳噳〔四五〕，有熊有羆，有貓有虎〔四六〕。慶既令居〔四七〕，韓姞燕譽〔四八〕。

六

溥彼韓城〔四九〕，燕師所完〔五〇〕。以先祖受命〔五一〕，因時百蠻〔五二〕。王錫韓侯，其追其貊〔五三〕，奄受北國〔五四〕，因以其伯〔五五〕。實墉實壑〔五六〕，實畝實籍〔五七〕，獻其貔皮，赤豹黃羆〔五八〕。

【注】

〔一〕奕奕，高大貌。梁山，江永《春秋地理考實》：「《水經注》：『鮑丘水過潞縣西，高梁水注之。水東逕梁山。』潞縣今之通州，其西有梁山。」此梁山在河北。

〔二〕甸，治也。古代傳説，中國山川均經過大禹的治理。

〔三〕倬，大也。此言自韓至周有寬闊的道路。

〔四〕受命，受周王的册命。韓侯新立，來朝于周，周王在宗廟中舉行册命之禮，册命他爲韓侯，並賞賜他車旗等物。春秋以前，有兩個韓國，其一在今陝西韓城縣南，國君姓姬，春秋時被晉國所併，戰國時的韓國就是這個韓國的後代。其二在今河北固安縣東南，國君姓姬，武王的兒子始封于此。此詩的韓是河北的韓。

〔五〕纘，繼承。戎，汝也。此句言你繼承你的祖先的事業。

〔六〕廢，背棄。朕，我也。

〔七〕匪，非。解，通懈。

〔八〕虔，敬也。共，猶奉也。此句猶言敬奉汝職。

〔九〕朕命不易，我的册命不是輕易給的。

〔一〇〕榦，同幹。《廣雅·釋詁》：「幹，安也。」林義光《詩經通解》：「庭，定也。」方，國也。此句言要安定不寧静的國家。又解：不庭，猶不朝也。

〔一一〕辟（bì 璧），君也。此句言要輔保你的君王。

〔一二〕孔脩，很長。張，大也。

〔一三〕覲（jìn 近），諸侯秋朝天子之稱。

〔一四〕介，大也。圭，一種玉製禮器。

〔一五〕錫，通賜。

〔一六〕淑，美也。旂，畫有蛟龍的旗。綏章，旗竿頭上飾以染色的鳥羽或旄牛尾。

〔一七〕簟茀，遮蔽車廂的竹席。錯，畫上花紋。一説：錯，塗上金色。衡，車轅前端的横木。錯衡，即有花紋（或塗金色）的衡。

〔一八〕玄，黑色。衮（gǔn 滚），王侯所穿綉龍的禮服。舄（xì 戲），鞋。古代貴族穿紅鞋。

〔一九〕鉤膺，套在馬胸前頸上的帶飾。鏤，刻也。鍚（yáng 陽），馬額上的金屬裝飾物，馬走動時發出聲響。

〔二〇〕鞹（kuò 擴），革也，去毛的獸皮。鞃（hóng 宏），古代車的前箱供人依憑的横木名軾，軾上蒙以獸革或漆布名鞃。鞹鞃，即獸革的鞃。淺，借爲虥（zhàn 棧）。《説文》：「虥，虎竊毛謂之虥貓。」竊毛即淺毛。虥即淺毛虎。幭（miè 蔑），車軾上的覆蓋物。淺幭即用虎皮製的幭。

〔二一〕鞗（tiáo 條）革，馬籠頭。厄，通軛，駕在馬頸上其形略如人字的馬具。金厄，黄金色的軛。

〔二二〕祖，借爲徂，往也。舊説：祖是祭祀路神。

〔二三〕屠，地名。胡承珙《毛詩後箋》：「古字屠杜通，當即鄠縣之杜陵耳。」（杜在今陝西西安東）屠疑是顯父的封邑。

〔二四〕顯父，人名。餞，設宴送别。疑韓侯到蹶父的邑去娶妻，路過屠邑，顯父爲他餞行。

〔二五〕殽，肴，葷菜。

〔二六〕炰（páo 袍），烹煮。

〔二七〕蔌（sù速），蔬菜。

〔二八〕蒲，水生植物，嫩蒲可食。

〔二九〕乘馬，四匹馬。路車，貴族所乘的一種車。

〔三〇〕籩，裝果脯的竹器。豆，古代食器，形如高足盤。且（jū居），多貌。

〔三一〕侯氏，指韓侯。燕，通宴，宴飲也。胥，語助詞。

〔三二〕汾王，即厲王。厲王被國人趕跑，住在彘地，彘地在汾水邊，所以周人稱他爲汾王。韓侯的妻是厲王的外甥女。

〔三三〕蹶（guì貴）父，周宣王的大臣，姓姞。《小雅·十月之交》：「蹶維趣馬。」即此人。韓侯的妻是蹶父的女兒。

〔三四〕迎止，迎之。

〔三五〕里，邑也。

〔三六〕兩，借爲輛。彭彭，衆盛貌。

〔三七〕鸞，鈴也。鏘鏘，鈴聲。

〔三八〕不，通丕，大也。

〔三九〕娣，古稱同夫之妾。古代貴族嫁女時往往以女妹或侍女多人陪嫁做妾。

〔四〇〕祁祁，衆多貌。

〔四一〕爛，燦爛有光彩。

〔四二〕韓姞，即韓侯的妻，他姓姞，嫁于韓侯，所以稱爲韓姞。相，看也。攸，所也。此句言蹶父爲他的女兒相看住所，即爲他的女兒找婆家。

〔四三〕訏（xū虚）訏，廣大貌。

〔四四〕魴、鱮，均魚名。甫甫，多貌。

〔四五〕麀（yōu幽），雌鹿。鹿，指雄鹿。噳（yǔ雨）噳，鹿羣相聚貌。

〔四六〕貓，指一種毛色淺淡的虎。

〔四七〕慶，賀也。既，猶取也。令，善也。此句言慶賀取得好住處。

〔四八〕燕，安也。譽，借爲娱，樂也。

〔四九〕溥，大也。韓城，在今河北固安縣東南，今名韓塞營。

〔五〇〕燕，國名。周代有兩個燕國，一爲南燕，故城在今河南汲縣西，國君姓姞，相傳是黄帝的後代。一爲北燕，即今河北大興縣，國君姓姬，召公奭始封於此。此指北燕。師，衆也。此句言韓城是燕國民衆所築。

〔五一〕以，猶自也。

〔五二〕因，依也，有憑借、利用之義。時，此也。百蠻，衆蠻族。此二句言韓國自先祖受周王之命爲侯，是憑借百蠻以成國。

〔五三〕追、貊，都是北方國名。此二句指周王把追貊賜予韓侯，讓韓爲一方諸侯之伯。
〔五四〕奄，猶盡也。此句言北方諸小國都歸附于韓。
〔五五〕以，猶爲也。伯，長也，諸侯之長稱伯。此句言韓侯因而成爲北國諸侯之長。
〔五六〕實，是也。墉，築城牆。壑，掘城壕。
〔五七〕畝，開田畝。籍，收租税。
〔五八〕貔，猛獸，似虎。此八字本一句，言北國貢獻貔皮及赤豹黄熊于韓侯。

江漢

這首詩是西周王朝的文人所作，敍寫周宣王命令召虎領兵征伐淮夷，取得勝利，因而册命召虎，賞賜他土地及圭瓚秬鬯等，酬答他的功勞。召虎乃作簋，銘記其事。

一

江漢浮浮〔一〕，武夫滔滔〔二〕。匪安匪遊〔三〕，淮夷來求〔四〕。既出我車，既設我旟〔五〕。匪安匪舒〔六〕，淮夷來鋪〔七〕。

二

江漢湯湯〔八〕，武夫洸洸〔九〕。經營四方，告成于王。四方既平，王國庶定〔一〇〕。時靡有爭，王心載寧〔一一〕。

三

江漢之滸〔一二〕，王命召虎〔一三〕：「式辟四方〔一四〕，徹我疆土〔一五〕。匪疚匪棘〔一六〕，王國來極〔一七〕。于疆于理〔一八〕，至于南海〔一九〕。」

四

王命召虎〔二〇〕，來旬來宣〔二一〕：「文武受命〔二二〕，召公維翰〔二三〕。無曰予小子〔二四〕，召公是似〔二五〕。肇敏戎公〔二六〕，用錫爾祉〔二七〕。

五

釐爾圭瓚〔二八〕，秬鬯一卣〔二九〕。告于文人〔三〇〕，錫山土田。于周受命〔三一〕，自召祖命〔三二〕。」虎拜稽首〔三三〕：「天子萬年！」

六

虎拜稽首：「對揚王休〔三四〕，作召公考〔三五〕。天子萬壽！明明天子，令聞不已〔三六〕。矢其文德〔三七〕，洽此四國〔三八〕。」

【注】

〔一〕江，長江。漢，漢水。浮浮，水流貌。

〔二〕滔，當讀爲騊。《説文》：「騊，馬行貌。」騊騊，武夫奔馳的狀態。又王引之《經義述聞》：「此二句當作『江漢滔滔，武夫浮浮』。滔滔，廣大貌。浮浮，衆强貌。」

〔三〕匪，非。

〔四〕淮夷，當時住在淮水南部到江蘇一帶的民族。來，王引之説：「來，猶是也。」此句言討伐淮夷。

〔五〕旟，畫有鳥隼的旗，進兵時所用。

〔六〕舒，讀爲豫。豫，娱也。

〔七〕鋪，借爲搏，擊也，伐也。

〔八〕湯（shāng 商）湯，猶蕩蕩，水勢浩蕩。

〔九〕洸（guāng 光）洸，威武貌。

〔一〇〕庶，庶幾，差不多。

〔一一〕載，則也。

〔一二〕滸，水邊。

〔一三〕召虎，召伯，名虎。

〔一四〕式，發語詞。辟，借爲闢。
〔一五〕徹，治也。一説：用徹法徵收地税。
〔一六〕匪，非。疚，病也，災也。棘，急也。此句言不要害民，不要操之過急。
〔一七〕來，猶是也。極，準則。此言以王國爲準則。
〔一八〕于，于是也。疆，修治邊界。理，經理土地。
〔一九〕南海，指今江蘇東部的大海。
〔二〇〕命，册命。
〔二一〕來，猶是也。旬，馬瑞辰《毛詩傳箋通釋》：「旬，讀爲徇。徇，巡也。宣，示也。」此二句言周王在宗廟中册命召虎，宣示衆人。
〔二二〕文武，周文王、武王。受命，受天命爲王。
〔二三〕召公，指召虎之先祖、助武王滅商的召公奭（shì式）。翰，輔翼。此句言召公是文王武王的輔佐大臣。
〔二四〕小子，古語稱年輕人爲小子。此句言不要説我年輕。
〔二五〕似，借爲嗣，繼承也。此句言你當繼承召公。
〔二六〕肇，敏也。肇敏，敏捷迅速。戎，兵戎。公，讀爲工，事也。此句言召虎敏于軍事，即善于用兵之意。

〔二七〕錫，賜。祉，福也。

〔二八〕釐，通賚，賞也。圭瓚，以玉圭爲柄的勺。

〔二九〕秬（jù巨），黑黍。秬鬯（chàng唱），用黑黍和鬱金香草釀成的一種香酒。卣（yǒu有），裝酒器，形如壺，有曲柄。

〔三〇〕文人，有文德之人，指周王的祖先。周王册命諸侯大臣，都在宗廟中舉行，告于祖先。

〔三一〕于周受命，在周王朝接受册命。

〔三二〕召，借爲紹，繼也。祖命，猶祖業。此句告召虎繼承祖先的基業。

〔三三〕稽首，叩頭。

〔三四〕對，報答。揚，宣揚。休，美德。

〔三五〕考，郭沫若《周代彝器進化觀》：「考乃簋之假借字。」簋（guǐ鬼），古代食器，圓口，似今日的飯盆而有圈足。古銅器銘文多作𣪘。作召公簋，言召虎作祭祀召公的簋器，以資紀念。今存古銅器召伯虎𣪘有銘文：「用作朕烈祖召公嘗𣪘。」與詩文所言相合。

〔三六〕令聞，美譽。

〔三七〕矢，通施。

〔三八〕洽，協和也。四國，四方諸侯之國。

常武

周宣王時，徐國叛亂，宣王派大將領兵征伐，取得勝利，平服徐國。這首詩就是敍寫這件事，對于宣王和王師，大力加以贊揚。

一

赫赫明明〔一〕，王命卿士〔二〕，南仲大祖〔三〕，大師皇父〔四〕：「整我六師〔五〕，以脩我戎〔六〕。既敬既戒〔七〕，惠此南國〔八〕。」

二

王謂尹氏〔九〕，命程伯休父〔一〇〕：「左右陳行〔一一〕，戒我師旅〔一二〕。率彼淮浦〔一三〕，省此徐土〔一四〕。不留不處〔一五〕，三事就緒〔一六〕。」

三

赫赫業業〔一七〕，有嚴天子〔一八〕。王舒保作〔一九〕，匪紹匪遊〔二〇〕。徐方繹騷〔二一〕，震驚徐方〔二二〕，如雷如霆，徐方震驚。

四

王奮厥武，如震如怒。進厥虎臣〔二三〕，闞如虓虎〔二四〕。鋪敦淮濆〔二五〕，仍執醜虜〔二六〕。

截彼淮浦〔二七〕，王師之所〔二八〕。

五

王旅嘽嘽〔二九〕，如飛如翰〔三〇〕，如江如漢，如山之苞〔三一〕，如川之流〔三二〕，緜緜翼翼〔三三〕，不測不克〔三四〕，濯征徐國〔三五〕。

六

王猶允塞〔三六〕，徐方既來。徐方既同〔三七〕，天子之功。四方既平，徐方來庭〔三八〕。徐方不回〔三九〕，王曰還歸〔四〇〕。

【注】

〔一〕赫赫，威武貌。此句是描寫周宣王。

〔二〕卿士，西周王朝的執政官，猶如後世之宰相。

〔三〕南仲，人名，周宣王的大臣。大祖，指太祖廟。

〔四〕大師，即太師，官名，主管軍事。皇父，人名，周宣王的大臣。以上三句言宣王在太祖廟中命令卿士南仲和大師皇父。

〔五〕整，整頓。師，周制：二千五百人爲一師。

〔六〕脩，整治。戎，軍隊。

〔七〕敬，借爲警。警戒，即告戒軍隊。

〔八〕惠，加恩也。南國，指南方諸國。因徐國作亂，南國不安，征服了它，南國實受其惠。

〔九〕尹氏，周宣王的大臣，姓尹，名未詳。

〔一〇〕程伯休父，封邑在程邑（今陝西咸陽東）的伯爵，休父是其名。周宣王的大臣。

〔一一〕陳行，列隊。

〔一二〕戒，告也。

〔一三〕率，循也，順也。淮浦，淮水邊。

〔一四〕省，巡視（征討的美稱）。徐，國名，古説國君是伯益的後代，故城在今安徽泗縣北。

〔一五〕處，止也。此句指軍隊前進，不要停止。

〔一六〕三事，似指農、工、商三事。緒，業也。此句指農、工、商各就其業，即命令軍隊不得擾民之意。

〔一七〕業業，舉止有威儀貌。

〔一八〕有，發語詞。嚴，威嚴。

〔一九〕舒，圖謀也。作，讀爲祚，福也。此句指宣王出兵伐徐，是爲了保住王室之福。

〔二〇〕匪，非。紹，鄭箋：「紹，緩也。」此句言軍隊不怠緩，不遊玩。

〔二一〕徐方，徐邦。繹騷，擾動。

〔一三〕震驚徐方，以兵力威嚇徐國。

〔一三〕進，進軍。虎臣，形容將帥之勇猛。

〔一四〕闞（hǎn喊），虎怒貌。闞如，猶闞然。虓（xiāo囂），虎叫。虓虎，猶言嘯虎。

〔一五〕鋪，借爲搏，擊也。敦，迫也。濆（fén墳），水邊高地。此句指進擊淮水邊。其地正是徐國所在。

〔一六〕仍，《釋文》：「仍，本或作扔。」林義光《詩經通解》：「仍讀爲扔。扔，引也。」醜虜，對戰俘的蔑稱。

〔一七〕截，攻取也。

〔一八〕王師之所，指成爲王師駐扎的處所。

〔一九〕嘽（tān灘）嘽，衆盛貌。

〔二〇〕翰，高飛。此句形容王師行動的迅速。

〔二一〕苞，林義光説：「苞，借爲抱。」此句言軍隊駐扎，如山之環抱，不可動摇。

〔二二〕如川之流，指軍隊行動，如大川下流，不可阻擋。

〔二三〕緜緜翼翼，指軍隊陣容浩大連綿不絶。

〔二四〕克，俞樾《羣經平議》：「克，識也。不測謂不可測度，不克謂不可識知。」此句形容王師神出鬼没，敵人不能測知。

〔三五〕濯，林義光說：「濯讀爲逴，遠也。」

〔三六〕猶，同猷，謀也。允，信也，真也。塞，實也，即成爲現實。

〔三七〕同，一致，指歸順王朝。

〔三八〕來庭，來到王庭。

〔三九〕回，猶叛也。

〔四〇〕還歸，指班師還朝。

瞻印

這是一首譏刺周幽王亂政亡國的詩。幽王寵幸褒姒，信用奸邪，斥逐忠良，種種倒行逆施，弄得天怒人怨，終致亡國。作者也是個受迫害者，因作此詩，諷刺幽王等人，並悲歎自己的不幸。

一

瞻卬昊天〔一〕，則不我惠。孔填不寧〔二〕，降此大厲〔三〕。邦靡有定，士民其瘵〔四〕。蟊賊蟊疾〔五〕，靡有夷届〔六〕。罪罟不收〔七〕，靡有夷瘳〔八〕。

二

人有土田，女反有之〔九〕。人有民人，女覆奪之〔一〇〕。此宜無罪，女反收之。彼宜有罪，女覆說之〔一一〕。哲夫成城〔一二〕，哲婦傾城〔一三〕。

三

懿厥哲婦〔一四〕，爲梟爲鴟〔一五〕。婦有長舌，維厲之階〔一六〕。亂匪降自天〔一七〕，生自婦人。匪教匪誨，時維婦寺〔一八〕。

四

鞫人忮忒〔一九〕，譖始竟背〔二〇〕。豈曰不極〔二一〕，伊胡爲慝〔二二〕？如賈三倍〔二三〕，君子是識〔二四〕。婦無公事〔二五〕，休其蠶織〔二六〕。

五

天何以刺〔二七〕？何神不富〔二八〕？舍爾介狄〔二九〕，維予胥忌〔三〇〕，不弔不祥〔三一〕，威儀不類〔三二〕。人之云亡〔三三〕，邦國殄瘁〔三四〕。

六

天之降罔〔三五〕，維其優矣〔三六〕。人之云亡，心之憂矣。天之降罔，維其幾矣〔三七〕。人之云亡，心之悲矣。

七

觱沸檻泉〔三八〕，維其深矣。心之憂矣，寧自今矣〔三九〕。不自我先，不自我後。藐藐昊天〔四〇〕，無不克鞏〔四一〕。無忝皇祖〔四二〕，式救爾後〔四三〕。

【注】

〔一〕卬，通仰。

〔二〕塡（chén 陳），通塵，長久。孔塡，很久。

〔三〕厲，禍患。

〔四〕瘵（zhài 債），病也。

〔五〕蟊，吃莊稼的害蟲。賊，殘害。此句言蟊蟲爲賊，蟊蟲爲病。

〔六〕夷，語助詞。屆，終極。此二句指奸邪作惡，沒有終了。

〔七〕罟，林義光《詩經通解》：「罟，讀爲辜。」罪辜，指有罪的人。收，拘捕罪人也。

〔八〕瘳（chōu 抽），病瘉。此二句言：王朝對于罪人不加拘捕，則士民之病終無瘉時。

〔九〕女，通汝。

〔一〇〕覆，反也。

〔一一〕說，通脱，開脱。

〔一二〕哲夫，才能識見高於常人的男子漢。

〔一三〕哲婦，指幽王的寵妃褒姒。

〔一四〕懿，通噫，歎息聲。又解：懿或讀爲抑，轉折詞。

〔一五〕梟，相傳長大後食母的惡鳥。鴟（chī 癡），貓頭鷹。

〔一六〕維厲之階，是災禍的根源。

〔一七〕匪，非。

〔一八〕時，是也。寺，寺人，宦官。此二句言不可教不可誨的是婦人和宦官。

〔一九〕鞫，當讀爲宄。《説文》：「宄，姦也，讀若軌。」宄人即奸人。忮，借爲技，巧也。忒（tè 特），邪也。此句言奸人巧于爲惡。

〔二〇〕譖（zèn），讒也。始，當讀爲詒（dài 殆），詒，欺騙。竟，讀爲競。背，猶叛也。此句言奸人進讒騙人，争着作背叛之事。

〔二一〕極，猶甚也。此句指奸人所作之事那能説不甚呢？

〔二二〕伊，猶維也。慝（tè 特），邪惡。此句言爲什麼作邪惡之事呢？

〔二三〕如，猶彼也。賈，作買賣。

〔二四〕君子，指貴族。此二句言：王朝貴族只知道作買賣，獲三倍的利潤。

〔二五〕公，借爲工。工事即工作。

〔二六〕休，停止。蠶織，養蠶紡織。此二句言：貴族婦女無所事事，不蠶不織。

〔二七〕刺，指責。此句問天爲什麼責罰我呢？

〔二八〕富，借爲福。此句問爲什麼神不賜福于我呢？

〔二九〕舍，借爲捨。介，甲也。狄，即夷狄之狄，周人稱西方民族爲狄。

〔三〇〕維，唯也。胥，相也。忌，恨也。此二句言：你放開武裝的狄國不管，只是忌恨我。

〔三一〕弔（dì帝），善也。

〔三二〕威儀，禮節。類，善也。

〔三三〕人，指賢人。云，句中助詞。亡，失去，奔亡。

〔三四〕殄（tiǎn舔）瘁，病困。

〔三五〕罔，林義光説：「罔讀爲荒。降荒猶降災也。」

〔三六〕優，厚也。引申爲嚴重。

〔三七〕幾，危也。

〔三八〕觱（bì必）沸，泉水翻湧貌。檻，借爲濫，泛濫也。泉水泛濫四流爲濫泉。

〔三九〕寧，猶何也。

〔四〇〕藐藐，高遠貌。

〔四一〕克，能也。鞏，《説文》：「鞏，以韋束也。」用韋捆物叫作鞏，有約束、控制之義。此句言天帝雖遠，然而對下土的人没有不能約束控制的。

〔四二〕忝，有愧于。皇祖，祖先。

〔四三〕式，發語詞。爾後，指周王的子孫後代。

召旻

這首詩是幽王時的一個官吏所作，指責幽王昏暴，信用奸邪，政治黑暗。慨嘆天災嚴重，犬戎犯邊，深恐王朝即將覆亡。

一

旻天疾威〔一〕，天篤降喪〔二〕。瘨我饑饉〔三〕，民卒流亡〔四〕。我居圉卒荒〔五〕。

二

天降罪罟〔六〕，蟊賊內訌〔七〕。昏椓靡共〔八〕，潰潰回遹〔九〕，實靖夷我邦〔一〇〕。

三

皋皋訿訿〔一一〕，曾不知其玷〔一二〕。兢兢業業，孔填不寧〔一三〕，我位孔貶〔一四〕。

四

如彼歲旱，草不潰茂〔一五〕，如彼棲苴〔一六〕。我相此邦〔一七〕，無不潰止〔一八〕。

五

維昔之富不如時〔一九〕，維今之疚不如茲〔二〇〕。彼疏斯粺〔二一〕，胡不自替〔二二〕？職兄斯引〔二三〕。

六

池之竭矣，不云自頻〔二四〕？泉之竭矣，不云自中〔二五〕？溥斯害矣〔二六〕，職兄斯弘〔二七〕，不烖我躬〔二八〕。

七

昔先王受命〔二九〕，有如召公〔三〇〕。日辟國百里〔三一〕，今也日蹙國百里〔三二〕。於乎哀哉〔三三〕！維今之人，不尚有舊〔三四〕。

【注】

〔一〕旻（mín民）天，猶昊天。疾威，猶暴厲也。

〔二〕篤，厚也，嚴重之意。

〔三〕瘨（diān顛），降災。

〔四〕卒，盡也。

〔五〕圉（yǔ語），邊疆。此句言我們從國中到邊境全皆荒蕪。

〔六〕罟，林義光《詩經通解》：「罟，讀爲辜。」此句言上天降罪于下土的人們。

〔七〕蟊賊，吃莊稼的害蟲，比喻作惡的統治集團。訌（hòng閧），爭亂也。

〔八〕昏，亂也。椓，通諑，讒毀。共，疑借爲供（gōng工）。《說文》：「供，戰慄也。」即恐懼之意。此句言蟊賊之輩昏亂讒毁，無所畏懼。

〔九〕潰潰，昏亂貌。回遹（yù 玉），邪僻也。

〔一〇〕靖，圖謀。夷，誅滅。此句言蟊賊之輩是在陰謀覆滅我們國家。

〔一一〕皋皋，通譹譹，欺誑。訿（zǐ 紫）訿，誹謗。

〔一二〕玷（diàn 店），玉上的斑點。此處用來比喻人的污點。

〔一三〕孔填（chén 陳），很久。

〔一四〕貶，低下也。

〔一五〕潰，鄭箋：「潰茂之潰當作彙。彙，茂貌。」按彙茂，同義詞，猶言豐茂。一説：潰，遂也，長成也。

〔一六〕棲，疑借爲穧。《説文》：「穧，穫刈也。」即割莊稼割草之義。苴（chá 茶），枯草也。

〔一七〕相，視也。

〔一八〕潰，崩潰。止，語氣詞。

〔一九〕時，是也，指統治集團。此句指古代的富人不像這些富人那樣壞。

〔二〇〕疚，《釋文》：「疚字或作宂。」《説文》：「宂，貧病也。」兹，此也，也指統治集團。此句言現在的窮人也不像這些富人那樣壞。

〔二一〕彼，指人民。疏，借爲蔬，菜也。斯，指統治者。粺（bài 敗），精米。此句指人民吃菜，而統治集團吃細糧。

〔二二〕替，廢也。此句言統治集團爲什麽不自己垮台呢？乃詛咒的話。

〔二三〕職，猶此也。兄，讀爲況，情況也。斯，是也。引，延長。此句言這種情況還在延長發展中。

〔二四〕云，句中助詞。頻，通瀕，水邊也。此二句言：池水乾涸，不是從水邊開始嗎？比喻國家滅亡自人民貧困開始。

〔二五〕中，指井泉中。此二句言：泉水乾涸，不是從泉中開始嗎？比喻國家滅亡又自王朝本身腐爛開始。

〔二六〕溥，通普，普遍。此句指國中普遍受到統治集團的殘害。

〔二七〕弘，大也。

〔二八〕不，通丕，大也。烖，同災。躬，身也。

〔二九〕先王，指武王、成王。受命，承受天命。

〔三〇〕如，猶彼也。召公，召公奭，武王、成王的輔臣。

〔三一〕辟，通闢。此三句言：先王時代，有那召公奭，一天開闢國土百里。

〔三二〕蹙，收縮。此句言現在一天喪失國土百里。當指幽王時，犬戎入侵而言。

〔三三〕於乎，即嗚呼。

〔三四〕尚，曾也。舊，指古代統治者。此二句言：現在的統治者不如古人。

周頌

清廟之什

清廟

這篇是周王祭祀宗廟祖先所唱的樂歌。

於穆清廟〔一〕，肅雝顯相〔二〕。濟濟多士〔三〕，秉文之德〔四〕。對越在天〔五〕，駿奔走在廟〔六〕。不顯不承〔七〕，無射於人斯〔八〕。

【注】

〔一〕於（wū烏），贊歎聲。穆，美也，華美。清，清静。

〔二〕肅雝（yōng庸），莊重和順。顯，高貴顯赫。相，助祭的人。王祭祀宗廟，由公侯助祭。

〔三〕濟濟，衆多貌。多士，祭祀時擔任各種職務的官吏。

〔四〕秉，懷着，操持。文，周文王。一說：文之德，即文德，屬於文事方面的才德。
〔五〕對越，即對揚，對是報答，揚是宣揚。在天，指祖先在天之靈。
〔六〕駿，迅速。
〔七〕不，通丕，大也。承，美也，善也。此句指多士一個個儀表雍容華貴。
〔八〕射，借爲斁（yì亦），厭惡。斯，語氣詞。此句指人們没有厭惡多士的。

【附録】

注〔五〕對越，王念孫説：「對越猶對揚。《爾雅》曰：『越，揚也。』」（王引之《經義述聞》引）
注〔七〕不顯不承，王引之《經傳釋詞》：「不顯不承，即丕顯丕承。承當讀爲烝。」

維天之命

這篇是周王祭祀周文王的樂歌。

維天之命〔一〕，於穆不已〔二〕，於乎不顯文王之德之純〔三〕。假以溢我〔四〕？我其收之〔五〕。駿惠我文王〔六〕，曾孫篤之〔七〕。

【注】

〔一〕維，借爲惟，思也。

〔二〕於，嗚，慨歎聲。穆，肅敬。不已，不息。

〔三〕於乎，嗚呼，贊歎聲。不，通丕，大也。文王，周文王。周朝王業的基礎是他奠定的。純，大也。

〔四〕假，借爲胡，何也。溢，借爲恤。此句是問文王之神。

〔五〕收，受也。

〔六〕駿，借爲俊，英俊有才能。惠，仁慈。

〔七〕曾，重也。曾孫，自孫以下均稱曾孫。篤，當讀爲續，繼承。

【附録】

注〔四〕假，林義光《詩經通解》：「假讀爲胡，古音同通借。」《左傳・襄公二十九年》引作「何以恤我」。

維清

這篇也是周王祭祀周文王的樂歌。

維清緝熙〔一〕，文王之典〔二〕。肇禋〔三〕，迄用有成〔四〕，維周之禎〔五〕。

【注】

〔一〕清，清明。緝熙，奮發前進。

〔二〕典，當讀爲德。
〔三〕肇，開闢。禋，當作西土，乃西土二字誤合爲垔，後人又加示旁。周國在西方，所以稱西土。肇西土，言文王開闢了周國的土地。
〔四〕迄，終也。用，以也。
〔五〕禎，吉祥。

【附録】

注〔二〕典，與德古通用，見《周頌·我將》。

注〔三〕肇，借爲庫。《説文》：「庫，始開也。」禋當作西土。西周人稱本國爲西土。《尚書》中《牧誓》、《大誥》、《酒誥》均有此例證。

烈　文

這是周王在舉行封建諸侯的儀式時所唱的樂歌。

烈文辟公〔一〕，錫兹祉福〔二〕，惠我無疆〔三〕，子孫保之。無封靡于爾邦〔四〕，維王其崇之〔五〕。念兹戎功〔六〕，繼序其皇之〔七〕。無競維人〔八〕，四方其訓之〔九〕。不顯維德〔一〇〕，百辟其刑之〔一一〕。於乎前王不忘〔一二〕！

【注】

〔一〕烈，光明。文，有文采。辟（bì璧），君也。所封是諸侯，所以稱辟公。

〔二〕錫，賜。兹，此也。祉福，即福也。

〔三〕我，當作戎，形似而誤。戎，爾也。此句指王以爵位土地加惠於你，子孫世襲，傳之無窮。

〔四〕封，借爲泛，濫也。靡，借爲縻，爛也，指生活腐化。

〔五〕崇，尊敬。此二句言：你不要在你的國内胡鬧腐化，那末，王就尊重你。

〔六〕戎，大也。

〔七〕序，馬瑞辰《毛詩傳箋通釋》：「序敘古通用。敘，緒也，業也。」皇，光大。此二句言：你要常想到你曾有大功，應繼承你的事業并發揚光大。

〔八〕維，於也。

〔九〕訓，借爲順（《左傳・襄公二十六年》引作順）。此二句言：你能不與人争，四方就順從你了。

〔一〇〕不，通丕，大也。

〔一一〕刑，通型，效法也。

〔一二〕於乎，嗚呼。前王不忘，指不忘前代賢王之德。

【附録】

注〔三〕我，當作戎。戎我互誤，《大雅・韓奕》有此例。

天作

這是周王祭祀岐山所唱的樂歌。

天作高山〔一〕，大王荒之〔二〕。彼作矣〔三〕，文王康之〔四〕。彼徂矣〔五〕，岐有夷之行〔六〕，子孫保之。

【注】

〔一〕作，生也。高山，指岐山。

〔二〕大（tài太）王，即文王的祖父古公亶父。荒，居也。周始祖都邰，公劉遷於豳，太王始遷於岐。

〔三〕彼，指太王。作，開墾。

〔四〕康，疑借爲賡，繼續。

〔五〕彼，指文王。徂（cú），通殂，死去。

〔六〕岐，岐山。夷，平坦。行，道路。

【附録】

注〔二〕荒，讀爲巟。《廣雅・釋詁》：「巟，尻也。」尻即居字。

昊天有成命

這篇是周王祭祀成王所唱的樂歌。

昊天有成命〔一〕，二后受之〔二〕。成王不敢康〔三〕，夙夜基命宥密〔四〕。於緝熙〔五〕，單厥心〔六〕，肆其靖之〔七〕。

【注】

〔一〕昊天，猶蒼天、皇天。成命，定命。

〔二〕后，君也。二后，指文王、武王。受之，接受上帝的成命。

〔三〕成王，名誦，武王之子。康，安樂。

〔四〕基，奉持。基命，奉持天命，即奉持上帝所給的王業。宥，讀爲有，語助詞。密，讀爲勉，努力。

〔五〕於，嗚，歎詞。緝熙，奮發前進。

〔六〕單，通殫，盡也。厥，指成王。

〔七〕肆，遂也，於是。靖，平定。此句言於是成王平定了全國。成王時，有武庚、管叔、蔡叔和徐國、奄國叛亂，周公領兵東征，先後平定叛亂。

【附録】

注〔四〕基，借爲卑。《説文》：「卑，舉也。」兩手舉起，就是奉持。于省吾《詩經新證》：「宥有古通。密應讀作勉。」

我將

《我將》是《大武》舞曲的第一章，敍寫武王在出兵伐殷時，祭祀上帝和文王，祈求他們保佑。《大武》有舞有歌，舞分六場，歌分六章。舞的内容：一場象徵武王帶兵出征，歌《我將》篇；二場象徵滅亡殷國，歌《武》篇；三場象徵征伐南國，歌《賚》篇；四場象徵平服南國，歌《般》篇；五場象徵周公統治東方召公統治西方，歌《酌》篇；六場象徵班師還朝，歌《桓》篇。戰國人説《大武》是武王、周公所作。這六篇原是一篇的六章，今本分爲六篇，而且篇次已錯亂。

我將我享〔一〕，維羊維牛〔二〕，維天其右之〔三〕。儀式刑文王之典〔四〕，日靖四方〔五〕。伊嘏文王〔六〕，既右饗之〔七〕。我其夙夜畏天之威，于時保之〔八〕。

【注】

〔一〕將，奉也。享，獻也。

〔二〕維，以也。

〔三〕右，讀爲佑，保佑。

〔四〕儀式，即法度。刑，通型，效法。典，法則。又解：典，讀爲德。

〔五〕靖，平定。

〔六〕伊，發語詞。嘏，讀爲假，偉大。

〔七〕饗，享受祭祀。

〔八〕于時，於是。保之，保衛自己的國家。周人認爲伐殷就是自衛。

【附録】

（解題）《大武》樂歌六章，我有考釋，見拙作《周頌考釋》。

注〔四〕典，《左傳·昭公六年》及《漢書·刑法志》所引並作德。

時邁

這篇是周王望祭山川時所唱的樂歌。

時邁其邦〔一〕，昊天其子之〔二〕，實右序有周〔三〕。薄言震之〔四〕，莫不震疊〔五〕。懷柔百神〔六〕，及河喬嶽〔七〕。允王維后〔八〕。明昭有周，式序在位〔九〕，載戢干戈〔一〇〕，載櫜弓矢〔一一〕。我求懿德〔一二〕，肆于時夏〔一三〕。允王保之。

【注】

〔一〕時，世也。邁，借爲萬。此句言當今之世有萬國。

〔二〕昊天，皇天。子之，看做兒子。

〔三〕右，讀爲佑，保佑。序，讀爲予，我也。此句言上帝實保佑我周國。

〔四〕薄，迫也。言，讀爲焉。震，以武力威脅。之，指别國。

〔五〕震，驚也。疊，通慴，恐懼。此句言各國無不駭怕。

〔六〕懷柔，安撫。懷柔百神，指望祭各種神。

〔七〕喬嶽，高山。此句言祭及高山大川。

〔八〕允，讀爲似，似借爲嗣。嗣王，後代的王。維，爲也。后，君也。

〔九〕式，發語詞。序，借爲予，當是周王自稱。

〔一〇〕載，乃也。戢，收藏。干，盾也。

〔一一〕櫜（gāo 高），古代盛衣甲或弓箭之囊。此二句指收藏起兵器，表示不再用兵了。

〔二〕懿，美也。

〔三〕肆，施也。時，是也。夏，古稱中國爲夏。此二句言我將以美德施於中國。

【附録】

注〔一〕邁，林義光《詩經通解》：「邁讀爲萬。」

注〔三〕序，林義光説：「序讀爲付予之予。」亨按：序當讀爲予。予，我也，非付予之義。

執競

這篇是周王合祭武王、成王、康王時所唱的樂歌。

執競武王〔一〕，無競維烈〔二〕。不顯成康〔三〕，上帝是皇〔四〕。自彼成康，奄有四方〔五〕，斤斤其明〔六〕。鐘鼓喤喤〔七〕，磬筦將將〔八〕。降福穰穰〔九〕，降福簡簡〔一〇〕。威儀反反〔一一〕。既醉既飽，福禄來反〔一二〕。

【注】

〔一〕執，疑借爲鷙，猛也。競，當借爲勍，强也。鷙勍武王，勇猛强悍的武王。

〔二〕競，争也。維，是也。烈，功績。此句言武王之功業天下莫得而競。

〔三〕不，通丕，大也。成，周成王。康，周康王，名釗，成王之子。

〔四〕皇，美也，嘉也。此句言上帝嘉美贊許成王、康王。
〔五〕奄，爰也，乃也。
〔六〕斤斤，明察貌。
〔七〕喤喤，聲音宏亮和諧。
〔八〕磬，一種打擊樂器。筦，同管，管樂器。將將，聲音盛多。此二句寫祭祀時奏樂。
〔九〕降福，指武王、成王、康王之神降福於祭者。穰（ráng 攘）穰，多貌。
〔一〇〕簡簡，大貌。
〔一一〕威儀，指祭祀的禮節儀式。反反，借爲辨辨，有節有序貌。
〔一二〕反，同返，報答。此二句指武王等之神醉飽之後，以福禄報答祭者。

【附録】

注〔一〕執，借爲鷙。《説文》：「鷙，擊殺鳥也。」鳥猛爲鷙。競，借爲勍。《説文》：「勍，彊也。」

思　文

這篇是周王祭祀上帝和后稷，祈禱年穀豐收所唱的樂歌。

思文后稷〔一〕，克配彼天〔二〕。立我烝民〔三〕，莫匪爾極〔四〕，貽我來牟〔五〕。帝命率育〔六〕，無此疆爾界〔七〕，陳常于時夏〔八〕。

【注】

〔一〕思，發語詞。文，指有文德。后稷，周族的始祖，名棄，相傳是堯舜時代的農官。後人奉他爲穀神。（參見《生民》）

〔二〕克，能也。

〔三〕立，成也。烝，衆也。此句指后稷教導人民種穀，使衆民得以生存。

〔四〕匪，非。極，準則。此句言人民種穀皆以你爲準則。

〔五〕貽，遺留。來牟，古時大小麥的統稱。

〔六〕帝，上帝。率，皆也。育，養也。

〔七〕此疆爾界，界限分明之意。此二句指上帝命令周王，一切人都要養育，都要有穀可食。在這一點上没有此國和彼國的界限。

〔八〕陳，宣示。常，指常規、制度。時，是也。夏，古人稱中國爲夏。此句指周王頒布地税制度於中國，使人人有飯吃。

臣工之什

臣工

周王朝有所謂「王耕籍田」之禮。西周是領主封建社會，周王自己有很大一片土地，叫作籍田，由農奴耕種。周王爲了表示重視農業，在春季裏率領王朝的羣臣百官，去耕籍田，每人都扶犁推幾下，就算耕了。然後舉行一次由羣臣百官和農奴的代表都參加的宴會，以示慰勞，叫作勞酒。《臣工》和下篇《噫嘻》都是周成王時舉行此禮在宴會上所唱的樂歌。《臣工》是告戒羣臣百官，《噫嘻》是告戒農奴，所以分爲兩篇，實際是一篇的兩章。

嗟嗟臣工〔一〕！敬爾在公〔二〕。王釐爾成〔三〕，來咨來茹〔四〕。嗟嗟保介〔五〕！維莫之春〔六〕，亦又何求〔七〕？如何新畬〔八〕。於皇來牟〔九〕，將受厥明〔一〇〕。明昭上帝，迄用康年〔一一〕。命我衆人〔一二〕，庤乃錢鎛〔一三〕。奄觀銍艾〔一四〕。

【注】

〔一〕嗟嗟，嘆詞。臣工，羣臣百官。

〔二〕爾，你們，指羣臣百官。在公，爲公家工作。

〔三〕釐，通賚，賞賜。成，成就。

〔四〕咨，詢問。茹，商度。此句言你們遇到問題，要來請示。

〔五〕保介，官名，保衛國王的官，與王同車，坐在王的右邊，所以又名車右。

〔六〕莫，古暮字。暮之春，即暮春，三月。周曆的三月是夏曆的正月。

〔七〕又，讀爲有。

〔八〕畬（yú余），開墾了三年的熟田。新畬，古時實行輪種，種過的田在休閒幾年後再種，故稱新畬。

〔九〕於，嗚，贊歎聲。皇，美也。來牟，大小麥的統稱。此指小麥大麥的種子。

〔一〇〕將，持也，拿着。受，借爲授。厥，其也。明，借爲萌，實借爲氓，古代稱農人爲氓。此句言將麥種交給農奴。

〔一一〕迄，讀爲乞，予也。用，以也。康年，即豐年。此句言上帝將給我們以豐年。

〔一二〕衆人，指農奴。

〔一三〕庤（zhì至），借爲持，拿着。乃，你，指農奴。錢，小鏟子。鎛（bó博），鋤。

〔一四〕奄，爰也，乃也。銍（zhì質），短的鐮刀。艾，通刈，略似現在的剪刀，割莊稼用的。此句言命令農奴檢查一下鐮刀和刈，以備秋天割莊稼使用。

噫嘻

這篇是周成王時舉行親耕籍田之禮在宴會上所唱的樂歌，歌辭是告戒農奴。

噫嘻成王〔一〕，既昭假爾〔二〕。率時農夫〔三〕，播厥百穀〔四〕。駿發爾私〔五〕，終三十里〔六〕。亦服爾耕〔七〕，十千維耦〔八〕。

【注】

〔一〕噫嘻，贊歎聲。成王，是生時的稱呼，不是死後的謚號。

〔二〕昭，明也。假，讀爲嘏（gǔ古），告也。爾，你，指臣民。成王在親耕籍田前，告諭臣民。

〔三〕率，領。時，是也，這些。

〔四〕播，播種。厥，其也。

〔五〕駿，迅速。發，起也，指以犂起土。爾，你，指農奴。私，私田。農奴制，統治者佔有大片土地，叫作公田；農奴有一點土地，叫作私田。農奴爲統治者耕耘收割公田，以勞役作爲私田的地税，是爲勞役地税。

〔六〕三十里，公田私田的面積方三十里，共九百方里，每方里九百畝，合計八十一萬畝，這是約數。

〔七〕服，從事。爾耕，指農奴耕種公田。

〔八〕十千，一萬。耦，二人各把一犂，并在一起來耕，叫作耦。據此，農奴有兩萬人同時耕田。兩萬人耕八十一萬畝田，每人要耕八十畝零五分。這也是約數。

【附録】

注〔二〕假，讀爲嘏，告也。詳見《周頌考釋》。

振鷺

這篇是周王設宴招待來朝的諸侯時所唱的樂歌。

振鷺于飛〔一〕，于彼西雝〔二〕。我客戾止〔三〕，亦有斯容〔四〕。在彼無惡〔五〕，在此無斁〔六〕。庶幾夙夜〔七〕，以永終譽〔八〕。

【注】

〔一〕振，羣飛貌。鷺，即白鷺。

〔二〕雝（yōng 雍），即雍，周王設立的培養貴族子弟的學校，四周有河環繞，叫作辟雍，簡稱雍。因在京城的西郊，所以説西雍。

〔三〕客，指來朝的諸侯。戾，至也。止，語氣詞。

〔四〕斯容，指白鷺從容飛翔的狀態。
〔五〕彼，指諸侯的本國。此句言諸侯在他的本國無人憎惡他。
〔六〕此，指周國。斁(yè亦)，厭也。此句言諸侯來到周國也没人討厭他。
〔七〕庶幾，差不多。夙夜，早起晚睡。此句希望諸侯勤于政事。
〔八〕終，借爲衆。此句言諸侯長受衆人的贊揚。

【附録】

注〔八〕終，馬瑞辰《毛詩傳箋通释》：「終與衆古通用。《後漢書·崔駰傳》：『豈可不庶幾夙夜，以永衆譽。』義本三家詩。」

豐年

這篇是周王烝祭宗廟時所唱的樂歌。冬初，糧穀已經入倉。周王用新米的飯、新釀的酒等祭祀祖先，這種祭祀叫作烝。

豐年多黍多稌〔一〕，亦有高廩〔二〕，萬億及秭〔三〕，爲酒爲醴〔四〕，烝畀祖妣〔五〕，以洽百禮〔六〕。降福孔皆〔七〕。

【注】

〔一〕黍，小米。稌（tú途），稻也。

〔二〕廩，米倉。

〔三〕億，周代十萬爲億。及，疑當作乆，古厥字。秭（zǐ子），容量單位，具體數量未詳。萬億厥秭，猶今語萬石億石。

〔四〕醴，甜酒。

〔五〕烝，獻也。畀（bì幣），給予。祖妣，指各代男女祖先。

〔六〕洽，合也。烝祭宗廟，符合百禮所規定。

〔七〕孔，甚也。皆，徧也。此句言神降福很普遍。

【附録】

注〔三〕及，依詩意當作乆，古厥字。秭，當是米穀的量名。《曶鼎銘》：「匡衆乆臣廿夫寇曶禾十秭。以匡季告東宮。……東宮迺曰：『賞（償）曶禾十秭，遺十秭，爲廿秭。□來歲弗賞，則付册秭。』……曶尋匡廿秭。」秭是禾的數量名，更爲明確。其數量則未詳。

有瞽

這篇是周王大合樂於宗廟所唱的樂歌。大合樂於宗廟是把各種樂器會合一起奏給祖先聽，爲祖先開個盛大的音樂會。周王和羣臣也來聽。據《禮記・月令》，每年三月舉行一次。

有瞽有瞽〔一〕，在周之庭〔二〕。設業設虡〔三〕，崇牙樹羽〔四〕，應田縣鼓〔五〕，鞉磬柷圉〔六〕，既備乃奏，簫管備舉〔七〕。喤喤厥聲〔八〕，肅雝和鳴〔九〕，先祖是聽。我客戾止〔一〇〕，永觀厥成〔一一〕。

【注】

〔一〕瞽，盲人。此是樂官，周代樂官用盲人充任。

〔二〕庭，指宗廟的大庭。

〔三〕設，陳列。業，懸鼓的木架。虡（jù巨），懸編鐘編磬的木架。

〔四〕崇牙，古時樂器架子横木上刻如鋸齒狀，用以懸掛一排大小不等的鐘磬，此鋸齒即崇牙。樹羽，在崇牙上插五采羽毛。

〔五〕應，鼓名，有四足，也叫作足鼓。田，鼓名，有木架，也叫作建鼓。一説：應、田，均是小鼓。縣，古懸字。懸鼓，懸掛起來的鼓。

〔六〕鞉（táo桃），搖鼓。磬，用玉或石做的板形打擊樂器。柷（zhù祝），樂器名，形似方斗，木製，以木具擊之作聲。圉（yǔ語），樂器名，形似伏虎，木製，背上刻成鋸齒形，以木具劃之作聲。周人擊柷以引樂，擊圉以止樂。

〔七〕簫，古代的簫似今之排簫。
〔八〕喤喤，聲音宏亮和諧。
〔九〕肅雝，形容聲音和諧。
〔一〇〕戾，至也。止，語氣詞。
〔一一〕成，成功。指樂曲終了。

潛

這篇是周王專用魚祭祀宗廟時所唱的樂歌。

猗與漆沮〔一〕，潛有多魚〔二〕，有鱣有鮪，鰷鱨鰋鯉〔三〕。以享以祀〔四〕，以介景福〔五〕。

【注】

〔一〕猗，讀爲漪，水波動貌。與，借爲歟，語氣詞。漆、沮，都是西周的水名，在今陝西省。
〔二〕潛，藏在水中。一説：潛，讀爲槮，水中積柴以捕魚爲槮。
〔三〕鱣（shān 毡），大鯉魚。鮪（wěi 委），魚名，似鯉。鰷，又名白條魚。鱨，又名揚魚，即黄頰魚。鰋，鮎魚。

〔四〕享，獻也。

〔五〕介，借爲丐，乞求。景，大也。

雝

這篇是周王祭祀宗廟後撤去祭品祭器所唱的樂歌。

有來雝雝〔一〕，至止肅肅〔二〕。相維辟公〔三〕，天子穆穆〔四〕。於薦廣牡〔五〕，相予肆祀〔六〕。假哉皇考〔七〕，綏予孝子〔八〕。宣哲維人〔九〕，文武維后〔一〇〕。燕及皇天〔一一〕，克昌厥後〔一二〕。綏我眉壽〔一三〕，介以繁祉〔一四〕。既右烈考〔一五〕，亦右文母〔一六〕。

【注】

〔一〕有，語助詞。來，指諸侯等來助祭時。雝雝，和也。

〔二〕至，指諸侯等到了宗廟。止，語氣詞。肅肅，敬也。

〔三〕相，助祭的人。辟，君也。辟公，指諸侯。

〔四〕天子，主祭的周王。穆穆，容止端莊恭敬。

〔五〕於，嗚，贊歎聲。薦，進也，獻上。廣，大也。牡，雄牲。

〔六〕予，周王自稱。肆，陳也，指陳列祭品。

〔七〕假，大也。皇考，對已死父親的美稱。

〔八〕綏，安撫。

〔九〕宣，明也。維，爲也。人，指人才。

〔一〇〕后，君也。此二句指周王爲人明哲，才兼文武。

〔一一〕燕，安也。此句言周王能治國利民，使上帝心安。

〔一二〕克，能也。昌，盛大。

〔一三〕綏，賞賜。眉壽，長壽。

〔一四〕介，助也。繁祉，多福。

〔一五〕右，佑也，保佑。烈考，對已死父親的美稱。

〔一六〕文母，有文德的母親。此二句指在天的父母之神都保佑我。

載見

這篇是諸侯來朝，並致祭周武王廟時所唱的樂歌。作於成王時代。

載見辟王〔一〕，曰求厥章〔二〕。龍旂陽陽〔三〕，和鈴央央〔四〕，鞗革有鶬〔五〕，休有烈光〔六〕。率見昭考〔七〕，以孝以享〔八〕，以介眉壽〔九〕。永言保之〔一〇〕，思皇多祜〔一一〕。烈文辟公〔一二〕，綏以多福〔一三〕，俾緝熙于純嘏〔一四〕。

【注】

〔一〕載，乃也。辟王，君王。

〔二〕曰，發語詞。章，典章，法制。

〔三〕陽陽，鮮明貌。

〔四〕和鈴，掛在車軾上的鈴稱和，掛在車衡上的鈴稱鈴。央央，鈴聲。

〔五〕鞗（tiáo條）革，馬繮繩。鶬，借爲瑲，玉相擊聲。鞗革上綴以玉，馬走則瑲瑲有聲。

〔六〕休，美也。烈，明亮也。

〔七〕率，領也。昭考，指武王。周制，王七廟，太祖居中，在東三廟爲昭，在西三廟爲穆。武王廟爲昭。此句言周王率領來朝的諸侯謁見周武王廟。

〔八〕享，獻祭。

〔九〕介，借爲丐，乞求。眉壽，長壽。

〔一〇〕言，讀爲焉。

〔一一〕思，發語詞。皇，借爲貺（kuàng況），賜也。祜（hù户），福也。

〔一二〕烈文，輝煌而有文德。辟公，指諸侯。

〔一三〕綏，賜也。

〔一四〕緝熙，奮發前進。純，大也。嘏（gǔ古），借爲固，堅固。此句言先王使辟公奮發前進達於非常堅固的境地。

【附録】

注〔一四〕純，鄭箋：「純，大也。」嘏，疑借爲固。純固言其家國極其鞏固。《小雅・天保》：「如山如阜，如岡如陵，如川之方至，以莫不增。」「如月之恒，如月之升，如南山之壽，如松柏之茂。」即純固。

有客

這篇是諸侯或其大臣來朝，將要回國，周王設宴餞行時所唱的樂歌。

有客有客〔一〕，亦白其馬。有萋有且〔二〕，敦琢其旅〔三〕。有客宿宿〔四〕，有客信信〔五〕。言授之縶〔六〕，以縶其馬〔七〕。薄言追之〔八〕，左右綏之〔九〕。既有淫威〔一〇〕，降福孔夷〔一一〕。

【注】

〔一〕有，二有字均是語助詞。

〔二〕萋，借爲緀，綢緞上的花紋。且，借爲䊾（chǔ楚），五采鮮明。此句描寫來客的服飾。

〔三〕敦，通雕。旅，衆也，指客人的隨從。此句指客人的隨從衣服都繡着似雕似琢的花紋。

〔四〕宿，住一夜。宿宿，住二夜。

〔五〕信，住二夜。信信，住四夜。

〔六〕言，讀爲焉，乃也。縶，繩也。

〔七〕縶，此縶字是用繩子絆住馬足。此二句指周王派人用繩子絆住客人的馬，挽留他們。

〔八〕薄，急忙。

〔九〕綏，賜也。此二句指周王派人追上客人，贈賜禮物。

〔一〇〕淫，大也。

〔一一〕孔，甚也。夷，平安。此二句指周王對於諸侯，既有大威，又降以福使他們很平安。恩威並用之意。

【附録】

注〔二〕萋，借爲緀。《説文》：「緀，帛文貌。」且，借爲䲋。《説文》：「䲋，合五采鮮色。」緀䲋與下句「敦琢」義相應。

武

《武》是《大武》舞曲的第二章，敘寫武王伐殷，取得勝利。（第一章爲《我將》）

於皇武王〔一〕，無競維烈〔二〕。允文文王〔三〕，克開厥後〔四〕。嗣武受之〔五〕，勝殷遏劉〔六〕，耆定爾功〔七〕。

【注】

〔一〕於，嗚，贊歎聲。皇，光耀。

〔二〕競，争也。維，以也。烈，功績。周人認爲武王伐殷並非争奪權利，而是止住了殷紂的屠戮生靈。

〔三〕允，誠然，信然。文，有文德。

〔四〕克，能也。此句言文王能爲其子孫開基創業。

〔五〕嗣，繼也。此句言嗣繼的武王接受文王的基業。

〔六〕遏，禁止。劉，殺戮。此句言武王戰勝殷國，止住了屠殺。

〔七〕耆，致也，做到。定，成也。爾，指武王。

閔予小子之什

閔予小子

《閔予小子》、《訪落》、《敬之》、《小毖》四篇，似是一篇的四章，是周成王所作的悔過詩。周武王滅殷，封殷紂王的兒子武庚於殷地，命管叔、蔡叔監視他。武王死，成王立爲王，年幼，由叔父周公代管國政。管叔等散布流言，説周公要篡位，成王也懷疑周公。周公爲了避嫌，領兵到東方去了。不久，武庚、管叔、蔡叔和徐國、奄國背叛周王朝，成王覺悟，迎回周公。周公領兵東征，平了叛亂。成王在武庚等叛變以後，認識到自己懷疑周公的錯誤，因作這篇詩，表示悔過，以告於文王武王宗廟。詩分四章，今本《周頌》誤分爲四篇。

閔予小子〔一〕，遭家不造〔二〕，嬛嬛在疚〔三〕。於乎皇考〔四〕！永世克孝〔五〕。念茲皇祖〔六〕，陟降庭止〔七〕。維予小子，夙夜敬止。於乎皇王〔八〕！繼序思不忘〔九〕。

【注】

〔一〕閔，通憫，憐念。小子，成王年幼，自稱小子。

〔二〕造，當讀爲穀，吉。不穀即不吉、不幸。

〔三〕嬛（qióng 窮）嬛，孤獨憂傷貌。疚，病也，災難。

〔四〕於乎，嗚呼，歎息聲。皇考，指武王。

〔五〕永世，一輩子。克，能也。

〔六〕茲，此也。皇祖，指文王。

〔七〕陟（zhì 至），升也。止，語氣詞。此句言文王之神常常升降於王庭。

〔八〕皇王，兼指文王、武王。

〔九〕序，緒也，業也。此句言不忘繼承文武的事業。

訪落

這篇也是周成王所作的悔過告廟的詩。

訪予落止〔一〕，率時昭考〔二〕。於乎悠哉〔三〕，朕未有艾〔四〕，將予就之〔五〕，繼猶判渙〔六〕。維予小子〔七〕，未堪家多難。紹庭上下〔八〕，陟降厥家〔九〕。休矣皇考〔一〇〕，以明保其身〔一一〕。

【注】

〔一〕予，成王自稱。落，借爲略，謀略，策略。止，語氣詞。

〔二〕率，遵循。時，是也。昭考，指武王。此二句言：問我的謀略，只有遵循武王。

〔三〕於乎，嗚呼，歎息聲。悠，憂也。

〔四〕朕，我也。艾，相也，輔佐。

〔五〕將，扶也。就，趨赴。此二句言：我没有輔佐，扶助我走上武王的道路上來。

〔六〕猶，同猷，謀略。判渙，徘徊不進。此句言我要繼承武王的謀略，但尚徘徊不進。

〔七〕小子，成王年幼，自稱小子。
〔八〕紹，借爲詔，告也。上下，指上下級衆官吏。
〔九〕陟（zhì至），升也。由家上朝爲陟，下朝回家爲降。此句告戒百官按時理政。
〔一〇〕休，美也。皇考，指武王。
〔一一〕明，察也。此句言武王在保佑百官。

【附録】

注〔四〕艾，按《爾雅·釋詁》：「艾，相也。」

注〔一一〕明，林義光《詩經通解》：「明，亦保也。」可備一說。

敬之

這也是周成王所作的悔過告廟的詩。

敬之敬之，天維顯思〔一〕，命不易哉〔二〕。無曰高高在上〔三〕，陟降厥士〔四〕，日監在兹〔五〕。維予小子〔六〕，不聰敬止〔七〕。日就月將〔八〕，學有緝熙于光明〔九〕。佛時仔肩〔一〇〕，示我顯德行〔一一〕。

【注】

〔一〕維，是也。顯，明察。思，語氣詞。

〔二〕命不易，指天命不易常保不變。

〔三〕高高在上，指上帝高在天上。

〔四〕陟，升也。厥，其也，指上帝。士，指上帝的使者。此句言上帝常派他的使者升降於天地之間。

〔五〕監，察。茲，此也。此句言上帝的使者天天在這裏監察我們。

〔六〕小子，成王年幼，自稱小子。

〔七〕敬，讀爲警。止，語氣詞。此句言我不聰明，不警惕（指誤信管蔡的流言）。

〔八〕就，前往。將，行也。

〔九〕緝熙，奮發前進。此二句言：我將奮發學習，堅持不懈，以期至於心明眼亮。

〔一〇〕佛（bì必），通弼，大也。時，是也。仔肩，負擔責任。此句言重大呀，我的這個責任。

〔一一〕顯，明也。此句指請羣臣示我以光明之德行。

小毖

這也是周成王所作的悔過告廟的詩。

予其懲而毖後患〔一〕，莫予荓蜂〔二〕，自求辛螫〔三〕。肇允彼桃蟲〔四〕，拚飛維鳥〔五〕，未堪家多難，予又集于蓼〔六〕。

【注】

〔一〕予，成王自稱。懲，戒也，警戒以往的錯誤。毖，謹慎。

〔二〕荓，借爲抨，擊也。莫予荓蜂，即予莫荓蜂。

〔三〕辛螫（zhē遮），毒蟲刺人。此二句言：我不要去打蜂，自己招致蜂子的刺螫。比喻不去討伐武庚管蔡等，自己招致禍亂。

〔四〕肇，發語詞。允，讀爲似。桃蟲，鳥名，極小，又名鷦鷯。

〔五〕拚（fān翻），通翻，上下飛翔。成王把自己比作小鳥，表示他年幼。

〔六〕蓼，水草名，高二三尺，莖有節，秋天開紅白花，根莖葉均有辣味。成王以桃蟲落在蓼上比喻自己落入困境，所以要迎回周公。

載芟

這篇是周王在秋收以後，用新穀祭祀宗廟時所唱的樂歌。

載芟載柞〔一〕，其耕澤澤〔二〕。千耦其耘〔三〕，徂隰徂畛〔四〕。侯主侯伯〔五〕，侯亞侯旅〔六〕，侯彊侯以〔七〕。有嗿其饁〔八〕，思媚其婦〔九〕，有依其士〔一〇〕。有略其耜〔一一〕，俶載南畝〔一二〕。播厥百穀，實函斯活〔一三〕。驛驛其達〔一四〕，有厭其傑〔一五〕。厭厭其苗〔一六〕，緜緜其麃〔一七〕。載穫濟濟〔一八〕，有實其積，萬億及秭〔一九〕。爲酒爲醴〔二〇〕，烝畀祖妣〔二一〕，以洽百禮〔二二〕。有飶其香〔二三〕，邦家之光。有椒其馨〔二四〕，胡考之寧〔二五〕。匪且有且〔二六〕，匪今斯今，振古如兹〔二七〕。

【注】

〔一〕載，乃也。芟，除草。柞，砍樹。

〔二〕澤澤，讀爲釋釋，土解開貌。

〔三〕耦，二人並耕。

〔四〕徂，往也。隰（xí席），新開墾的田。畛，田間小路。

〔五〕侯，發語詞。主，指農奴的家長。伯，長子。

〔六〕亞，次也，指長子以下的兄弟們。旅，衆也，指晚輩。

〔七〕彊，當讀爲臧，男奴。以，當作攸。攸是古奴字，指女奴。

〔八〕嗿（tān坦），衆食聲。饁（yè葉），送到田間的飲食。

〔九〕思，發語詞。媚，美好。

〔一〇〕依，衆多。士，男子的通稱。
〔一一〕略，通詧，鋒利。耜（sì飼），犂頭。
〔一二〕俶，起土。載，翻草。
〔一三〕實，指種籽。函，含也，穀種含在土裏。斯，乃也。
〔一四〕驛驛，讀爲繹繹，接連不斷。達，幼苗冒出地面的樣子。
〔一五〕厭，美好貌。傑，特出的禾苗。
〔一六〕厭厭，禾苗整齊茂盛貌。
〔一七〕緜緜，連綿不斷貌。麃（biāo鑣），借爲穮（biāo標），禾穀的稍末叫作穮，即穗。
〔一八〕濟濟，衆多貌。
〔一九〕億，周代十萬爲億。及，當作𠆢，古厥字，其也。秭，米穀的量名。
〔二〇〕醴，甜酒。
〔二一〕烝，獻上。畀（bì必），給予。
〔二二〕洽，合也。
〔二三〕飶（bì必），食物的香氣。
〔二四〕椒，香氣濃厚。馨，散播很遠的香氣。
〔二五〕胡考，壽考。寧，安寧。豐收則老年人安寧。

〔二六〕匪，非。且，此也，指祭事。此句指不是從我們這次才有祭事，以往早就有的。

〔二七〕振古，自古。此二句言：不是今天如此，而是自古以來即如此做的。

【附録】

注〔七〕彊、以，當指奴隸。彊，讀爲臧。《方言》三：「臧獲，奴婢賤稱也。荆淮海岱雜齊之間，罵奴曰臧，罵婢曰獲。」以，當作伖，形似而誤。《説文》：「伖，古文奴。」奴與伯、旅押韻。

注〔一〇〕依，王引之《經義述聞》：「依之言殷也。」依當讀爲殷。《廣雅·釋詁》：「殷，衆也。」

良耜

這篇是周王在秋收以後，用新穀祭祀社（土神）稷（穀神）所唱的樂歌。

畟畟良耜〔一〕，俶載南畝〔二〕。播厥百穀，實函斯活〔三〕。或來瞻女〔四〕，載筐及筥〔五〕。其饟伊黍〔六〕，其笠伊糾〔七〕。其鎛斯趙〔八〕，以薅荼蓼〔九〕。荼蓼朽止〔一〇〕，黍稷茂止。穫之挃挃〔一一〕，積之栗栗〔一二〕。其崇如墉〔一三〕，其比如櫛〔一四〕。以開百室〔一五〕，百室盈止，婦子寧止。殺時犉牡〔一六〕，有捄其角〔一七〕。以似以續〔一八〕，續古之人〔一九〕。

【注】

〔一〕畟（cè 測）畟，耕犂翻土前進貌。

〔二〕俶，起土。載，翻草。

〔三〕實，指種籽。函，含也。穀種含在土裏。斯，乃也。

〔四〕瞻，借爲鲇（niān拈），拿飯給人吃。女，汝。

〔五〕載，持也。筐、筥（jǔ舉），方筐稱筐，圓筐稱筥。

〔六〕饟，即餉，送來的食物。伊，是也。

〔七〕笠，笠帽。糾，編織貌。

〔八〕鎛（bó博），鋤也。趙，讀爲削，鋒利。

〔九〕薅（hāo蒿），除草。荼，草名。蓼，草名。

〔一〇〕朽，腐爛。止，語氣詞。

〔一一〕挃（zhì至）挃，割莊稼的聲音。

〔一二〕栗栗，衆多。

〔一三〕墉，城牆。

〔一四〕比，密也。櫛，今名篦子。此句言莊稼垛密密地排列如篦齒一般。

〔一五〕室，指裝糧食的屋子。

〔一六〕時，是也，這個。犉（rún），牛七尺爲犉。牡，公牛。

〔一七〕捄，借爲觩，獸角彎曲貌。

〔一八〕似，借爲嗣，繼續。

〔一九〕古之人，指社神和稷神。社神名后土，原是古代在治土方面有貢獻的人。稷神名后稷，原是古代在種穀方面有貢獻的人。後人治土種穀要效法他們，所以説續古之人。

【附録】

注〔一六〕犉，馬瑞辰《毛詩傳箋通釋》：「《爾雅·釋畜》：『牛七尺爲犉。』」

絲衣

這篇是周王舉行養老之禮所唱的樂歌。周王每年設宴請貴族和士階層的老年人吃一次，叫作養老。

絲衣其紑〔一〕，載弁俅俅〔二〕。自堂徂基〔三〕，自羊徂牛〔四〕，鼐鼎及鼒〔五〕。兕觥其觩〔六〕。旨酒思柔〔七〕。不吴不敖〔八〕，胡考之休〔九〕。

【注】

〔一〕紑（fóu），衣服鮮潔貌。

〔二〕載，借爲戴。弁，一種帽子，圓頂，革或布製。俅俅，恭順貌。此二句寫周王的衣帽。

〔三〕徂，往也。基，牆根。

〔四〕自羊徂牛，指周王巡視供食用的牛羊。

〔五〕鼐，疑當作鼏（mì密），形似而誤，蓋覆也。鼒（zī資），小鼎。此句言周王親手蓋一蓋大鼎小鼎。

〔六〕兕觥（gōng肱），一種飲酒器，形似伏着的兕牛。觩，獸角彎曲貌。

〔七〕旨酒，美酒。思，猶斯也。柔，酒味柔和。

〔八〕吴，大聲説話。敖，借爲傲，傲慢。此句指周王特别尊敬老人。

〔九〕胡考，壽考。休，美也。

【附録】

注〔五〕此句無動詞，不成一句。鼐當作鼏。玉篇：「鼏，鼎蓋也。」此用做動詞，即把鼎蓋上。

酌

《酌》是《大武》舞曲的第五章，敍寫周公召公領兵伐殷，取得勝利的事。

於鑠王師〔一〕，遵養時晦〔二〕。時純熙矣〔三〕，是用大介〔四〕。我龍受之〔五〕。蹻蹻王之造〔六〕，載用有嗣〔七〕，實維爾公允師〔八〕。

【注】

〔一〕於，嗚，歎息聲。鑠（shuò 朔），通爍，輝煌。

〔二〕遵，屯聚。遵養，把兵屯聚起來加以教養訓練。時晦，時代黑暗，指殷紂王統治末年。此句指王師屯聚不動而養之，由於那個時代是黑暗的。

〔三〕純，大也。熙，光明。

〔四〕介，疑借爲捷，勝也。大捷，指打敗殷紂王。一説：介，善也，吉也。大介即大吉，指取得巨大勝利。

〔五〕我，武王自稱。龍，借爲寵，榮也。受之，承受殷朝的王業。

〔六〕蹻蹻，勇武貌。造，讀爲曹，衆也。指士兵。

〔七〕載，乃也。嗣，讀爲司。有司，文武官吏的通稱。此句指武王任命王師的將官。

〔八〕爾，你。爾公，指周公、召公。允，當作充，形近而誤，充借爲統。統師，統領王師。武王伐殷，統領周兵的將帥是周公、召公，周和庸、蜀、羌、髳、微、盧、彭、濮的聯軍統帥當是吕望（姜太公）。

【附録】

注〔二〕遵，借爲僔。《説文》：「僔，聚也。」

注〔八〕允，當作充。充借爲統。充、統古通用。《禮記・儒行》：「不充詘於富貴。」鄭注：

「充或爲統。」便是例證。

桓

《桓》是《大武》舞曲的第六章，敍寫武王滅殷平南後班師還朝的太平景象。

綏萬邦〔一〕，婁豐年〔二〕。天命匪解〔三〕。桓桓武王〔四〕，保有厥士〔五〕，于以四方〔六〕，克定厥家〔七〕。於昭于天〔八〕，皇以間之〔九〕。

【注】

〔一〕綏，安也。

〔二〕婁，讀爲屢（《左傳·宣公十二年》引作屢）。

〔三〕匪，非。解，離去。此句言天命不離開周朝。

〔四〕桓桓，威武貌。

〔五〕士，當作土，形似而誤。

〔六〕以，有也。有四方是説征服了別國。

〔七〕克，能也。

〔八〕於，嗚，歎息聲。昭，明。于，猶乎。

〔九〕皇，顯明。閒，監察。

【附録】

注〔五〕士，惠棟《毛詩古義》：「士當爲土之誤字。」馬瑞辰《毛詩傳箋通釋》同。

注〔九〕皇，借爲煌，明也。閒借爲瞯。視也。

賚

《賚》是《大武》舞曲的第三章，敘寫武王征伐南國是爲了天下太平。

文王既勤止〔一〕，我應受之〔二〕。敷時繹思〔三〕，我徂維求定〔四〕。時周之命〔五〕，於繹思〔六〕。

【注】

〔一〕止，語氣詞。

〔二〕我，武王自稱。應，承也。此句言我承受文王的基業。

〔三〕敷，讀爲普。時，世也。繹，借爲懌，喜悦。思，語氣詞。此句言普天下都喜悦周朝。

〔四〕徂，往也。此句言我前往征伐南國，是求天下安定。

〔五〕時，借爲承，奉也。

〔六〕於，嗚，贊嘆聲。此二句指各國遵奉周朝的命令，是心悦誠服的。

【附録】

注〔三〕敷，林義光《詩經通解》：「敷借爲溥。溥，普也。」繹，借爲懌，喜悦也。繹懌古通用，《大雅·板》「辭之懌矣」。《説苑·善説》引懌作繹，便是例證。

注〔五〕時，馬瑞辰《毛詩傳箋通釋》：「時與承古通用。」《説文》：「承，奉也。」

般

《般》是《大武》舞曲的第四章，敘寫武王平服南國後大一統的景象。

於皇時周〔一〕，陟其高山〔二〕，嶞山喬嶽〔三〕，允猶翕河〔四〕。敷天之下〔五〕，裒時之對〔六〕，時周之命〔七〕。

【注】

〔一〕於，嗚，贊歎聲。皇，大也。時，是也。

〔二〕陟（zhì至），登也。

〔三〕嶞（duò剁），狹長的小山。喬，高大。

〔四〕允，借爲沇（yǎn兖），水名，濟水的別稱。猶，借爲湭（qiú酋），水名，在西周境内。翕

（xì），合也。河，黃河。沇湭二水都流入黃河，所以說沇湭翕河。上三句言：登上西周的高山一望，便望見小山高岳、東方的沇水和西方的湭水滙合於黃河。此寫周國幅員的廣闊。

〔五〕敷，讀爲普。

〔六〕裒（póu 抔），包括。時，世也。對，封疆，邊界。裒時之對，包括當今各諸侯國的疆界。

〔七〕時，借爲承，奉也。

【附録】

注〔四〕允、猶，都應是水名。允借爲沇。《尚書・禹貢》：「導沇水東流爲濟，入于河。」是沇即濟水的上游。猶借爲湭。《集韻》：「湭，水名，在雍州。」

注〔六〕裒，即古褎字。用衣裹物爲褎，即包括之包。對，封疆也。

魯頌

駉

這是魯僖公的大臣所作的養馬歌，描寫公家馬的盛壯，並警告養馬的官吏和奴僕要好好地養馬。

一

駉駉牡馬〔一〕，在坰之野〔二〕。薄言駉者〔三〕：有驈有皇〔四〕，有驪有黃〔五〕，以車彭彭〔六〕。思無疆〔七〕，思馬斯臧〔八〕。

二

駉駉牡馬，在坰之野。薄言駉者：有騅有駓〔九〕，有騂有騏〔一〇〕，以車伾伾〔一一〕。思無期〔一二〕，思馬斯才〔一三〕。

三

駉駉牡馬，在坰之野。薄言駉者：有驒有駱〔一四〕，有駵有雒〔一五〕，以車繹繹〔一六〕。思無斁〔一七〕，思馬斯作〔一八〕。

四

駉駉牡馬，在坰之野。薄言駉者：有駰有騢〔一九〕，有驔有魚〔二〇〕，以車祛祛〔二一〕。思無邪〔二二〕，思馬斯徂〔二三〕。

【注】

〔一〕駉（jiōng 扃）駉，馬肥壯貌。牡，《釋文》：「牡本或作牧。」《顔氏家訓・書證》：「江南書皆爲牝牡之牡，河北本悉爲放牧之牧。」按當作牧馬，即放牧的馬。

〔二〕坰（jiōng 扃），遥遠也。迥之野，遥遠的野地。

〔三〕薄，《廣雅・釋詁》：「薄，聚也。」言，讀爲焉。薄焉即聚而成羣。

〔四〕驈（yù 浴）、皇，毛傳：「驪馬白跨（胯）曰驈。黄白曰皇。」亨按：此説很難理解。驈之名疑出于鷸。《爾雅・釋鳥》：「翠，鷸。」鷸即翡翠的别名。馬的毛色似翡翠，所以名鷸。皇之名疑出于蝗。蝗蟲灰黄色。馬的毛色似蝗，所以名蝗。

〔五〕驪，純黑色的馬。黄，純黄色的馬。

〔六〕以車，猶拉車。彭彭，馬强壯有力貌。

〔七〕思無疆，指養馬者想要永遠保持子孫世襲的利益，把馬養好，以免失去職位。

〔八〕斯，猶之也。下三章同。臧，善也。此句指牧馬者一心想把馬養好。

〔九〕騅（zhuī追）、駓，毛傳：「蒼白雜毛曰騅。黄白雜毛曰駓。」亨按：騅之名疑出于鵻，鵻即鴿子，色蒼白。馬的毛色似鵻，所以名騅。駓之名疑出于羆，駓羆一聲之轉。《爾雅・釋獸》：「羆如熊，黄白文。」馬的毛色似羆，所以名駓。

〔一〇〕騂（xīn辛），赤色馬。騏，青黑色有如棋盤格子紋的馬。

〔一一〕伾伾，有力貌。

〔一二〕無期，猶無疆也。

〔一三〕才，才能。

〔一四〕驒（tuó駝）、駱，毛傳：「青驪驎（鱗）曰驒。白馬黑鬣曰駱。」亨按：驒之名出于鼉。《説文》：「驒，青驪白鱗，文如鼉魚。」駱之名出于鷺。馬身的毛色白似鷺，所以名駱。

〔一五〕駵（liú留）、雒（luò洛），毛傳：「赤身黑鬣曰駵。黑身白鬣曰雒。」亨按：駵與騮同。騮之名出于榴。馬身的毛色紅似榴花，所以名駵。雒之名疑出于燕烏。《小爾雅・釋鳥》：「純黑而反哺者謂之烏，小而腹下白、不反哺者謂之雅烏，白項而羣飛者謂之燕烏。」燕烏合音爲雒（古音）。雒馬的毛色似燕烏，所以名雒。

〔一六〕繹繹，善走也。

〔一七〕斁（yè亦），厭也。思無斁，指牧馬者思想上始終不厭倦。

〔一八〕作，生也。此句言牧馬者希望馬大量繁殖。

〔一九〕駰、騢（xiá霞），毛傳：「陰（黔）白雜毛曰駰，彤白雜毛曰騢。」亨按：駰之名出于䍠。《説文》：「䍠，黑羊。」駰馬黑色雜有白毛，成淺黑色，似䍠羊，所以名駰。騢之名出于霞，霞是赤色夾有白色。騢的毛色似霞，所以名騢。

〔二〇〕驔（diàn店），《説文》：「驔，驪馬黄脊。」亨按：驔之名疑出于鱏（xún旬）。《玉篇》：「鱏，鮪也。」陸疏：「鮪，似鱣而青黑。」蓋鮪魚頭上有鰭，黄色。驔的毛色似鱏，所以名驔。魚，當是馬灰白色而有魚鱗文，所以名魚。

〔二一〕祛祛，毛傳：「祛祛，强健也。」

〔二二〕邪，指養馬者盜賣馬草馬料的行爲。《商君書・楚使》：「今夫騶虞以相監，不可，事合而利異也。若使馬焉能言，則騶虞無所逃其惡矣，利異也。」騶虞即養馬的官，其惡就是騶虞盜賣馬草馬料的行爲。思無邪，言養馬者不作這種邪事。

〔二三〕徂，借爲駔（zǔ），駿馬也。

有駜

這首詩描寫貴族官僚辦事與宴飲的生活，有頌德祝福的意味。

一

有駜有駜〔一〕，駜彼乘黄〔二〕。夙夜在公〔三〕，在公明明〔四〕。振振鷺〔五〕，鷺于下〔六〕。鼓咽咽〔七〕，醉言舞〔八〕。于胥樂兮〔九〕。

二

有駜有駜，駜彼乘牡〔一〇〕。夙夜在公，在公飲酒。振振鷺，鷺于飛。鼓咽咽，醉言歸。于胥樂兮。

三

有駜有駜，駜彼乘駽〔一一〕。夙夜在公，在公載燕〔一二〕。自今以始歲其有〔一三〕，君子有穀詒孫子〔一四〕。于胥樂兮。

【注】

〔一〕駜（bì 必），馬肥壯力强貌。

〔二〕乘，四馬爲乘。黄，黄馬。

〔三〕公，辦公的處所。

〔四〕明明，明察也。又王念孫説：「明明，勉也。」（王引之《經義述聞》引）也通。

〔五〕振振，羣飛貌。

〔六〕鷺于下，白鷺翩然向水邊飛去。
〔七〕咽咽，形容有節奏的鼓聲。
〔八〕言，猶焉。醉焉舞，猶醉而舞。
〔九〕于，當讀爲吁。胥，皆也。
〔一〇〕牡，公馬。
〔一一〕駽（xuān 宣），青黑色的馬。
〔一二〕載，猶則也。燕，通宴。
〔一三〕有，豐收。
〔一四〕穀，俸禄也。詒，通貽，留給。此句言貴族有禄位留給子孫。

泮水

這是歌頌魯僖公的詩。主要内容是魯僖公派兵征伐淮夷，取得勝利；羣臣在泮宫報告戰功，淮夷派使者來朝進貢。詩人大力頌揚僖公的才略與美德。

一

思樂泮水〔一〕，薄采其芹〔二〕。魯侯戾止〔三〕，言觀其旂〔四〕。其旂茷茷〔五〕，鸞聲噦噦〔六〕。無小無大〔七〕，從公于邁〔八〕。

二

思樂泮水，薄采其藻〔九〕。魯侯戾止，其馬蹻蹻〔一〇〕。其馬蹻蹻，其音昭昭〔一一〕。載色載笑〔一二〕，匪怒伊教〔一三〕。

三

思樂泮水，薄采其茆〔一四〕。魯侯戾止，在泮飲酒。既飲旨酒，永錫難老〔一五〕。順彼長道，屈此羣醜〔一六〕。

四

穆穆魯侯〔一七〕，敬明其德〔一八〕，敬慎威儀，維民之則〔一九〕，允文允武〔二〇〕，昭假烈祖〔二一〕。靡有不孝〔二二〕，自求伊祜〔二三〕。

五

明明魯侯，克明其德。既作泮宮，淮夷攸服〔二四〕。矯矯虎臣〔二五〕，在泮獻馘〔二六〕。淑問如皋陶〔二七〕，在泮獻囚。

六

濟濟多士〔二八〕，克廣德心〔二九〕。桓桓于征〔三〇〕，狄彼東南〔三一〕。烝烝皇皇〔三二〕，不吴不揚〔三三〕。不告于訩〔三四〕，在泮獻功。

七

角弓其觩〔三五〕，束矢其搜〔三六〕。戎車孔博〔三七〕，徒御無斁〔三八〕。既克淮夷〔三九〕，孔淑不逆〔四〇〕。式固爾猶〔四一〕，淮夷卒獲〔四二〕。

八

翩彼飛鴞〔四三〕，集于泮林〔四四〕，食我桑黮〔四五〕，懷我好音〔四六〕。憬彼淮夷〔四七〕，來獻其琛〔四八〕，元龜象齒〔四九〕，大賂南金〔五〇〕。

【注】

〔一〕思，發語詞。泮水，古時學宫前的水池，狀如半月形。舊説：諸侯所設的貴族學校叫泮宫。泮宫東西門以南有水池，以北築牆。一半有水，所以呼爲泮宫。亨按：根據記載，只魯國有泮水，别國没有。

〔二〕薄，急忙也。芹，水芹菜。

〔三〕戾，至也。止，語氣詞。

〔四〕言，猶爰，乃也。旂，一種畫有蛟龍的旗。

〔五〕茷（pèi 配）茷，旌旗飄動貌。

〔六〕鸞，通鑾，車鈴。噦（huì 滙）噦，有節奏的鈴聲。
〔七〕無小無大，指不論小官大官。
〔八〕公，指魯僖公。于，猶以也。邁，行也。此二句指小大官員都跟着僖公走。
〔九〕藻，水藻。
〔一〇〕蹻蹻，馬强壯勇武貌。
〔一一〕其音，指魯侯的語聲。昭昭，響亮也。
〔一二〕載，猶則也。色，和顔悦色。
〔一三〕匪，非。伊，是也。此句言魯侯不是對人發怒，而是教訓大家。
〔一四〕茆（mǎo 卯），水草名，嫩葉可食，江南呼爲蒪（chún 純）菜。
〔一五〕錫，賜。難老，不易老，即長壽。
〔一六〕屈，征服。醜，古語呼敵人爲醜，此指淮夷。此二句言：魯侯派兵順着通往淮夷的大道，征服了淮夷。
〔一七〕穆穆，儀表美好，容止端莊恭敬。
〔一八〕敬，古語所謂敬常是努力之義。此句言魯侯努力修明其德行。
〔一九〕則，法則，榜樣。
〔二〇〕允，猶能也。

〔一二〕昭，猶禱也。假，借爲嘏，福也。烈，通列。列祖，列代祖先。

〔一三〕靡有不孝，指對列祖無不孝敬。

〔一三〕伊，猶此也。祜（hù户），福也。

〔一四〕淮夷，古族名，周時分布於今淮河下游一帶。攸，乃也。此二句言在泮宮築成的時候，淮夷降服。

〔一五〕矯矯，勇武貌。

〔一六〕馘（guó國），古代戰争割下敵屍的左耳以計功叫馘，此指所割下的左耳。

〔一七〕淑，善也。問，指審訊俘虜。臯陶（yáo遥），相傳是堯舜時代的掌刑獄的官。

〔一八〕濟濟，衆多貌。多士，衆戰士。

〔一九〕克，能也。德心，善意也。

〔二〇〕桓桓，威武的樣子。于，往也。征，指征伐淮夷。

〔二一〕狄，當作剔，剪除也。東南，指淮夷。

〔二二〕烝烝皇皇，美盛貌。此句是刻畫多士。

〔二三〕吴，《释文》引王肅《毛詩音》吴作誤。不誤，言戰略戰術不錯誤。揚，借爲傷。不傷言在戰争中不損兵折將。

〔二四〕告，疑借爲造，至也。訩，當讀爲凶。不造于凶，言在戰争中不至于失敗而遭凶禍。

〔三五〕角弓，兩頭鑲有牛角的弓。觩，弓彎曲的樣子。

〔三六〕束矢，一捆箭。搜，矢多貌。一説：矢勁貌。

〔三七〕戎車，兵車。孔博，很大。一説：博，多也。

〔三八〕徒，步兵。御，車夫。斁（dù 妒），敗也。

〔三九〕克，勝也。

〔四〇〕逆，不順也。此句言軍事行動很成功，没有不順利。

〔四一〕式，猶乃也。猶，同猷，謀也。此句言堅定你的謀劃。

〔四二〕卒，終也。獲，得也。此句言淮夷終被收服。

〔四三〕鴞（xiāo 枵），貓頭鷹。

〔四四〕泮林，泮宮中的樹林。

〔四五〕黮，通葚，桑果也。

〔四六〕懷，借爲饋，贈予也。音，指鴞的鳴聲。鴞音本不好，此言懷我好音，有改惡向善之意。以上四句以鴞鳥集于泮林比喻淮夷來朝于魯，以鴞鳥食我桑黮比喻淮夷使者受魯國的款待，以鴞鳥懷我好音比喻淮夷向魯國説順服的話。

〔四七〕憬，覺悟也。

〔四八〕琛（chēn），珍寶。

〔四九〕元龜，大龜。象齒，象牙。

〔五〇〕賂，俞樾《羣經平議》：「賂，借爲璐，玉也。」南金，南方出産的黄金。

閟宫

這也是一首歌頌魯僖公的詩。魯僖公派兵伐淮夷，取得勝利。依古禮以其戰功告祭祖廟。魯臣作此樂歌，在告祭時唱之。

一

閟宫有侐〔一〕，實實枚枚〔二〕。赫赫姜嫄〔三〕，其德不回〔四〕，上帝是依〔五〕，無災無害，彌月不遲〔六〕，是生后稷。降之百福〔七〕，黍稷重穋〔八〕，稙稺菽麥〔九〕，奄有下國〔一〇〕，俾民稼穡。有稷有黍，有稻有秬〔一一〕。奄有下土，纘禹之緒〔一二〕。

二

后稷之孫，實維大王〔一三〕，居岐之陽〔一四〕，實始翦商〔一五〕。至于文武〔一六〕，纘大王之緒，致天之届〔一七〕，于牧之野〔一八〕。「無貳無虞〔一九〕！上帝臨女〔二〇〕！」敦商之旅〔二一〕，克咸厥功〔二二〕。

三

王曰：「叔父〔二三〕，建爾元子〔二四〕，俾侯于魯〔二五〕，大啓爾宇〔二六〕，爲周室輔。」乃命魯公〔二七〕，俾侯于東〔二八〕，錫之山川〔二九〕，土田附庸〔三〇〕。

四

周公之孫，莊公之子〔三一〕，龍旂承祀〔三二〕，六轡耳耳〔三三〕，春秋匪解〔三四〕，享祀不忒〔三五〕。皇皇后帝〔三六〕，皇祖后稷，享以騂犧〔三七〕，是饗是宜〔三八〕，降福既多。周公皇祖，亦其福女〔三九〕。

五

秋而載嘗〔四〇〕，夏而楅衡〔四一〕，白牡騂剛〔四二〕。犧尊將將〔四三〕，毛炰胾羹〔四四〕，籩豆大房〔四五〕。萬舞洋洋〔四六〕，孝孫有慶〔四七〕。

六

俾爾熾而昌〔四八〕，俾爾壽而臧〔四九〕，保彼東方，魯邦是常〔五〇〕。不虧不崩，不震不騰〔五一〕，三壽作朋〔五二〕，如岡如陵〔五三〕。

七

公車千乘，朱英緑縢〔五四〕，二矛重弓〔五五〕。公徒三萬〔五六〕，貝冑朱綅〔五七〕，烝徒增增〔五八〕。戎狄是膺〔五九〕，荆舒是懲〔六〇〕，則莫我敢承〔六一〕。

八

俾爾昌而熾，俾爾壽而富，黄髮台背〔六二〕，壽胥與試〔六三〕。俾爾昌而大，俾爾耆而艾〔六四〕，萬有千歲〔六五〕，眉壽無有害〔六六〕。

九

泰山巖巖〔六七〕，魯邦所詹〔六八〕。奄有龜蒙〔六九〕，遂荒大東〔七〇〕，至于海邦〔七一〕，淮夷來同〔七二〕。莫不率從〔七三〕，魯侯之功。

十

保有鳧繹〔七四〕，遂荒徐宅〔七五〕。至于海邦，淮夷蠻貊〔七六〕。及彼南夷〔七七〕，莫不率從。莫敢不諾〔七八〕，魯侯是若〔七九〕。

十一

天錫公純嘏〔八〇〕，眉壽保魯，居常與許〔八一〕，復周公之宇〔八二〕。魯侯燕喜〔八三〕，令妻壽母〔八四〕。宜大夫庶士〔八五〕，邦國是有。既多受祉〔八六〕，黄髮兒齒〔八七〕。

十二

徂來之松〔八八〕，新甫之柏〔八九〕，是斷是度〔九〇〕，是尋是尺〔九一〕。松桷有舄〔九二〕。路寢孔碩〔九三〕。新廟奕奕〔九四〕，奚斯所作〔九五〕。孔曼且碩〔九六〕，萬民是若〔九七〕。

【注】

〔一〕閟（bì必），鄭箋：「閟，神也。」古人認爲宗廟是神之所在，所以稱爲祕宮。侐（xù恤），清静也。

〔二〕實實，廣大貌。枚枚，細密貌。指建築物上細緻的描畫雕刻。

〔三〕赫赫，顯耀貌。姜嫄，后稷的母親。

〔四〕回，邪僻。此句言姜嫄的品德純正。

〔五〕上帝是依，指姜嫄依靠上帝。

〔六〕彌月，滿月。

〔七〕降之百福，指上帝賜后稷以百福。但依下文，百福當作百穀，傳寫之誤。降之百穀即《大雅·生民》「誕降嘉種」之意。

〔八〕重，通穜（tóng童），先種後熟的農作物。穋（lù路），後種先熟的農作物。

〔九〕植，早種的穀類。穉，晚種的穀類。菽，豆也。此句言早種或晚種的豆與麥。

〔一〇〕奄，猶爰，乃也。此句言后稷乃有天下。

〔一一〕秬（jù巨），黑黍也。

〔一二〕纘，繼續。緒，事業。

〔一三〕大（dài 太）王，即文王的祖父古公亶父。

〔一四〕岐，岐山。陽，山的南面。太王由豳遷于岐山。

〔一五〕翦，滅除。

〔一六〕文武，周文王、周武王。

〔一七〕致，執行。屆，鄭箋：「屆，殛也。」即誅。此句指殷紂有罪，武王執行上帝的誅罰。

〔一八〕牧之野，即牧野，古地名，在今河南淇縣西南。武王領兵伐殷，與殷兵戰于牧野，打敗殷兵，因而滅殷。

〔一九〕貳，有二心也。虞，《廣雅·釋言》：「虞，驚也。」即畏懼。

〔二〇〕臨，監視。女，通汝，指伐殷的戰士。此二句乃武王在牧野誓師的話，言不要有貳心，不要畏怕，上帝在監視着你們。

〔二一〕敦，攻擊。旅，軍隊。

〔二二〕克，能也。咸，殺也。功，亨按：功字失韻，必是誤字。疑本作巨。巨與鐻通用。《廣雅·釋言》：「鐻，帥也。」此句言能斬殺殷軍的將帥。

〔二三〕王，周成王。叔父，成王稱周公。

〔二四〕建，立也。元子，長子，指周公的長子伯禽。

〔二五〕侯于魯，成王封伯禽爲魯侯。伯禽是魯國開國之君。

〔二六〕啓，開闢。宇，疆域。

〔二七〕魯公，指伯禽。

〔二八〕東，魯國在今山東南部，位于周之東。

〔二九〕錫，賜。

〔三〇〕附，借爲郛，外城，即郭。庸，借爲墉，城也。郛墉，即城郭。上二句言成王賜魯公以山河、土地、城郭。又《孟子·萬章下》：「天子之制地方千里，公侯皆方百里，伯七十里，子男五十里，凡四等，不能五十里不達於天子，附於諸侯，曰附庸。」據此，附庸是受諸侯統治的附屬國。《詩經》舊解均采用此説，也通。

〔三一〕莊公之子，即魯僖公。

〔三二〕承祀，繼承祭祀之禮。

〔三三〕轡，馬繮繩。古代一車駕四馬，兩匹内馬各一轡，兩匹外馬各兩轡，共有六轡。耳耳，華美貌。

〔三四〕匪，通非。解，通懈，怠惰。

〔三五〕享，祭也。忒，差誤。

〔三六〕皇皇，光明。后帝，上帝。

〔三七〕騂（xīn 辛），赤色。犧，祭神的牲稱犧。此句言用赤色犧牲祭祀后帝與后稷。

〔三八〕饗，以飲食獻神。宜，《爾雅·釋言》：「宜，肴也。」引申以肉獻神亦爲宜。
〔三九〕女，汝，指魯僖公。
〔四〇〕載，則也。嘗，秋祭之名。秋季以新穀獻給祖先，請祖先嘗新，所以名這種祭祀爲嘗。
〔四一〕楅（bì璧），猶縛也。衡，橫木。把橫木捆縛在牛角上爲楅衡。古代祭祀，先通過卜筮，選定一個牛牲，特别餵養牠，在牠的兩角間捆上橫木，以防牛角碰壞。夏而楅衡，以備秋嘗之用。
〔四二〕白牡，白色的公牛。剛，借爲犅（gāng剛），公牛。騂剛，赤色的公牛。
〔四三〕犧尊，古代銅質牛形的酒器。將將，同鏘鏘，形容銅器相觸聲。
〔四四〕炰（páo袍），燒也。毛炰，指帶毛燒熟的猪。胾（zì字）羹，肉湯。
〔四五〕籩，盛果脯的竹器。豆，古代一種形似高足盤的食器。大房，盛大塊肉的木格。
〔四六〕萬舞，古代一種舞的名稱。洋洋，形容盛大。
〔四七〕孝孫，指魯僖公。
〔四八〕爾，指僖公。熾，盛也。
〔四九〕臧，借爲壯，健康。
〔五〇〕常，守也。
〔五一〕震，動盪。騰，沸騰。此二句指魯國之鞏固猶如不壞不崩之山，不震不沸之水。
〔五二〕三壽，三等長壽之人，九十歲爲上壽，八十歲爲中壽，七十歲爲下壽。朋，猶侶也。此句言長壽之人作僖公的伴侣，説明僖公也是長壽。

〔五三〕岡，崗。陵，嶺也。此句言僖公之壽如崗嶺的長久。

〔五四〕英，纓也。朱英指矛上有紅色的纓。縢，繩也。緑縢指弓上纏着緑色的繩。

〔五五〕二矛，每輛兵車上插兩枝矛。重弓，每個戰士帶兩張弓。

〔五六〕徒，步兵。每輛兵車隨有徒兵約三十人，兵車千輛有徒兵三萬。

〔五七〕貝冑，飾有貝殼的頭盔。朱綅，紅綫。以朱色的綫把貝聯在盔上。又解：貝冑，盔上有貝形的花紋。朱綅，盔上有紅色綫條。

〔五八〕烝，衆也。增增，猶層層也。

〔五九〕戎狄，我國古代北方的二個民族。膺，馬瑞辰《毛詩傳箋通釋》：「膺，擊也。」

〔六〇〕荆，楚國。舒，國名，在今安徽廬江縣。《春秋·僖公三年》：「徐人取舒。」此詩作于僖公晚年，其時舒已成爲徐戎的屬國，與魯爲敵國。懲，罰也。

〔六一〕承，當，抵擋。

〔六二〕台背，疑即駘背。黄髮駘背都是年老的現象。

〔六三〕胥，皆也。與，給予。試，疑借爲貸，予也。此句言上帝都把壽賜予僖公。

〔六四〕耇，老也。艾，久也，年壽長久。

〔六五〕有，通又。

〔六六〕眉壽，長壽。

〔六七〕巖巖，高峻貌。

〔六八〕詹，馬瑞辰說：「詹，借爲瞻。《説苑·褋言篇》、《韓詩外傳》引並作瞻。」按瞻，仰望也。

〔六九〕奄，包括。龜，山名，在今山東新泰縣西南四十里。蒙，山名，在今山東蒙陰縣南。龜蒙二山均屬蒙山山系。

〔七〇〕荒，借爲撫，據而有之也。

〔七一〕邦，讀爲封。《小爾雅·廣詁》：「封，界也。」海封，猶海邊。

〔七二〕來同，猶來朝。

〔七三〕率從，相繼順服。

〔七四〕鳧，山名，在今山東鄒縣西南五十里。繹，又作嶧，山名，在今山東鄒縣東南。

〔七五〕徐，古國名，故城在今安徽泗縣北。徐宅，徐夷舊居之地。

〔七六〕蠻貊，古稱南方部族爲蠻，稱北方部族爲貊。但蠻貊有時是當時其它部族的通稱。

〔七七〕南夷，南方的各部族。

〔七八〕諾，答應，順從。

〔七九〕若，順也。此言都服從魯侯。

〔八〇〕純，大也。嘏，借爲祜，福也。純固，洪福。

〔八一〕常，地名。馬瑞辰説：「《國語·齊語》：『管子曰：以魯爲主，反其侵地堂、潛。』管子作常潛。則常邑曾見侵於齊，莊公時復歸於魯。」《左傳·莊公九年》：「管仲請囚，鮑叔受之，及堂阜而稅之。」杜注：「堂阜齊地。」詩文的常與《國語》的堂疑即堂阜，在今山東蒙陰縣西北三十里。許，地名。鄭箋：「許，許田也。」《左傳·隱公八年》：「鄭伯請……以泰山之祊易許田。」桓公元年：「鄭伯以璧假許田。」按許田在今山東臨沂縣西北五十五里，本是魯國的土地。鄭桓公做周王朝的司徒時，以王朝的勢力，强索魯國的祊邑，做爲他陪周王祭祀泰山的住所（即所謂湯沐邑）。春秋時，周王不祭祀泰山，鄭武公乃用祊邑和璧玉換得魯國的許田。這是因爲許田雖不與鄭國接壤，但距離鄭國較近，經營較爲方便。到僖公時又把許田取回來了。

〔八二〕宇，猶域也。魯是周公的封國，常與許原是魯國的土地，而常被齊國奪去，許被鄭國换去。現在收回這兩地，故説復周公之宇。

〔八三〕燕，安也。

〔八四〕令，善也。令妻，猶賢妻。

〔八五〕宜，猶善也。此句言僖公善待大夫衆士。

〔八六〕祉，福也。

〔八七〕兒齒，老人牙落後，又生新牙，是爲兒齒。這是長壽的現象。

〔八八〕徂來，山名，在今山東泰安縣東南四十里。

〔八九〕新甫，山名，在今山東新泰縣西北四十里，又名宮山，又名小泰山。
〔九〇〕度，馬瑞辰説：「度借爲剫。《説文》：『剫，判也。』伐木。」
〔九一〕尋，八尺。此處尋與尺都是動詞，指截成八尺長的和一尺長的。
〔九二〕桷（jué覺），方的椽子。舃（xì戲），大貌。
〔九三〕路寢，正室也。碩，大也。
〔九四〕新廟，即上文所謂閟宮，魯君的祖廟。奕奕，高大美盛貌。
〔九五〕奚斯，魯國大夫，是魯國的公子，所以又稱公子奚斯。奚斯所作，指祖廟由奚斯主持建成。
〔九六〕曼，長也。此句言廟又長又大。
〔九七〕若，順也。此句指廟貌莊嚴，萬民對它肅然起敬。

商頌

那

這篇是宋君祭祀祖先通用的樂歌。詩中稱被祭者爲烈祖（即列祖），稱祭者爲湯孫，便是明證。

猗與那與〔一〕，置我鞉鼓〔二〕。奏鼓簡簡〔三〕，衎我烈祖〔四〕。湯孫奏假〔五〕，綏我思成〔六〕。鞉鼓淵淵〔七〕，嘒嘒管聲〔八〕。既和且平，依我磬聲〔九〕。於赫湯孫〔一〇〕，穆穆厥聲〔一一〕。庸鼓有斁〔一二〕，萬舞有奕〔一三〕。我有嘉客，亦不夷懌〔一四〕。自古在昔，先民有作〔一五〕。温恭朝夕，執事有恪〔一六〕。顧予烝嘗〔一七〕，湯孫之將〔一八〕。

【注】

〔一〕猗那，即猗儺，同婀娜，摇擺的狀態。與，讀爲歟，語氣詞。

〔二〕置，讀爲持。鞉（táo 桃）鼓，摇鼓。

〔三〕簡簡，鞉鼓聲也。
〔四〕衎（kàn看），樂也。烈，當讀爲列。
〔五〕湯孫，商湯的子孫。指主祭的宋君。奏，進也。假，讀爲嘏，告也。奏嘏即禱告之意。
〔六〕綏，林義光《詩經通解》：「綏，讀爲遺。」遺，贈予。此句言列祖賜我理想中的成就。
〔七〕淵淵，鼓聲。
〔八〕嘒嘒，吹管的聲音。
〔九〕依我磬聲，指鼓管聲隨着擊磬聲而高下疾徐。
〔一〇〕於，烏，歎美聲。赫，顯赫也。
〔一一〕穆穆，美也。聲，名也。
〔一二〕庸，借爲鏞，大鐘也。斁（yì譯），音樂盛大貌。
〔一三〕萬舞，舞名。奕，舞態從容貌。
〔一四〕夷，讀爲恞。恞懌，喜悦。亦不夷懌，當作不亦夷懌，不是很高興嗎。一説：不通丕，大也。
〔一五〕有作，有所作爲。
〔一六〕恪（kè客），敬謹也。
〔一七〕顧，光顧。烝嘗，均是祭名。

〔一八〕將，奉獻。

烈祖

這篇也是宋君祭祀祖先通用的樂歌。

嗟嗟烈祖〔一〕，有秩斯祜〔二〕，申錫無疆〔三〕，及爾斯所〔四〕。既載清酤〔五〕，賚我思成〔六〕。亦有和羹〔七〕，既戒既平〔八〕。鬷假無言〔九〕，時靡有争〔一〇〕。綏我眉壽〔一一〕，黄耇無疆〔一二〕。約軧錯衡〔一三〕，八鸞鶬鶬〔一四〕，以假以享〔一五〕，我受命溥將〔一六〕。自天降康〔一七〕，豐年穰穰〔一八〕，來假來饗〔一九〕，降福無疆。顧予烝嘗〔二〇〕，湯孫之將〔二一〕。

【注】

〔一〕烈，當讀爲列。

〔二〕有，猶以也。秩，王引之《經傳釋詞》：「秩，大也。」斯，猶之也。祜（hù户），福也。

〔三〕申，重也。錫，賜。

〔四〕爾，指宋君。斯所，此處。此四句實爲一句，言列祖以大福，重重地賜予，没有止限，及于你處。

〔五〕載，陳，設置。酤，酒也。

〔六〕賚（lài賴），賜也。思成，想有所成就。
〔七〕和羹，調好的湯。
〔八〕戒，指司儀者提請參與祭禮的人們注意。平，肅静也。
〔九〕鬷假，即奏假（《禮記·中庸》引作奏假，《左傳·昭公二十年》引作鬷嘏），禱告也。此句指默默禱告。
〔一〇〕争，當借爲錚。《説文》：「錚，金聲也。」此指樂器的聲音。此句指祈禱時不奏樂。
〔一一〕綏，賜也。眉壽，長壽也。
〔一二〕黄耇（gǒu苟），長壽之稱。
〔一三〕約，用革纏束。軝（qí其），車軸兩端伸出輪外的部分。周代貴族的車以朱革纏軝。錯，花紋（一説：金黄色）。衡，車轅前端的横木，用以駕馬。
〔一四〕鸞，通鑾，車衡上的鈴。鶬鶬，鈴聲。
〔一五〕假，通格，來到。享，致祭。此言宋君到廟中致祭。
〔一六〕溥，廣也。將，大也。
〔一七〕康，安樂也。
〔一八〕穰穰，禾穀盛多貌。
〔一九〕來假來饗，指祖先之神來到廟中享受祭祀。

〔二〇〕顧，光顧。烝嘗，均是祭名。

〔二一〕湯孫，商湯的子孫。將，奉獻。

玄鳥

這篇是宋君祭祀殷高宗武丁時所唱的樂歌。敘述商的始祖契誕生的傳説以及成湯的立國爲王，歌頌武丁中興的功業。是一首簡單的史詩。

天命玄鳥〔一〕，降而生商〔二〕，宅殷土芒芒〔三〕。古帝命武湯〔四〕，正域彼四方〔五〕。方命厥后〔六〕，奄有九有〔七〕。商之先后，受命不殆〔八〕，在武丁孫子。武丁孫子，武王靡不勝〔九〕。龍旂十乘〔一〇〕，大糦是承〔一一〕。邦畿千里〔一二〕，維民所止〔一三〕。肇域彼四海〔一四〕，四海來假〔一五〕，來假祁祁〔一六〕。景員維河〔一七〕，殷受命咸宜，百禄是何〔一八〕。

【注】

〔一〕玄鳥，燕子。燕色黑，故名玄鳥。

〔二〕商，指契。契是商的始祖，故稱爲商。古代傳説有娀氏之女簡狄，浴于河中。有燕飛過，墜其卵。簡狄吞之，因而懷孕，生契。契建國于商(今河南商邱)。

〔三〕宅，居也。殷土，指商地。殷在盤庚遷殷以前國號稱商，盤庚遷殷以後國號稱殷，其後人也稱商地爲殷土。芒芒，即茫茫，廣大貌。

〔四〕古，從前。帝，上帝。武湯，即成湯。有武功，故稱武湯，《商頌》稱他爲武王。

〔五〕正，讀爲征。域，有也。此言湯因征伐而有天下四方。

〔六〕方，並也，徧也。后，君也。指各部落首領。此言湯普遍任命四方諸侯。

〔七〕奄，猶爰也。九有，即九域，九州也。

〔八〕殆，通怠。

〔九〕王引之《經傳釋詞》：「『在武丁孫子，武丁孫子，武王靡不勝』當作『在武王孫子，武王孫子，武丁靡不勝』。」此説可從。武王即湯。武丁，湯的第九代孫盤庚之弟小乙之子，在位五十九年，復興了中衰的商朝。此三句言：天命永在成湯的子孫，成湯的子孫中武丁是戰無不勝的。

〔一〇〕十乘，十輛。此指武丁駕着十輛插着龍旗的車來祭祀祖先。

〔一一〕糦，與饎同，酒食也，指祭祀的酒食。承，供奉。

〔一二〕畿，邊境。邦畿猶言國境。

〔一三〕維，猶爲。止，居住。

〔一四〕肇，發語詞。域，有也。

〔一五〕假，通格，至也。來假，猶言來朝。

〔一六〕祁祁，衆多。

〔一七〕景，大也。員，讀爲圓，國界稱圓，因其略近圓形。維，圍繞，包括。用繩綑物爲維，故維有圍繞包括之意。河，黄河。景員維河，殷的廣大國界包括黄河。

〔一八〕禄，福也。何，通荷，蒙受。百禄是何，蒙受天予的百福。

長發

這是宋君祭祀成湯及其以前先公先王的樂歌。

一

濬哲維商〔一〕，長發其祥。洪水芒芒〔二〕，禹敷下土方〔三〕，外大國是疆〔四〕。幅隕既長〔五〕，有娀方將〔六〕，帝立子生商〔七〕。

二

玄王桓撥〔八〕，受小國是達〔九〕，受大國是達。率履不越〔一〇〕，遂視既發〔一一〕。相土烈烈〔一二〕，海外有截〔一三〕。

三

帝命不違〔一四〕，至于湯齊〔一五〕。湯降不遲〔一六〕，聖敬日躋〔一七〕。昭假遲遲〔一八〕，上帝是祗〔一九〕。帝命式于九圍〔二〇〕。

四

受小球大球〔二一〕，爲下國綴旒〔二二〕，何天之休〔二三〕。不競不絿〔二四〕，不剛不柔，敷政優優〔二五〕，百禄是遒〔二六〕。

五

受小共大共〔二七〕，爲下國駿厖〔二八〕，何天之龍〔二九〕。敷奏其勇〔三〇〕，不震不動，不戁不竦〔三一〕，百禄是總〔三二〕。

六

武王載旆〔三三〕，有虔秉鉞〔三四〕，如火烈烈，則莫我敢曷〔三五〕。苞有三蘖，莫遂莫達〔三六〕，九有有截〔三七〕。韋顧既伐〔三八〕，昆吾夏桀〔三九〕。

七

昔在中葉〔四〇〕，有震且業〔四一〕。允也天子〔四二〕，降予卿士〔四三〕。實維阿衡〔四四〕，實左右商王〔四五〕。

【注】

〔一〕濬，讀爲叡（ruì 鋭），智慧。叡哲，明智也。商，指契。

〔二〕芒芒，即茫茫。
〔三〕敷，治也。
〔四〕外，當作小。小大國即小國大國。疆，劃定疆界。
〔五〕幅隕，即幅員，疆域也。
〔六〕有娀，即有戎，部族名，也是國名。此指有戎氏之女。將，借爲壯。方壯，正在壯年。
〔七〕帝，上帝。商，指契。此言契是上帝的兒子。
〔八〕玄王，契稱玄王（見《國語》中周語、魯語及《荀子・非相》）。桓，《廣雅・釋訓》：「桓桓，武也。」撥，讀爲侼，《方言》十二：「侼，强也。」
〔九〕達，通也。此句指小國歸附玄王，玄王受之，能通達其國情。
〔一〇〕率，循也。履，借爲禮（《説苑・復恩》、《漢書・宣帝紀》及《蕭望之傳》引並作禮）。
〔一一〕遂，猶隨也。發，明也。此句言隨事而觀之，一看即明白。
〔一二〕相土，契的孫。烈烈，威武貌。
〔一三〕截，斬獲也。此言相土征伐海外，有所斬殺。
〔一四〕違，離去也。此句言天命永在。
〔一五〕齊，俞樾《羣經平議》：「齊當爲濟，《爾雅・釋言》曰：『濟，成也。』」此言至于湯而王業成。

〔一六〕不遲，指湯的降生恰當其時。

〔一七〕聖，明通。躋，升也，上進也。

〔一八〕昭，禱也。假，借爲嘏，福也。禱告祈福叫昭假。遲遲，慢慢。

〔一九〕祗，敬也。此言湯尊敬上帝。

〔二〇〕式，法也。九圍，九州也。此言上帝命湯做九州的典範，即命湯統治九州。

〔二一〕受，通授，予也。球，圓玉也。

〔二二〕旒，古代王侯冠冕前後懸垂的玉串，或以珠穿成。此二句指湯以小球大球賜予下國之君，給他們穿旒之用。

〔二三〕何，通荷，蒙受。休，蔭庇也。

〔二四〕競，争也。絿，急躁。

〔二五〕敷政，施政。優優，寬和也。

〔二六〕禄，福也。遒，聚也。

〔二七〕受，通授。共，讀爲珙（《淮南子·本經》高注引作珙），與玒（hóng洪）同，玉也。

〔二八〕駿厖，駿借爲桓。《周禮·大宗伯》：「以玉作六瑞，以等邦國。王執鎮圭，公執桓圭，侯執信圭，伯執躬圭，子執穀璧，男執蒲璧。」厖讀爲尨（máng忙），雜色。此二句指湯以大小之玉賜下國諸侯，以作桓圭或尨圭。

〔二九〕何，蒙受。龍，通寵。

〔三〇〕敷奏，施展。

〔三一〕戁（nǎn 赧），恐也。竦（sǒng 聳），懼也。

〔三二〕總，聚也。

〔三三〕武王，殷人稱湯爲武王。旆，大旗。載旆，大旗插在車上。

〔三四〕虔，威猛如虎貌。秉，持。鉞，大斧。

〔三五〕曷，借爲遏（《荀子·議兵》、《漢書·刑法志》引作遏），止也，抗禦也。

〔三六〕苞，叢生之草。蘖，斬伐草木後萌出的新芽。此以苞草比夏桀，以三蘖比韋、顧、昆吾三國。遂，生也。達，長也。

〔三七〕九有，九州。截，斬獲。

〔三八〕韋，即豕韋，夏的同盟部落，彭姓。在今河南滑縣東南。後爲商湯所滅。顧，夏的同盟部落，己姓。在今河南范縣東南。後爲商湯所滅。

〔三九〕昆吾，夏的同盟部落，己姓。在今河南許昌東。後爲商湯所滅。此句承上句省一伐字。

〔四〇〕中葉，指湯在位的中期。

〔四一〕震，驚也。業，通隉（niè 聶），危也。此指湯曾被夏桀囚于夏臺之事。

〔四二〕允，誠然，信然。此指湯真是上帝之子。

〔四三〕降予，上帝賜我。卿士，執政之官。此指湯之大臣伊尹。

〔四四〕阿，借爲掎（jǐ己），持也。衡，秤也。殷人稱執政掌權的大官爲阿衡。此用來稱伊尹。

〔四五〕左右，讀爲佐佑，輔佐保佑。商王，指湯。

殷武

這是宋君祭祀宋武公的樂歌。宋爲殷後，故稱殷武。宋武公立于周宣王六年，在春秋前。正考父輔佐過宋武公。

一

撻彼殷武〔一〕，奮伐荊楚。罙入其阻〔二〕，裒荊之旅〔三〕，有截其所〔四〕，湯孫之緒〔五〕。

二

維女荊楚〔六〕，居國南鄉〔七〕。昔有成湯，自彼氐羌〔八〕，莫敢不來享〔九〕，莫敢不來王〔一〇〕，曰商是常〔一一〕。

三

天命多辟〔一二〕，設都于禹之績〔一三〕。歲事來辟〔一四〕，勿予禍適〔一五〕，稼穡匪解〔一六〕。

四

天命降監〔一七〕，下民有嚴〔一八〕。不僭不濫〔一九〕，不敢怠遑〔二〇〕。命于下國，封建厥福〔二一〕。

五

商邑翼翼〔二二〕，四方之極〔二三〕。赫赫厥聲〔二四〕，濯濯厥靈〔二五〕。壽考且寧，以保我後生〔二六〕。

六

陟彼景山〔二七〕，松柏丸丸〔二八〕。是斷是遷〔二九〕，方斲是虔〔三〇〕。松桷有梴〔三一〕，旅楹有閑〔三二〕。寢成孔安〔三三〕。

【注】

〔一〕撻，馬瑞辰《毛詩傳箋通釋》：「撻字亦爲武貌。」殷武，當是宋武公。宋武公伐楚事不見史書。史書缺載之事很多，不足怪。

〔二〕罙，即深。阻，險阻。
〔三〕裒（póu抔），王引之《經義述聞》引王念孫説：「裒讀爲俘。」旅，士兵也。
〔四〕截，斬獲。其所，指楚地。
〔五〕湯孫，商湯之裔孫。緒，功業。
〔六〕女，汝。
〔七〕南鄉，猶南方。
〔八〕氐、羌，都是西方的部族。
〔九〕享，奉獻。
〔一〇〕王，朝見。
〔一一〕常，俞樾《羣經平議》：「常讀爲尚，主也。」
〔一二〕辟（bì壁），君也。多辟，諸侯。
〔一三〕都，國都。績，借爲蹟，同迹。九州都是禹治水所經歷之地，所以稱禹之迹或禹迹。
〔一四〕歲事，一年的農事。辟，治也。
〔一五〕適，借爲謫，譴責，懲罰。此言天不予人以禍謫。
〔一六〕匪，非。解，通懈。
〔一七〕降監，下察也。

〔一八〕嚴，肅敬。

〔一九〕僭，越禮。濫，妄爲。

〔二〇〕不敢怠遑，當作不敢遑怠。遑與國、福押韻。遑，閑暇。怠，鬆懈。

〔二一〕福，當讀爲副。言天命天子封侯建國，以爲副佐。

〔二二〕翼翼，繁盛貌。

〔二三〕極，準則。

〔二四〕赫赫，顯著。聲，名聲。

〔二五〕濯，借爲耀。耀耀，光明。此兩句言：殷武之名聲赫赫，殷武的神靈昭昭。

〔二六〕後生，後人。此二句言殷武保佑子孫長壽平安。

〔二七〕陟，登也。景，大也。

〔二八〕丸丸，條直自如貌。

〔二九〕斷，斬伐。遷，搬也。

〔三〇〕斲，用斧砍。虔，馬瑞辰説：「虔，殺也，削也。」

〔三一〕桷（jué覺），方的椽子。梴（chān攙），木長貌。

〔三二〕旅，衆也。楹，柱也。閑，大貌。

〔三三〕寢，廟也。指爲殷武新建的廟。